치유를 파는 찻집

치유를 파는 찻집

모리사와 아키오 지음 권하영 옮김

BOOK PLAZA

목차

프롤로그

너를 데리고 갈게. 손을 놓지 마.

YES-YES-YES / 오브코스

프롤로그

무더운, 한여름 밤—.

훤칠하게 키 큰 남자가 건물 2층으로 이어지는 계단을 올랐다.

발소리를 죽이면서 한 단, 한 단, 천천히.

이마에는 슬그머니 땀이 배고, 얇은 입술은 무언가를 결의한 듯 굳게 닫혔다.

계단을 일곱 단쯤 올랐을 때, 남자는 걸음을 멈췄다. 손때 묻은 검은 힙색을 열고 안에서 접이식 군용 칼을 꺼냈다.

투박하고 검은 칼자루. 그 안에서 두툼한 칼날을 끄집어냈다. 아직 지문 하나 묻지 않은 칼날이 계단 조명을 둔하게 반사했다.

남자는 후우… 하며 짧은 숨을 뱉고 이마에 맺힌 땀을 손목으로 닦은 다음 칼을 오른손으로 고쳐 쥐었다. 그리고 다시 계단을 올랐다.

2층 오른편에 침실 문이 있었다.

세월이 느껴지는 황동제 문손잡이를 천천히 신중하게 비틀었다.

찰칵….

희미한 소리가 나며 문손잡이가 돌아갔다.

남자의 예상과 달리 방문은 잠겨 있지 않았다.

남자는 소리가 나지 않도록 문을 슬슬 밀었다. 살짝 열린 좁은 틈에서 냉방이 잘된 공기가 흘러나왔다. 문틈에 얼굴을 대고 오른쪽 눈으로 방 안을 들여다보았다.

여덟 평쯤 되는 깔끔한 서양식 방이었다. 침실 형광등은 꺼졌지만, 방 전체가 희미하게 노란빛에 물든 듯 보였다. 침대 아래에 발밑등이 켜져 있었다.

에어컨이 내는 어렴풋한 기계음.

벽시계는 째깍, 째깍, 째깍…, 하며 짧은 한여름 밤을 1초씩 깎아나갔다.

방 왼쪽 구석에 싱글 침대가 있었다.

거기서 한 여자가 자고 있었다.

남자는 살짝 열린 문틈으로 미끄러지듯 몸을 밀어 넣고 침침한 어둠 속에서 침대를 향해 걸어갔다.

숨을 죽인 채, 잠든 여자를 내려다보았다.

윤기 도는 긴 흑발. 눈을 감고 있어도 미모가 드러나는 얼굴. 늘씬한 몸을 덮은 얇은 이불이 숨소리에 맞춰 규칙적으로 오르락내리락했다.

이, 여자가….

남자의 눈 속에 슬픔인지 고통인지 모를 빛이 떠올랐다.

손에 쥔 칼자루에 서서히 힘이 들어갔다.

이 여자가!

남자는 침대에 달려들었다.

여자를 누르듯 배 위에 올라탔다.

여자는 눈을 뜨고 놀란 표정을 지었다. 반사적으로 이불 속에서 남자를 밀어내려고 버둥거렸다.

하지만 상황을 이해한 순간 여자의 전신에서 힘이 빠졌다. 그리고 몇 초 동안 남자와 여자는 아무 말 없이 가만히 있었다. 에어컨과 벽시계 소리만 방 안의 공기를 희미하게 흔들었다.

이윽고 남자는 오른손에 쥔 칼을 천천히 어깨높이로 들어 올렸다.

그 자세 그대로 여자를 내려다보았다.

여자는 남자의 시선을 똑바로 받아냈다.

칼을 치켜든 남자의 눈에는 두려움의 빛이 떠올랐지만, 대조적으로 여자의 눈에는 안도감과도 닮은 차분함이 있었다.

나는, 너를, 죽일 거야—.

남자는 그렇게 말하려 했으나, 메마른 신음처럼 들렸다. 칼을 쥔 손도 미세하게 떨렸다.

여자는 저항하지 않고 살며시 눈을 감았다. 입가에는 부드러운 미소가 걸린 듯 보였다.

남자가 다시 한번 죽일 거야—라고 말하려 할 때, 여자의 입술이 먼저 열렸다.

"괜찮아. 죽여도."

"…."

"죽으면 그녀를 만날 수 있을 테니까."

남자는 마른침을 삼키고 머리 위로 칼을 치켜들었다.

그 순간, 온도를 설정해둔 에어컨이 윙 소리를 내며 멈췄다.

방 안의 정적이 순식간에 깊고 무거워졌다.

째깍, 째깍, 째깍…, 벽시계 초침이 남자를 재촉했다.

"그럼 죽어…."

이번에는 간신히 목소리가 나왔다.

남자의 머리 위에서 예리한 칼날이 내려왔다.

푸우욱, 하며 경험해본 적 없는 불쾌한 촉감이 칼을 쥔 남자의 손바닥으로 전해졌다.

베란다로 이어지는 미닫이문 밖. 무더운 한여름 밤의 어둠 속에서 경찰차 사이렌 소리가 아득히 들려왔다.

제1장

찾기를 포기했을 때 보이는 경우도 많으니까.

꿈속으로 / 이노우에 요스이

제1장

내가 근무하는 쇼와당은 작고 오래된 찻집이다.

역 앞 로터리부터 시작되는 긴난상점가라는 그럭저럭 활기찬 거리 한 귀퉁이에 묵묵히 서 있다. 언뜻 보면 아주 평범한 찻집이지만, 가게 문을 연 순간, 처음 오는 손님은 대개 당황한 표정을 짓는다. 왜냐하면 입구와 맞닿은 계산대 옆에 감실*이 떡하니 있기 때문이다.

찻집에 웬 감실?

보통 사람이라면 당연히 이상하게 여길 것이다. 게다가 모름지기 감실은 높은 곳에 있어야 하는데, 이 가게에서는 계산대와 나란히 있어서 사람들이 내려다볼 수밖에 없는 위치다. 그리고 그 앞에는 이상한 것이 하나 더 있다. 귤 상자 두 개를 합친 크기의 새전함**이 보란

듯이 놓여 있다.

찻집 계산대 옆에 감실이 있고 그 앞에 새전함까지 있으니 처음 오는 손님은 눈이 휘둥그레질 만도 하다.

백 보⋯, 아니, 이백오십 보 정도 양보해서 찻집에 감실과 새전함이 있을 수 있다 쳐도, 가게 입구는 이른바 '말석'이므로 신을 모시기에는 매우 부적절한 위치다. 감실은 원래 가게에서 가장 안쪽인 '상석'에 있어야 한다.

그런데 이 가게의 '상석'에는 또 다른 희한한 것이 놓여 있다. 니스가 벗겨지도록 손때 묻은 흔들의자다. 이 가게의 사장 아리무라 키리코 씨의 전용 의자로, 키리코 씨는 가게에 손님이 있든 없든 항상 이 흔들의자를 흔들거리며 느긋하게 여유를 즐긴다─기보다는 만화를 읽거나 매니큐어를 바르거나, 심지어는 맥주를 마신다. 보통 찻집에서는 절대 볼 수 없는, 너무나, 너무나 기이한 광경이다.

더군다나 키리코 씨는 찻집 사장이면서 커피나 홍차를 제대로 만들지 못한다. 정확히 말하면 키리코 씨가 만든 것은 맛이 없다. '뭔가 부족한' 게 아니라 신기할 정도로 '정말 맛없다'. 그래서 월급 점장인 나 카키자키 테루미가 이 가게의 일 대부분을 처리한다.

예전부터 존재감이 약하고 겁 많고 소심하고 소설과 만화를 좋아하던 내게도 딱 한 가지 장점이 있었는데, 바로 커피와 홍차를 맛있게 타는 것이었다. 사실 몇 년 전 별생각 없이 한적하고 아름다운 곳에 있는 찻집을 방문했다가 그곳 사장님에게 소소한 마법(이라는 이름의 비법)을 배워왔다. 그 방법을 알려줬는데도 키리코 씨는 도무지 차를 맛있게 만들지 못했다. 어쩌면 그 마법을 쓸 수 있는 사람은 따로 정해져 있나 보다. 내가 뭐라도 되는 양 말했지만 사실 나는 쇼와당에서 일한 지 고작 1년 된 신참이다. 그런데 벌써 점장이 된 것도 희한하다. 조금 더 정확히 말하면, 내가 점장으로 취임한 것은 여기서 일한 지 겨우 한 달이 된 어느 날 점심때였다.

"으으, 머리 아파. 점심때까지 잤는데도 숙취가 사라질 생각을 안 하네…. 얘, 캇키, 너 오늘부터 나 대신 점장 해. 난 아침부터 부지런히 일하는 게 천성에 안 맞아."

키리코 씨가 주거 공간인 가게 2층에서 내려오면서 하품 섞인 목소리로 말한 순간, 내 '초스피드 출세'가 결정되었다. 내가 점장이 되면 키리코 씨는 뭘 할 거냐고 묻자, 약 2초의 고민 끝에 '은퇴'라는 두 글자가 돌아왔다. 마흔 언저리에 은퇴라니, 지금이 17세기인가 싶었지만, 게으른 키리코 씨에게는 어떤 의미에서 잘 어울리는 것 같았다.

신참 점장, 뜬금없는 감실과 새전함, 게으른 사장 말고도 쇼와당에는 조금 특이한 특징이 또 있다. 키리코 씨의 취향을 따라 아침부터 저녁까지 쇼와*시대에 유행하던 추억의 노래가 흘러나온다는 것이다.

솔직히 말하면 처음 일을 시작했을 당시 스물여덟이던 내 귀에 쇼와시대의 가요는 조금 생소했다. 감상적인 가사, 과하게 서정적인 멜로디와 편곡이 어쩐지 음침하게 느껴졌다. 하지만 3개월 동안 계속 배경음악처럼 흘려듣다 보니 나도 모르게 이런저런 곡을 흥얼거리게 되었고, 이제는 요즘 나오는 J-POP보다 좋아한다. 솔직히 이런 변화에 나 자신도 놀랐다.

쇼와당은 카운터석 일곱 개와 4인 테이블 세 개뿐인 아담한 가게인

---

*   일본의 연호. 1926년~1989년

데, 키리코 씨의 흔들의자 바로 앞, 다시 말해 '상석'에는 쓸데없이 커다란 '선반'이 있다. 그 선반에는 1000장은 족히 넘는 레코드판과 오른쪽에만 눈동자가 그려진 커다란 다루마*가 놓여 있다. 다시 말해 이 가게에서 가장 지위가 높은 것은 쇼와시대의 레코드판과 다루마라는 뜻이다.

이런 식으로 이 가게의 특이점을 꼽자면 끝이 없지만, 사실 가장 특이한 점은 경영 형태다.

놀랍게도 이 가게는 마음에 상처를 입은 손님들에게 구원의 손길을 내미는 '치유가게'를 겸한다.

겸한다고는 하나 정식 사업은 아니다.

키리코 씨의 말에 따르면 "소문이 소문을 낳아서 의도치 않게 자꾸 의뢰가 들어와. 아, 귀찮아…"라고 했다.

물론 정식 사업이 아니니 보수는 받지 않는다.

그러나 키리코 씨는 타인을 위해 무보수로 힘쓰는 성인군자가 절대 아니다(자기 가게에서조차 제대로 일하지 않는 사람이니까).

그렇다면 보수 대신 뭘 요구할까.

짐작한 대로다.

계산대 옆에 놓인 새전함에 '새전'을 잔뜩 '헌납'하게 한다.

✳

그날 저녁 하늘은 잘 익은 파인애플 색이었고 긴난상점가는 기억 속 풍경처럼 온화하게 빛났다. 상점가 중간쯤에 있는 낡아빠진 스피

---

* 달마 대사의 얼굴을 본뜬 오뚝이 인형. 처음에는 눈동자가 없는 상태로 판매되는데, 다루마에 한쪽 눈동자를 그리면서 소원을 빌고 그 소원이 이루어지면 다른 쪽 눈동자를 그려 넣는 문화가 있다.

커에서 일본의 창가 '고향'을 연주하는 오르골 소리가 흘러나오자, 거리는 더욱 향수를 자극하는 분위기에 휩싸였다. 오후 여섯 시를 알리는 그 음악이 쇼와당 안에도 조용히 스며들었다.

"예전부터 생각했는데, '토끼 맛나던 그 산'이라는 부분 가사가 잔인하지 않냐? 귀여운 토끼를 왜 먹냐고."

"맞아. 이왕 먹을 거면 소나 돼지를 먹지."

"옛날 사람들은 가난해서 토끼밖에 먹을 게 없었던 거 아니야?"

새전함 옆 테이블에 진을 친 긴난고등학교의 불량 학생들이 싱거운 대화를 하고 있었다. 이 아이들은 매번 학교를 땡땡이치고 교복 차림으로 가게에 오는 단골들인데, 아무래도 오늘은 수업을 다 듣고 방과 후에 들른 것 같았다.

"캇키, 캇키도 그렇게 생각하죠?"

머리를 빨갛게 염색한 아이가 커피잔을 씻는 나를 돌아보았다.

"응?"

"토끼를 먹는 건 너무하지 않아요?"

"음…. 나는 그렇게 생각하지 않는데."

"말도 안 돼. 왜요? 캇키, 토끼가 불쌍하지도 않아요?"

그런 의미가 아닌데. 내가 살짝 웃음을 터뜨리며 바른 가사를 알려 주려고 한 순간, 가게 안쪽 상석에서 나른한 목소리가 들려왔다.

"나 참, 멍청한 녀석들이네."

"응…?"

불량 학생들이 돌아본 곳에는 당연하게도 키리코 씨가 있었다. 오늘도 바 접대부처럼 가슴이 훤히 드러난 원피스를 입고 색기를 뿜어낸다.

"너희, 커피 한 잔으로 계속 죽치고 있지 말고 얼른 집에 가서 공부나 해. 멍청한 남자는 여자한테 인기 없어."

끼익, 끼익…, 하며 흔들의자를 움직이는 키리코 씨가 몹시 농염한 목소리로 말했다. 오른손에는 하이네켄 캔맥주가 들려 있었고, 시선은 왼손으로 펼친 만화책에 붙박여 있었다. 내가 바로 어제 사 온 만화책인데, 키리코 씨가 먼저 읽고 있다.

끼익, 끼익….

흔들의자가 움직일 때마다 윤기 나는 흑발이 뺨 옆에서 흔들리며 요염한 옆얼굴을 드러냈다가 감췄다. 그런 키리코 씨가 사춘기 남자아이들에게는 꽤 자극적이었는지 네 명 중 두 명이 침을 꿀꺽 삼켰다.

"저, 저기, 사장님?"

머리를 빡빡 깎은 불량 학생이 쭈뼛거리며 말을 걸었다.

끼익, 끼익….

흔들의자가 흔들릴 뿐 대답은 없었다. 늘 있는 일이다.

"음…. 그러니까, 저희가 왜 멍청하다는 거죠?"

질문을 받은 키리코 씨는 맥주를 천천히 맛있게 마셨다. 시선은 만화책에서 1밀리도 떼지 않았다.

"…"

무어라 형용할 수 없는 농염한 침묵이 쌓여 갔다.

"저, 저기, 캇키, 우리가 멍청해요?"

키리코 씨에게 대답 듣기를 포기한 학생들은 카운터 너머에 있는 내게 시선을 던졌다. 도와달라는 의미인지 초식동물 같은 눈으로 나를 쳐다본다. 나는 무심코 피식 웃어 버렸다.

"'고향'에 나오는 가사는 '토끼 맛나던'이 아니라 '토끼 만나던'이야."

"응? 만, 나던?"

"그래. 토끼를 쫓아다니던 그 산이 그립다는 가사야."

"헉. 진짜요?"

"나는 태어나서 17년 동안 계속 토끼를 먹는 줄 알았는데."

"나도."

"그나저나 전부터 생각했는데, 캇키는 머리가 꽤 좋은 것 같아요."

"알고 보면 대학교도 나온 거 아니에요?"

"뭐, 일단 나오긴 했는데…."

"그렇죠? 그 검은 뿔테 안경만 봐도 엄청 성실해 보인다니까요."

아이들이 이상한 이유로 비행기를 태워서 어색하게 웃는데, 곧바로 상석에서 나른한 목소리가 날아왔다.

"아니야."

"어…."

불량 학생들은 또다시 말문이 막혔다.

"캇키가 똑똑한 게 아니라 너희가 지독하게 멍청한 거야."

"으…."

"그런, 건가…."

키리코 씨의 가차 없는 지적에 불량 학생들은 움츠러들었다. 하지만 그 얼굴에는 키리코 씨에게 혼나서 기쁘다고 쓰여 있었다.

"이제 문 닫을 거야. 꼬맹이들은 집에 가서 공부해."

학생들은 쓸쓸하게 웃으며 시선을 주고받다가 누가 먼저랄 것 없이 자리에서 일어났다. 나는 카운터에서 계산대로 이동했다.

"사장님, 또 올게요!"

돈을 내면서 불량 학생 한 명이 안쪽에 대고 말했다.

"가끔은 새전도 좀 내고 가."

키리코 씨는 웃지도 않고 받아쳤다.

"아…, 죄송해요. 요즘 돈에 쪼들려서요."

"저도요."

"그럼 얼른 가."

"아하하. 알겠슴다. 그럼 캇키, 또 올게요."

"캇키, 다음에 봐요."

불량하기는 해도 아직 고등학생이다. 나는 작게 손을 흔드는 여드름 난 소년들을 향해 "또 와" 하며 미소 지었다.

고등학생들이 돌아가서 순식간에 조용해지자, 차분한 쇼와시대의 발라드가 가게 구석구석으로 침투했다. 목소리가 야무진 여성 보컬이었다.

"사장님, 이거 누구 노래예요?"

"응? 이건…."

드디어 키리코 씨가 고개를 드나 했는데, 가게 문에 달린 카우벨이 달콤한 금속음을 냈다.

딸랑.

나는 반사적으로 "어서 오세요" 하며 미소를 만들었다.

처음 보는 손님이었다.

비교적 정갈하게 차려입은 중년 여성으로, 미간에 주름이 잡혔고 입꼬리가 축 처져 있었다. 팔자주름도 깊은 것이 어지간히 지친 기색이었다. 나이는 쉰이 조금 안 되었을까. 진한 아이라인을 그린 눈이 드센 빛을 발했다.

약속한 시각보다 조금 이르지만, 이 사람이 '치유' 의뢰인인 고시마 유리코 씨 같다고 생각하는데—.

"저기, 고시마 유리코라고 합니다."

역시 그랬다. 의뢰인 여성은 카운터 너머에 있는 내게 낮은 목소리로 말했다. 하지만 눈은 자꾸만 왼쪽 계산대 옆을 힐끔거렸다. 어쩔 수 없이 감실과 새전함이 신경 쓰이는 모양이다.

"기다리고 있었습니다. 자, 저쪽에 앉으세요."

나는 그렇게 대답하며 평소대로 입구 근처 말석에 있는 테이블, 다시 말해 감실 옆으로 안내했다.

흔들의자에 앉은 키리코 씨를 보니, 만화책에서 눈을 뗀 채 지나치게 뜨거운 시선을 말석으로 보내고 있었다. 여성의 가치를 헤아리는 것이다. 다시 말해 이 손님이 새전을 많이 헌납할 사람인지 아닌지를 판별하는 것이다. 하지만 그 시선의 열기는 겨우 이삼 초 만에 식어버렸고, 키리코 씨는 다시 만화 속 세상으로 돌아갔다.

"저기…."

의자에 앉은 유리코 씨는 물을 내오는 나를 불안하게 올려다보았다.

"왜 그러세요?" 하며 나는 고개를 살짝 갸웃했다.

"당신이 치유사 키리코 씨예요?"

"아뇨. 저는 이 가게 직원이에요. 키리코 씨는…."

나는 시선으로 안쪽 상석을 가리켰다.

끼익, 끼익….

분명히 유리코 씨의 목소리가 들릴 텐데, 키리코 씨는 계속 만화책만 들여다보았다.

어색해서 내가 "하하…"하며 얼버무리려고 하자, 카우벨 소리가 다시 딸랑 하고 울렸다.

"어서 오세요."

"오, 캇키, 고생하네. 가을인데 아직 덥다."

번쩍거리는 대머리에 땀을 흘리며 불쑥 나타난 사람은 자칭 영능력자인 토키가와 아츠야 씨였다. 절에 사는 주지 스님과 수도자를 섞어 놓은 것 같은 매우 수상한 차림의 마흔다섯 살이지만, 악령이 아니라 키리코 씨의 매력에 홀린 마음씨 고운 단골손님이다. 180센티를 넘는 거구이기도 해서, 다들 '뉴도*씨'라고 부른다.

그리고 그 거구 뒤로 또 다른 단골손님이 들어왔다.

"안녕하세요."

한 손에 까만 헬멧을 든 차분한 표정의 미남. 퀵서비스 일을 하는 카미야마 료다. 나이는 아직 열아홉이라는데, 주변 어른들보다 훨씬 침착한 데다 말과 행동과 옷차림이 늘 멋있어서 여자에게 인기 있는 산뜻한 청년이다.

"이 여성분이 의뢰인이야?"

새전함 앞에 떡 버티고 선 뉴도 씨가 유리코 씨를 내려다보며 굵은 목소리로 말했다.

"네. 맞아요."

당황한 유리코 씨 대신 내가 대답했다.

---

* 일본의 요괴. 뉴도에는 다양한 종류가 있지만 보통 승려 같은 모습이라 머리카락이 없고 몸집이 크다.

"그래? 그럼 잠깐 실례."

뉴도 씨는 목에 걸린 거대한 염주 같은 목걸이를 덜그럭거리면서 유리코 씨 맞은편에 앉았다. 그 옆에 료가 조용히 앉았다.

"어? 저, 저기…."

뉴도 씨의 박력에 기가 눌린 유리코 씨가 나를 쳐다보았다.

"괜찮습니다. 이 두 분은 조수거든요."

"조수요?"

"네. 다른 조수들도 있지만, 오늘은 이 두 분이 함께할 거예요."

"…."

경계하는 유리코 씨를 향해 나는 다시 한번 "괜찮아요"라고 안심시켰다.

"캇키, 여성분한테 하소연을 듣기 전에, 더우니까 아이스티 좀 줘. 스트레이트로."

뉴도 씨가 말하자, 옆에 있던 료가 "나도"라고 덧붙였다. 나는 고개를 끄덕이고 유리코 씨를 보았다.

"아…, 그럼 저도 같은 걸로 주세요."

"알겠습니다."

가볍게 고개를 숙이고 카운터 안쪽으로 들어가자, 곧바로 뉴도 씨가 분위기를 주도했다.

"그럼 속 시원히 하소연해 보세요."

"하소연요?"

"응? 여기 시스템 잘 모르세요?"

"어…, 치유사 키리코 씨는…."

뉴도 씨의 난데없는 말과 코스프레 같은 차림에 당황했는지 유리코 씨는 방금보다 훨씬 경계하는 표정을 지으며 상석을 돌아보았다. 하지만 키리코 씨는 여전히 만화에만 집중했다.

"저기, 저기요. 말씀 좀 들어주세요."

유리코 씨가 말을 거는데도 키리코 씨는 흔들의자를 흔들거리면서 만화 속 세상에 빠져 있었다. 무례한 태도에 유리코 씨의 미간 주름이 조금 깊어졌다.

"저기요, 저 키리코 씨의 소문을 듣고 일부러 여기까지 찾아온 거예요."

유리코 씨가 상반신을 틀어 상석을 바라보면서 날 선 목소리로 말했다.

"자, 자, 부인."

뉴도 씨가 중재하려고 입을 뗀 순간―.

"아, 정말…. 뭐야아."

키리코 씨가 나른하게 말하며 드디어 고개를 들었다.

"뭐냐니…. 당신 치유사 맞아요? 의뢰인의 얘기를 들을 마음이 있기는 해요?"

유리코 씨의 미간 주름이 1밀리 더 깊어졌다.

"저, 저기, 아이스티 나왔습니다."

내가 쭈뼛거리며 테이블에 아이스티 세 잔을 올려놓았지만, 유리코 씨는 상석만 응시했다.

그때 그 시선 끝에서 "하아암" 하고 몹시 맥없는 하품 소리가 나더니, 키리코 씨가 눈물을 글썽이며 흔들의자를 멈추었다. 레코드에서 나오던 쇼와시대 가요가 끝나서였다.

키리코 씨는 카운터 끝에 만화책을 툭 내려놓고 느릿느릿 일어섰다. "으음, 다음은 뭘로 할까"하며 콧노래처럼 중얼거리고는 사시처럼 오른쪽에만 눈동자가 그려진 다루마가 놓인 커다란 선반에서 레코드판을 고르기 시작했다.

"아, 이걸로 해야지."

고른 레코드판을 익숙한 손놀림으로 턴테이블에 올렸다.

몇 초 후, 가게 스피커에서 나카지마 미유키의 노래가 흘러나왔다.

그렇다. 지금 유리코 씨의 분위기에 딱이다.

키리코 씨는 커피나 홍차를 타는 데는 젬병이지만, 그때그때 분위기에 맞는 쇼와 가요를 선곡하는 데에는 천재적인 면이 있었다.

소리를 조금 키우고 만족스러운 표정을 지은 키리코 씨는 일어선 채로 천천히 유리코 씨를 돌아보고 팔짱을 꼈다.

"확실히 말해두겠는데…." 입을 연 키리코 씨의 눈썹이 팔자(八字)를 그렸다. 난처한 표정 같기도 하고, 귀찮은 표정 같기도 하고, 그러면서도 쓸데없이 농염한 여자의 얼굴이었다. "난 치유사가 아니에요."

"네?"하며 유리코 씨가 눈을 동그랗게 떴다.

또 시작됐구나…. 뉴도 씨와 나는 눈빛을 교환하며 쓴웃음을 지었다.

"난 찻집 사장이에요. 하소연을 늘어놓고 싶으면 저기 있는 신한테 빌어보지 그래요?"

"시, 신…."

유리코 씨는 감실을 힐끔거리며 어리둥절한 표정을 지었다.

"당신이 신에게 털어놓은 속 얘기를 어쩌다 보니 우리가 들을지도 모르고, 듣고 나면 도와주고 싶어서 오지랖을 부릴지도 모르잖아요?"

"무슨 말이에요?"

유리코 씨는 내게로 눈을 돌렸다.

"캇키, 여기는 찻집이라는 걸 이분에게 알려 드리렴."

키리코 씨도 나를 보며 말했다. 어쩐지 조금 즐기는 표정이다. 뉴도 씨와 료를 보니 역시나 쓴웃음을 짓고 있었다.

하아, 정말 못 말린다니까. 왜 하필 갈등을 싫어하는 나한테…. 하지만 키리코 씨가 시키니 어쩔 수 없었다.

"으음, 그게 말이죠…."

나는 작게 헛기침하고 도수 없는 검은 뿔테 안경을 추어올린 다음 최대한 이해하기 쉽게, 그리고 최대한 신경을 거스르지 않게 신경 쓰면서 설명했다.

간단히 말해 쇼와당은 어디까지나 찻집이라 '치유'라는 영업 활동은 하지 않는 것. 치유받고 싶은 사람은 감실에 모신 신이 들도록 직접 하소연을 늘어놓으면 되는데, 그 이야기를 우연히 들은 키리코 씨와 조수들이 이런저런 오지랖을 부릴 때가 있는 것. 오지랖은 비즈니스가 아니라서 요금을 받는 대신 새전 헌납을 장려하는 것. 치유를 원하는 손님을 감실 옆자리로 안내하는 것은 신에게 하소연이 잘 들리도록 하기 위함인 것… 등등.

내가 말하면서도 너무 수상쩍어서 쓴웃음이 지어지지만, 그래도 사실이니 어쩔 수 없다. 다만 의뢰인이 새전함 근처에 앉아야 쉽게 돈을 낸다는 키리코 씨의 계산이 있었다는 이야기와, 조수라고 소개했지만 그들은 원래 그저 단골손님이었으며 예전에 키리코 씨에게 치유받은 경험으로 팬이 된 사람들이 대다수라는 이야기는 가슴속에 묻어두었다.

"아무튼 저희는 그런 식으로 운영됩니다."

어찌어찌 설명을 끝낸 나를 향해 키리코 씨가 키득거리며 말했다.

"캇키가 설명하니까 왠지 엄청 수상하게 들리네."

사장님이 할 말은 아니죠! 라고 생각하며 약간 기막혀 하는데, 뉴도 씨가 호탕하게 껄껄대며 더 수상한 말을 입 밖에 냈다.

"됐어, 됐어, 캇키. 신경 쓰지 마. 네 수호령도 지금은 웃어넘기라고 한다."

"…."

정신없는 전개에 넋을 잃은 유리코 씨에게, 유일하게 인간적으로 멀쩡한 료가 쿨한 목소리로 말했다.

"아이스티 얼음 녹아요."

"어? 그…, 그렇지."

유리코 씨가 퍼뜩 정신을 차린 표정으로 빨대를 입에 물었다.

"아무튼 그러니까 마음이 조금 진정되면 하소연하세요."

뉴도 씨는 수행 때문에 번지르르하게 그을린 얼굴로 씩 웃더니 빨대도 쓰지 않고 아이스티를 단숨에 들이켰다.

✳

아이스티를 마시고 조금 이성을 되찾은 유리코 씨는 테이블 맞은편에 굵은 팔을 엇걸고 앉은 뉴도 씨에게 여기에 온 이유를 더듬더듬 설명했다.

처음에는 말을 고르며 이야기했는데, 속에 쌓아둔 한이 엄청났는지 시간이 흐를수록 말투가 감정적으로 변하더니 끝내는 두 눈에 눈물을 글썽이며 열변을 토했다.

그녀가 호소한 내용은 요약하면 이랬다.

현재 유리코 씨는 긴난고등학교 2학년인 딸을 둔 마흔일곱 살 전업주부로, 결혼해서 내내 시부모님과 함께 살았지만, 재작년에 시아버지가 작고했고 이어서 작년에는 남편마저 젊은 나이에 세상을 떠났다. 다시 말해 현재 가족은 시어머니 요시에 씨와 유리코 씨 본인, 딸 나오미로 여자 셋뿐이라고 했다.

그때부터가 문제였다.

지기를 싫어하고 잔소리가 많은 시어머니 요시에 씨와 유리코 씨는 옛날부터 성격이 맞지 않아서 남편이 중재해준 덕분에 그나마 함께 살 수 있었는데, 그런 남편이 떠나자 고부 사이가 살벌해졌다.

"저는 그 심술궂은 할머니랑 결혼한 게 아니에요. 그런데 날이면 날마다 집이 지저분하다, 딸한테 좋은 옷을 입혀라, 빨래 개는 방식을 바꿔라, 된장국이 짜다, 불단에 매일 아침 공양을 해라, 현관에 꽃을 꽂아라…. 시끄러워 죽겠어요. 하다 하다 이제는 나오미 입시에도 잔소리를 늘어놓더라고요. 이제 정말 지긋지긋해요."

유리코 씨는 뉴도 씨 쪽으로 몸을 쭉 내민 채 안 그래도 드세 보이는 눈을 더 세모나게 뜨고 입에 거품을 물었다. 이 정도 성량이면 안쪽 상석에서 흔들의자를 흔드는 키리코 씨에게도 충분히 들렸을 것이다.

"저기…, 제가 뭐 하나 물어도 될까요?" 유리코 씨가 잠시 심호흡할 때, 나는 쭈뼛거리며 카운터 안쪽에서 물었다. "시어머님이 소위 말하는 '심통'을 부리시나요?"

"네. 틈만 나면요. 집에 나이 든 친구들을 불러서 은근슬쩍 제 욕을 하질 않나, 죽은 남편 대신 제가 일해서 집안 생계를 책임지려고 했더니 네가 일해봤자 몇 푼이나 버냐고 옆 마을에 있는 가족 소유 땅을 팔아서 그 돈으로 살라고 참견하질 않나. 그리고 바로 얼마 전에는…."

유리코 씨가 거기까지 말한 찰나, 상석에서 갑자기 목소리가 날아들었다.

"잠깐."

목소리가 난 쪽을 돌아보니, 키리코 씨가 흔들의자를 우뚝 멈추고 이쪽을 보며 간드러지게 웃고 있었다.

"우후후. 유리코 씨 마음 잘 알아요."

키리코 씨는 그렇게 말하면서 느릿느릿 일어나 요염하게 골반을 흔들며 말석으로 걸어와서는 유리코 씨 옆에 앉았다. 그리고 귀를 간질이듯 간살맞은 목소리로 말했다. 키리코 씨가 그 달콤한 목소리로 다가가면 남자들은 대부분 홀랑 넘어간다.

"유리코 씨, 저 사실 다 듣고 있었어요. 유리코 씨, 그동안 정말 잘 견뎠어요. 정말 대단해요."

"어…."

급자스러운 전개에 유리코 씨는 입을 벌린 채 옆에 앉은 요염한 여자를 멀뚱히 바라보았다. 하지만 그런 것은 전혀 개의치 않는 듯 키리코 씨의 붉은 입술이 계속 움직였다.

"유리코 씨, 그냥 궁금해서 그러는데, 그 옆 마을 땅이라는 거 넓이가 얼마나 돼요?"

나는 안다. 영리한 료도 당연히 알 것이다. 키리코 씨가 갑자기 태도를 싹 바꾼 이유를. 유리코 씨가 땅 주인임을 알고 돈 냄새를 맡은 것이다.

"그, 그렇게 넓지는 않은데…."

유리코 씨는 그렇게 운을 뗐지만, 부지 면적을 구체적으로 들어보니 실로 어마어마했다. 자산 가치로 따지면 '억'을 가볍게 뛰어넘을 크기였다.

나는 키리코 씨의 표정을 살폈다. 입가가 슬며시 올라갔고 빨려 들어갈 것 같은 검은자위에는 '¥' 마크가 떠올랐다. (정말 그런 것처럼 보였다.) 키리코 씨는 유리코 씨가 지체 없이 땅을 팔아서 엄청난 현금을 쥐게 한 다음 새전을 왕창 받아낼 속셈이었다.

그런데 그때, 지나치게 선해서 분위기 파악을 못 하는 뉴도 씨가 끼어들었다.

"그만한 땅을 팔면 정말 일하지 않고도 먹고살 수 있겠군요. 하지만 유리코 씨는 성실해서 불로소득으로 사는 데 거부감을 느끼는 거죠? 엄마가 열심히 일해서 생계를 책임지는 모습을 딸인 나오미에게 보여주고 싶을 테고요. 그렇죠?"

"아…."

전부 맞는 말이었는지 유리코 씨가 무척 놀란 표정을 짓자, 뉴도 씨가 덧붙였다.

"너무 놀랄 것 없어요. 당신의 수호령이 말해줬거든요. 게다가 그

수호령 중 하나는…." 뉴도 씨는 잠깐 멈췄다가 유리코 씨의 등 뒤를 내다보며 "아, 역시 돌아가신 남편분이네요"라고 말했다.

"그…, 그런가요?"

죽은 남편이 떠올랐는지 유리코 씨의 두 눈이 약간 촉촉해졌다.

"유리코 씨를 많이 걱정해요. 가정적이고 자상한 사람이었나 보네요. 따님도 걱정된대요."

"…."

울먹울먹하던 유리코 씨가 이내 눈물을 한 방울 떨어뜨렸다.

키리코 씨가 테이블 위에 있던 종이 냅킨을 잽싸게 유리코 씨에게 내밀며 끼어들었다.

"있잖아, 뉴도 씨이." 오늘 들은 것 중에 가장 간드러진 목소리다. "혹시 심술궂은 요시에 할머님께 악령이 씐 거 아닐까?"

"아하하. 그건 아니—."

"나는!"

키리코 씨가 강제로 말을 끊었다.

"어…" 하며 뉴도 씨가 얼어붙었다.

"나는 그런 느낌이 드는데, 뉴도 씨도 그렇게 생각하지 않아?"

"…."

촉촉한 눈동자로 뉴도 씨를 올려다보며 간살스럽게 미소 짓는 키리코 씨에게 자칭 영능력자는 맥없이 넘어가 버렸다.

"…씌, 씌었네요. 응: 뭔기가 씌었어요."

"역시, 그럴 줄 알았다니까. 그럼 뉴도 씨가 유리코 씨를 위해서 악령을 퇴치해줄래?"

"그, 그야 기꺼이."

하아…. 내가 카운터 안쪽에서 탄식하고 있자니, 료가 한참 만에 입을 열었다.

"악령은 둘째 치고, 그렇게 같이 있기 싫으면 딸을 데리고 집을 나가면 되잖아요?"

맞다. 그게 가장 손쉬운 방법이고 정론이다.

나는 속으로 료에게 박수를 보냈다.

하지만 유리코 씨는 이를 뛰어넘는 정론을 들이밀었다.

"물론 저도 그 방법을 생각해봤어요. 나오미와 둘이 집을 나와서 새로운 삶을 살 수도 있지 않을까 하고요. 그런데 나오미는 착한 아이라서 어릴 때부터 죽 함께 산 할머니를 혼자 두는 건 절대 못 하겠대요. 그리고 저도 그 집을 버리자니 어쩐지 남편을 배신하는 것 같아서…."

"그래요. 그 마음 이해해요. 그럼 이렇게 하면 어때요?" 키리코 씨가 검은자위에 '꽃' 마크를 띄우고 섹시한 입술을 가볍게 핥았다. "일단 시원하게 땅을 팔고 여생을 행복하게 살 만한 돈을 드리면서 할머님이 거처를 옮기게 하는 거예요. 유리코 씨와 나오미는 남는 돈으로 남편분과의 추억이 가득한 지금 집에서 새 삶을 시작하는 거죠. 거기에 악령까지 퇴치하면 다들 아무 걱정 없이 행복해지지 않겠어요? 어때요, 그렇게 생각하지 않아요?"

악령 이야기만 빼면 묘하게 설득력 있었는지, 유리코 씨는 입을 다문 채 생각에 잠겼다. 단순한 뉴도 씨는 눈 속에 하트를 띄운 채 키리코 씨에게 홀려 해롱거렸다. 유일하게 냉철한 료만 나를 쳐다보았기에 우리는 체념하듯 함께 쓴웃음을 지었다.

뻐꾹~♪

카운터 뒤쪽 벽에 걸린 뻐꾸기시계에서 하얀 뻐꾸기가 느닷없이 튀어나왔다. 이 고풍스러운 시계는 시간은 정확히 알려주지만, 어찌 된 영문인지 예상치 못한 순간에 뻐꾸기를 내보낸다.

이 뻐꾸기가 기이한 정적을 만든 탓에 한동안 아무도 입을 열지 않았다. 숨이 턱 막힐 것 같은 매우 무의미하고 묘한 침묵이 가게 안에 쌓였다.

참기 힘들어진 나는 한숨을 삼키며 최대한 냉정한 목소리로 말했다.

"저기, 제가 한마디 해도 될까요?"

말석 테이블에 앉은 네 사람이 나를 돌아보았다.

"가족이 찢어지는 건 아무도 바라지 않는 것 같으니까 일단은 우리가 요시에 씨를 만나서 어른 대 어른으로 논의해 보고 그 과정에서 관계를 회복하는 게 제일이지 않나요? 우선 거기서부터 시작하는 게…."

"그래. 나도 그렇게 생각해. 그런 게 진짜 어른다운 행동이지."

미성년자인 료가 말하자, 미처 진짜 어른이 되지 못한 어른들은 아무말도 할 수 없었다. 하지만 키리코 씨는 그런 말에도 움츠러들지 않았다.

"그래. 그럼 캇키가 얘기한 대로 우선은 어른의 방식으로 해보자. 하지만 그 이전에, 어른의 상식도 중요해."

어른의 상식?

사람들이 고개를 가웃하자, 키리코 씨가 매우 친근한 태도로 유리코 씨의 어깨에 팔을 둘렀다. 그리고 "잠깐 이쪽으로 와요" 하면서 반강제로 새전함 앞에 데려갔다.

거기서부터는 키리코 씨의 독무대였다.

유리코 씨의 귓가에 대고 최면이라도 걸 듯 달콤한 목소리로 은근히 말했다.

"유리코 씨, 있잖아요, 옛날에 새전 내는 데 인색해서 무시무시한 벌을 받은 사람이 있었대요. 이번 일은 당신 인생에 엄청난 변화를 가져올 수도 있는 아주아주 중요한 전환점이잖아요? 그러니까 안전하게 넉넉한 금액을 헌납하는 게 좋아요."

"네? 그, 지금, 새전을요?" 유리코 씨가 말했다.

"물론이죠. 신사에서 소원을 빌 때는 누구나 새전을 먼저 헌납하잖아요? 그리고 소원이 이루어지면 감사 인사를 하러 다시 찾아가죠. 그게 신도(神道)의 나라에서 나고 자란 어른의 상식이잖아요? 자, 어서요. 모든 이들의 따뜻한 마음이 하나로 뭉친 지금 확실히 헌납해야죠. 머뭇거리면 신께 결례예요. 그래요, 그래. 마음을 가득 담아서…. 어머, 그 정도 금액이면, 흠…, 벌은 받지 않겠지만 결과에 영향이 조금 갈지도 모르겠네요. 유리코 씨의 한 번뿐인 인생의 중요한 분기점인데 이 정도로 괜찮을까요? 따님의 장래까지 고려해서 헌납하는 것도 중요해요."

그야말로 청산유수다. 키리코 씨는 유리코 씨의 등을 다정하게 쓸면서 끈질기게 새전을 내라고 부추겼다.

한편 조수 세 명은 마음속 귀를 굳게 닫은 채 때가 되면 찾아오는 이 폭풍우 같은 의례가 끝나기를 얌전히 기다렸다.

이윽고 새전을 왕창 받아내는 데 성공한 키리코 씨는 "훌륭해요, 유리코 씨. 이제 유능한 우리 조수들만 믿어요" 하고는 자신의 임무를 다했다는 듯 냉장고를 지나쳐 상석으로 돌아갔다. 그리고 또다시 흔들의자를 흔들기 시작했다.

끼익, 끼익….

치익.

손에 든 캔맥주를 땄다. 혼자 축배를 드는 모양이다.

갑자기 가게가 조용해졌다.

때마침 나카지마 미유키의 노래도 끝났다.

새전함 앞에 홀로 남겨진 유리코 씨는 도깨비에 홀린 얼굴로 우두커니 서 있었다.

"그, 그럼 우리가 나중에 요시에 씨와 논의하기로 하고, 오늘은 이쯤에서 마무리하죠."

뉴도 씨가 그렇게 말해준 덕분에 반쯤 취면 상태이던 유리코 씨를 어찌어찌 가게 밖으로 내보낼 수 있었다.

가게 창문 너머로 고개를 푹 숙이고 밤길을 걸어가는 유리코 씨의 뒷모습을 지켜보다가 뉴도 씨가 한숨 섞인 목소리로 말했다.

"갑자기 목이 마르네. 캇키, 아이스티 리필 좀 해줘."

그때 상석에서 키리코 씨의 나른한 목소리가 불쑥 날아들었다.

"캇키, 그것도 돈 제대로 받아."

✳

그 뒤로 일주일이 지났다.

가을 장마전선이 머문 탓에 지난 사흘간 긴난상점가는 미지근한 비에 흠뻑 젖었다. 쇼와당을 찾아오는 손님도 부쩍 줄어서 나는 일하

치유를 파는 찻집 39

는 시간보다 멍하니 쇼와시대 가요를 듣는 시간이 더 길었다.

오늘도 점심때는 좌석의 60퍼센트가 찼지만, 오후 세 시를 넘기자 손님의 발길이 뚝 끊겼다. 그러지 않아도 쇼와당은 매출이 높지 않은데 이렇게까지 한가하니 점장으로서 경영이 걱정되었다. 그러나 정작 가게 주인인 키리코 씨는 흔들의자에 앉아서 콧노래를 부르며 종이비행기를 접고 있었다.

"캇키, 이거 슌 군이 가르쳐준 방법대로 접은 거야. 엄청나게 잘 난대."

"슌 군이면 귀여운 여자친구랑 가끔 들르는 그 수줍음 많은 고등학생이요?"

"맞아, 맞아. 그 샤이 보이. 내가 보기엔 아직 숫총각인 것 같아."

"……"

"좋아. 다 접었다."

키리코 씨는 만족스럽게 말하고는 아무도 없는 테이블을 향해 종이비행기를 날렸다.

커다란 하트 모양 날개를 가진 그 종이비행기는 마치 중력을 거스르듯 똑바로 날아갔다.

"와, 이거 봐. 대단하다! 진짜 잘 날아."

키리코 씨는 소녀처럼 좋아했다.

천천히 가게 안을 가로지른 종이비행기는 결국 출입문에 부딪혀 바닥으로 툭 떨어졌다.

그 순간.

딸랑.

카우벨이 조금 거칠게 울리며 문이 열렸다.

아…, 라고 생각한 순간 이미 유리코 씨가 문 안쪽에 떡 버티고 서서 이글거리는 눈으로 이쪽을 노려보고 있었다.

빗소리와 습한 공기가 가게 안으로 밀려 들어왔다. 어깨까지 내려오는 내 검은 머리가 살짝 흔들렸다. 유리코 씨의 갈색 구두 뒤꿈치가 하트 모양 종이비행기를 짓밟고 있었다.

위험하다. 어떡하지….

나도 모르게 마른침을 삼켰다.

"아, 뭐야. 힘들게 접었는데."

짓밟힌 종이비행기를 본 키리코 씨가 태평한 말을 뱉었지만, 유리코 씨는 이를 무시하고 나와 키리코 씨를 번갈아 노려보았다.

가게 문이 천천히 닫히자, 빗소리가 딱 멈췄다.

유리코 씨는 입술을 바르르 떨면서 숨을 깊이 들이마시더니, 조금 갈라진 목소리로 말했다.

"새전을…, 그렇게나 냈는데."

유리코 씨가 손에 든 남색 우산 끝에서 빗방울이 똑똑 떨어져 나무 바닥에 작은 물웅덩이를 만들었다.

죄송합니다—.

내가 그렇게 말하려는 순간, 당황스러울 정도로 나른한 목소리가 가게 안을 울렸다.

"우후후. 뭐예요? 유리코 씨도 참. 그렇게 무서운 표정 지을 필요 없어요. 다 내 계획대로 되고 있으니까."

"네?"

고개를 갸웃한 사람은 유리코 씨가 아니라 나였다.

"그러니까아, 그렇게 무서운 표정 짓지 마요."

키리코 씨는 흔들의자에서 일어나 의미심장하게 웃으며 유리코 씨에게 다가가서는 뻣뻣하게 굳은 그녀의 어깨를 끌어안고 여느 때와 같이 말석 자리에 앉혔다. 그리고 바 접대부처럼 그 옆에 앉더니 카운터 너머에 있는 나를 쳐다보았다.

"캇키, 아이스티 두 잔."

"아, 네…."

나는 짧게 심호흡하고 맛있어져라, 맛있어져라, 하며 마법을 걸어 아이스티를 만들었다.

그런데 그저께 일이 떠올라서 심장 박동이 자꾸 빨라졌다.

사실 그저께 점심때―.

나와 뉴도 씨와 료는 유리코 씨의 시어머니 요시에 씨가 혼자 있는 시간을 노려 집에 찾아갔다. 물론 요시에 씨가 무척 좋아한다는 떡꼬치를 선물로 챙겨가는 것도 잊지 않았다. 우리는 셋이 뭉쳐서 간곡히 호소하며 부디 유리코 씨와 원만하게 지내 달라고 필사적으로 설득했지만…. 결과적으로 전보다 상황이 나빠졌다.

가장 큰 문제는 키리코 씨의 조언을 진지하게 받아들인 뉴도 씨가 "당신한테는 악령이 씌었어" 하며 억지로 굿을 하려고 한 것이었다. 게다가 요시에 씨가 격분했을 때 나오미가 학교에서 돌아온 것도 최악이었다. 나오미는 하필 그날 감기 기운이 있어 학교를 조퇴했다고 한다.

나오미는 우리를 유리코 씨의 앞잡이 노릇을 하며 할머니를 비난하는 '수상한 삼인조'로 보는 것 같았고, 일방적으로 요시에 씨를 '악'으로 낙인찍어 괴롭힌다고 오해하는 것 같았다.

그래서 우리 셋은 감기 기운이 있는 나오미에게 말 그대로 등을 떠밀려 현관 밖으로 쫓겨났다.

유일한 위안은 마지막에 료가 "나오미, 감기 얼른 나아. 또 올게"하며 멋진 미소를 날렸을 때, 나오미의 뺨이 살짝 붉어졌다는 것이다.

그 결과 불리해진 쪽은 물론 유리코 씨였다.

우리가 쫓겨난 뒤 만반의 준비를 하고 집에 돌아간 유리코 씨를, 요시에 씨는 노골적으로 무시했고, 나오미는 어떻게 된 거냐며 몰아세웠다. 급기야는 말다툼으로 번져 온 가족이 뿔뿔이 흩어질 위기에 처했다.

나는 아이스티 두 잔을 만들어서 긴장하며 말석 테이블로 가져갔다.

"음료 나왔습니다."

말하면서 테이블에 잔을 조심스레 내려놓자, 유리코 씨는 대놓고 큰 한숨을 쉬었다.

"캇키, 땡큐."

키리코 씨는 전혀 개의치 않으며 빨대를 입에 물었다. 그 느긋한 옆얼굴을 치뜬 눈으로 노려보던 유리코 씨는 엄청난 분노가 밴 낮은 목소리로 말했다.

"저기요, 키리코 씨."

"음?"

키리코 씨는 빨대를 문 채 눈동자만 굴려서 옆을 보았다.

"혹시 이러다가 돌이킬 수 없는 사태가 벌어지면 어떻게 책임질 거예요?"

"캬아, 맛있다!"

키리코 씨는 유리코 씨의 항의를 깨끗이 무시하며 맥주라도 마신 것처럼 활짝 웃었다.

"…"

"캇키, 이 아이스티 최고다."

"저, 저기요, 당신 내 말 안 들려요?"

"아, 정말. 귀에 대고 소리치지 않아도 들려요. 그리고 아까부터 다 내가 계획한 대로라고 했잖아요오. 그렇지, 캇키?"

키리코 씨가 카운터 안쪽으로 도망친 내게 동의를 구했다.

"어…"

이 상황에서 대체 뭐가 계획대로라는 것일까. 나는 대답이 궁했지만 키리코 씨가 너무 여유작작해 보여서 나도 모르게 고개를 끄덕였다.

"네, 네에…."

"거봐요. 캇키도 그렇다잖아요. 괜찮다니까요."

키리코 씨는 매우 친근한 태도로 유리코 씨의 등을 툭 치고는 늘 그렇듯 나른한 목소리로 말을 이었다.

"나오미는 원래 유리코 씨 편이었죠? 그런데 유능한 우리 조수들이 활약한 덕분에 드디어 중립이 됐잖아요."

"어…"

"그렇죠?"

"뭐…, 적어도 제 편은 아니게 됐죠."

기세가 한풀 꺾인 유리코 씨를 보고 키리코 씨는 "우후후" 하며 의미심장하게 웃어 보였다.

"그럼 된 거예요. 세 사람이 각자 다른 위치에 있게 됐으니까."

키리코 씨는 대체 무슨 말을 하려는 것일까. 나는 전혀 모르겠다. 유리코 씨도 변죽을 울리는 키리코 씨의 말투에 조금 짜증이 났는지 풍만한 가슴 앞에 가느다란 두 팔을 엇걸었다.

"키리코 씨, 그래서 하고 싶은 말이 뭐예요?"

키리코 씨는 유리코 씨의 질문을 깔끔히 무시하고 의자에서 일어 났다. 곧장 상석으로 가더니 다루마가 있는 안쪽 선반에서 레코드판 한 장을 뽑아 들었다.

"으음, 역시 이거지."

혼자 중얼거리고는 그 레코드판을 턴테이블 위에 얹었다. 그리고 신중하게 레코드 바늘을 올렸다.

보스(BOSE) 스피커에서 지지직 하며 아날로그 특유의 잡음이 나 다가 곧 경쾌한 일렉 기타 소리가 흘러나왔다.

이노우에 요스이의 '꿈속으로'였다.

나와 키리코 씨 둘 다 좋아하는 곡이다.

신나는 전주를 이어받아 이노우에 요스이가 노래를 시작하자, 가게 안은 순식간에 '요스이 월드'가 되었다.

키리코 씨는 아주 만족스러운 얼굴로 말석으로 돌아갔다. 그리고 이번에는 유리코 씨 옆이 아니라 맞은편 의자에 앉았다.

찾기를 포기했을 때
보이는 경우도 많으니까♪

키리코 씨는 그 한 소절을 흥얼거렸다.

그리고 갑자기 소리 없이 웃었다.

씨익.

만약 이 세상에 악마가 존재한다면 틀림없이 그렇게 웃을 것 같은, 눈을 피하고 싶을 정도로 요염하고도 어두운 기운을 휘감은 강렬한 미소였다.

두 팔에 소름이 돋았다.

그 '악마의 미소'를 정면으로 마주한 유리코 씨는 소름으로 그칠 수준이 아니었는지 당장이라도 뛰쳐나갈 것처럼 몸을 튼 채 충격에 휩싸인 모습이었다.

뻐꾹~♪

아무 때나 우는 덜떨어진 뻐꾸기시계가 불쑥 끼어들었다.

그 소리를 신호 삼아 키리코 씨의 얼굴에서 '악마의 미소'가 조용히 사라졌다.

"좋아. 준비가 다 되면, 캇키, 유리코 씨, 단단히 각오해요. 내일 며느리와 시어머니의 전면전이 시작될 테니까."

저, 전면전…?

"크ㅎㅎㅎ. 기대된다."

진심으로 기뻐 보이는 키리코 씨는 혼잣말처럼 말하고는 남은 아이스티를 단번에 쭉 들이켰다.

＊

전면전이 펼쳐지던 날은 쾌청한 가을의 어느 일요일이었다.

오후 한 시 사십 분.

쇼와당에 모인 나와 뉴도 씨와 료는 키리코 씨를 필두로 결전의 땅인 유리코 씨의 집으로 출발했다.

하늘은 구름 한 점 없이 푸르렀고, 단풍 든 가로수의 젖은 낙엽은 아스팔트 도로를 색색으로 물들였다.

"아, 날씨 좋다. 전쟁하기 딱 좋은 날이네."

키리코 씨가 기지개를 켜며 불온한 말을 했다.

평소에는 빈손으로 다니기를 좋아하는 키리코 씨지만, 오늘은 웬일인지 남색 토트백을 어깨에 멨다.

"그나저나 갑자기 불려 나온 우리는 오늘 뭘 해야 돼요?"

료가 걸으면서 우리의 생각을 대변해 주었다.

"음, 복싱에서 말하는 세컨드 역할을 해주면 돼."

"뭐야, 주먹다짐이라도 시키려고?"

뉴도 씨가 눈을 휘둥그레 뜨자, 키리코 씨가 불길한 웃음소리를 흘렸다.

"오호호. 설마. 걸으면서 오늘의 흐름을 대충 설명할 테니까 다들 자기 역할 제대로 해. 소원 성취에 대한 답례로 새전을 왕창 받아내야 하니까."

상쾌한 가을 하늘 아래 우리는 너무나 난데없는 '전면전'의 개요를 들어야 했다. 들으면 들을수록 '치유사'의 역할과는 한참 동떨어져 있고 150% 확률로 두 사람에게 화근을 남길 내용이었다. 그래서 나와 뉴도 씨와 료는 말문이 막혔다.

"저기, 키리코 씨?"

맨 처음 입을 연 사람은 뉴도 씨였다.

"응?"

"정말 그런 작전을 써도 괜찮을까…?"

"아하하. 괜찮을지 안 괜찮을지 나는 몰라."

뭐라고? 우리 셋은 키리코 씨를 돌아보았다.

"그냥 그러는 게 재미있을 것 같아서 싸움을 붙이려고."

키리코 씨는 세상에서 가장 무책임한 발언을 하며 크흐흐 웃었다. 그리고 높푸른 가을 하늘을 올려다보면서 평소보다 넓은 보폭으로 길을 걸어갔다.

＊

오후 한 시 오십오 분.

"어머, 돈깨나 있을 것 같은 집이잖아."

키리코 씨가 현관 앞에서 유리코 씨의 집을 올려다보며 노골적으로 입꼬리를 올렸다.

키리코 씨의 지시대로 우선은 료가 초인종을 눌렀다.

"네…"라고 젊은 여자 목소리가 인터폰 너머에서 들려왔다. 나오미다. 료는 작게 숨을 뱉으며 호흡을 가다듬은 뒤 평소처럼 쿨한 목소리로 말했다.

"나오미? 감기는 나았어?"

"네?"

"또 오겠다고 약속했잖아. 그래서 왔어."

"…."

현관문이 찰칵 하며 열린 것은 그로부터 약 15초 후였다.

료는 현관에서 얼굴을 내민 나오미에게 미소를 지어 보이고, 곧바로 요시에 씨와 유리코 씨를 화해시키러 왔다는 뜻을 전하며 '치유사'로 알려진 키리코 씨가 지금까지 보여준 '치유' 실력을 간략히 설명했다. 그리고 "오늘 하루면 충분해. 나와 키리코 씨를 믿어주지 않을래?" 하면서 나오미의 가녀린 어깨를 커다란 두 손으로 살짝 붙잡았다. 코앞에서 잘생긴 남자의 시선을 받은 나오미는 이미 의식이 반쯤 날아간 듯 풀린 눈으로 고개를 꾸벅했다.

우리가 다 같이 집 안으로 들어간 것은 초인종을 누르고 겨우 2분이 지났을 때였다. 잘생긴 남자는 대단하다.

나오미는 우리를 거실로 안내했다.

"흐음, 시어머니가 청소에 깐깐하다더니 정말 집이 깨끗하네."

키리코 씨는 잽싸게 집 안에 있는 세간을 확인했다.

나오미는 또다시 료에게 부탁을 받아 2층에 있는 유리코 씨와 요시에 씨를 부르러 갔다.

예정대로 유리코 씨는 곧장 내려왔지만, 요시에 씨를 데려오는 데에는 나오미도 애를 먹는 모양이었다. 그래도 몇 분 후, 견원지간인 두 사람을 어찌어찌 거실로 불러내서 테이블을 끼고 좌우에 각각 나눠 앉히는 데 성공했다.

유리코 씨는 얼굴이 조금 창백했다. 앞으로 전면전이 시작된다는 것은 알면서도 자세한 내용은 전혀 모르는 상태였다. 어젯밤 불안해서 제대로 자지 못했을지도 모른다. 한편 요시에 씨는 지난번의 '수상한 산인조' 일 때문에 대놓고 께름칙한 표정으로 우리를 쳐다보았다.

"자, 시작하겠습니다아."

키리코 씨는 테이블의 상석인 일명 '주인공 자리'를 차지하고서 좌우에 나눠 앉은 유리코 씨와 요시에 씨를 번갈아 보았다. 나오미는 우리가 있는 키리코 씨 옆쪽에 료와 나란히 섰다.

"시작한다니, 뭘 한다는 거죠?"

요시에 씨가 미간 주름을 더 깊이 잡으면서 가시 돋친 목소리로 말했다.

"오늘 확실히 시비를 가릴 겁니다. 쉽게 말해 고부간의 전면 전쟁을 해주셔야겠어요."

키리코 씨의 말에 놀란 나오미가 "네? 화해시키는 거 아니었어요?" 하며 옆에 선 료를 올려다보았다.

"괜찮아. 한번 지켜봐."

료는 나오미의 귓가에 차분히 속삭였다.

"전쟁? 뭐죠? 그게 무슨 소리예요?"

요시에 씨가 키리코 씨에게 매서운 눈빛을 보냈다.

"한마디로 앙숙인 두 분이 승부를 겨루는 겁니다. 그래서 누구 잘못인지 확실히 결론을 내자고요."

"내가 왜 그런…. 한심하기는."

요시에 씨가 어이없는 표정으로 일어서려고 하는 찰나, 키리코 씨가 단호하게 말했다.

"어라? 요시에 씨, 져도 돼요?"

"뭐라고요?"

요시에 씨는 일어나려고 테이블에 손을 짚은 자세 그대로 키리코 씨를 노려보았다.

팽팽한 분위기에 모두 입을 다물었다.

그런데 그 숨 막히는 정적 속에서 분위기를 더 얼어붙게 하는 변화가 일어났다.

웃었다. 키리코 씨가.

씨익 하고.

전율이 이는 그 '악마의 미소'로.

눈 깜짝할 사이에 검고 어두운 기운이 거실을 메워 나도 모르게 숨 쉬는 것을 잊어버렸다. 주위를 둘러보니 다들 하나같이 얼굴이 창백했다.

키리코 씨는 더 무시무시한 말을 입 밖에 냈다.

"오늘은 내가 법이에요. 거스르면 반칙패입니다. 패배한 사람은 밑바닥의 밑바닥으로 떨어뜨려서 인생의 패자로 만들어줄 거예요."

부르르 몸을 떤 요시에 씨가 자신의 두 팔을 껴안았다. 분명 소름이 돋았을 것이다.

"저는 이 대결에 응할 거예요."

어제 미리 짠 대사대로 유리코 씨가 말했다.

"어머, 유리코 씨는 근성이 있네요. 요시에 씨는요? 도망치는 건 자유지만, 그러면 요시에 씨의 패배랍니다."

키리코 씨는 도발적으로 씩 웃었다. 조금 전의 그 무서운 미소는 아니어서 다들 내심 안심한 듯했지만, 그래도 거실에는 예사롭지 않은 긴장감이 퍼져 있었다.

"할머니…"

료 옆에 붙어 선 나오미가 걱정스럽게 중얼거렸다.

그런 손녀의 얼굴을 본 요시에 씨의 눈에 의지의 빛이 반짝였다.

"흥. 내가 저런 사람한테 질 턱이 있나."

가시 돋친 요시에 씨의 말에 유리코 씨는 눈에 힘을 주어 맞섰다.

며느리와 시어머니. 오랜 원한을 실은 눈빛이 정면으로 맞부딪치자, 실내 온도가 3도쯤 올라간 것 같았다. 싸움이 무엇보다 싫은 나는 긴장을 풀려고 무심코 심호흡했다.

"그럼 결정." 가볍게 손뼉을 친 키리코 씨는 양측을 눈으로 확인하고 덧붙여 말했다. "끝까지 후회 없이 대결하기 위해서 양쪽에 각각 세컨드를 붙이겠습니다. 요시에 씨는 칸키가, 유리코 씨는 뉴도 씨가 도울 겁니다."

고개를 끄덕인 나와 뉴도 씨는 좌우로 갈라져서 '선수' 옆 의자에 앉았다.

"저는요?"

작은 소리로 말한 료에게 키리코 씨는 짧게 대답했다.

"부심의 경호원이야."

"부심?"

"거기 있는 아가씨 말이야. 부심 역할을 시키려고 중립으로 만든 거거든."

나오미는 "저요?" 하고 자신을 가리키면서 료를 올려다보았다.

"그런가 봐."

경호를 맡은 료는 짧게 말하며 쓴웃음을 짓고는 키리코 씨의 대각선 뒤에 의자 두 개를 놓고 나오미와 나란히 앉았다.

"준비됐죠? 그럼 이 전쟁의 규칙을 설명할게요."

키리코 씨는 그렇게 말하며 천천히 자리에서 일어나 뒤로 돌아서 후방에 있는 부엌으로 걸어가더니, 놀랍게도 내키는 대로 냉장고 문을 열고 캔맥주를 꺼내 왔다. 그러고는 다시 상석 의자에 앉아서 치익 하고 경쾌하게 캔을 땄다.

너무 당당한 나머지 다들 주의를 주지도 못하고 아연실색한 얼굴로 키리코 씨를 바라보았다. 정작 당사자는 여느 때처럼 개의치 않으며 기분 좋게 꿀꺽꿀꺽 목을 울렸다.

"캬아. 싸우기 전에 마시는 술은 역시 맛있어."

"…."

다들 얼이 빠져서 바라보는데, 키리코 씨가 말했다.

"아, 맞다. 맥주가 아니라 규칙을 설명하기로 했지. 대결은 간단해요. 상대방의 단점을 번갈아 말하다가 먼저 우는 쪽이 지는 거예요."

희한한 규칙에 순간 말을 잃은 요시에 씨였지만, 곧바로 강인한 표정을 되찾고 "말도 안 되는 소리. 내가 울 리가 없지" 하며 코웃음 쳤다. 그 모습을 바로 앞에서 보고 있던 유리코 씨도 사나운 얼굴로 "흥" 하며 콧방귀를 뀌었다.

"아, 맞다, 맞다. 캇키랑 뉴도 씨도 책임이 막중하니까 진지하게 싸워. 두 사람의 파트너 중에 지는 쪽은 평생 '루저'로 살아야 하니까. 어쩌면 '세컨드 탓'이라고 죽을 때까지 원망할지도 몰라. 크흐흐. 참고로 패배자의 세컨드에게도 아주 무거운 벌을 내릴 예정이니까 각오하라고."

나와 뉴도 씨는 "엥?" 하며 시선을 교환했다.

"벌이라니, 그런 말은 처음 듣는데요…."

반사적으로 반박하자, 키리코 씨가 딱 잘라 말했다.

"방금 정했거든. 내가 법이니까."

"그게 무슨…."

"투덜거려도 안 돼. 이건 두 사람의 인생을 건 중요한 대결이니까 캇키 너도 최선을 다해야 예의야."

나도 모르게 "하아" 하며 우울한 한숨을 쉬자, 옆에 있던 요시에 씨가 별일 아니라는 듯 말했다.

"걱정 마요, 아가씨. 나는 안 울어."

"네…?"

"며느리랑 달리 나는 우리 집안 문제로 남한테 민폐 끼치는 짓은 안 하거든."

"할머님…."

나는 이때 처음으로 요시에 씨의 미소를 보았다. 아주 잠깐 스친 희미한 쓴웃음이었지만 나는 거기서 요시에 씨의 됨됨이를 엿보았다.

"그럼 전쟁에 쓸 도구를 나눠드리죠."

키리코 씨는 지참한 남색 토트백에서 스프링 노트와 100엔 숍에서 팔 것 같은 볼펜을 꺼내서 유리코 씨와 요시코 씨에게 각각 내밀었다. 노트는 두 권씩, 볼펜은 한 자루씩이었다. 그러고는 쇼와당 문에서 떼온 카우벨을 가방에서 꺼내 자기 앞에 놓았다. 이 물건들을 어디에 쓸지는 나도 아직 모른다. 여기로 오는 길에 "서로 상대방의 단점을 비난하다가 먼저 우는 쪽이 패배하는 전쟁이야"라는 설명을 들었을 뿐이다.

"그럼 지금부터 쇼와당이 기획한 유리코 씨와 요시에 씨의 인생을 건 전면전을 시작합니다. 우선 1라운드에서는 최악이라고 생각하는 상대의 단점 열 개를 노트에 자세히 적고 하나씩 번갈아 발표하면서 마음껏 비난하면 됩니다. 서로 열심히 악담을 퍼부어서 1초라도 먼저 상대방을 울리세요. 아시겠죠? 그럼 1라운드, 스타트!"

키리코 씨는 아주 유쾌하게 말하며 가게에서 가져온 카우벨을 딸랑 울렸다. 타임벨 대신인가 보다.

"흥. 쟤 단점이야 쌔고 쌨지."

말이 끝나기 무섭게 요시에 씨는 단숨에 단점 열 개를 적어 내려갔다. 이래서야 세컨드가 나설 자리가 없다. 유리코 씨도 세모눈을 뜨고 막힘없이 써 내려가는 것 같았다.

"역시 둘 다 빠르네요. 그럼 먼저 다 적은 요시에 씨부터 단점 하나를 들어 비난하세요."

키리코 씨의 말에 고개도 까딱하지 않고 요시에 씨가 발표를 시작했다.

"그럼 내가 먼저 말하죠. 유리코, 네 최악의 단점은 말이다, 우선 돈 씀씀이가 헤프다는 거야. 얼마 전에도 홈쇼핑에서 화장수며 청소기며 쓸데없이 사들여서 돈을 낭비했지? 앞으로의 생활 계획도 안 세우고 돈을 물 쓰듯. 누가 벌어다 준 돈인지 알고는 있는 거니? 가계부도 쓸 줄 모르는 여자랑 결혼한 우리 아들이 불쌍하다."

요시에 씨는 그렇게 말하다가 떠나보낸 지 얼마 안 된 아들이 생각난 듯 잠깐 말을 끊었다. 그 틈을 놓치지 않고 유리코 씨가 큰 소리로 받아쳤다.

"돈 낭비한 게 아니에요!"

그때 키리코 씨가 곧바로 끼어들었다.

"예에, 유리코 씨, 스톱. 상대방의 악담에 반박은 금지예요. 자기 차례가 오면 그때 악담으로 받아치세요."

"그, 그렇지만 키리코 씨, 어머니 말은 사실이 아니에요!"

"사실이든 아니든 상관없어요. 이건 전쟁이니까 말한 사람이 승자예요. 아무튼 말로 상대방을 공격하면 장땡이라고요. 자, 다음은 유리코 씨 차례네요. 마음껏 갚아주지 그래요?"

주심이 시키는 대로 말을 삼킨 유리코 씨는 "그럼 저도 한마디 하겠습니다" 하며 테이블 위로 몸을 기울였다. "어머니의 단점은 말이죠, 뭐니 뭐니 해도 그 병적인 결벽증이에요. 구석구석 청소하라는 둥, 어디가 더럽다는 둥, 욕실에 곰팡이만 살짝 피어도 이러쿵저러쿵 난리를 피워요. 그렇게 불만이면 직접 하시면 되잖아요!"

"뭐, 뭐라고? 유리코, 너 내가 왜—."

"예, 예, 예. 요시에 씨, 스톱. 반박은 금지라니까요. 규칙을 어기면 반칙패로 처리할 거예요."

"…."

요시에 씨는 옆에서 들릴 만큼 큰 소리로 침을 꿀꺽 삼켰다. 혀끝까지 올라온 수많은 말을 눌러 삼켰나 보다.

"네, 그럼 다음은 요시에 씨. 속 시원히 털어놔요."

키리코 씨의 말이 떨어지자마자 요시에 씨는 몸을 앞으로 쭉 빼며 입을 열었다.

"너는 말이다, 하여튼 요리 실력이 아주 엉망이야. 기본의 기 자도 안 돼 있어. 일전에 네가 자신만만하게 구운 빵, 그건 뭐였니? 그렇게 신 빵은 내가 태어나 처음 먹어봤다. 그래도 명색이 전업주부인데 요리 공부 좀 하렴!"

요시에 씨가 말을 마치자, 유리코 씨의 입술이 바들바들 떨렸다.

"그, 그럼 저도 말 좀 할게요. 어머니가 기분 내키는 대로 만드는 쌀겨 절임, 그거 그만 좀 하실 수 없어요? 어머니가 집에 없는 날 왜 제가 그 냄새를 견디면서 섞어줘야 하죠? 정말 이해가 안 돼요. 자기 일도 스스로 못 하면서 남한테 이래라저래라 하지 마세요!"

단점을 각자 두 개씩 꼽았을 뿐인데 거실은 이미 말 그대로 '전장'이 되었다. 요시에 씨와 유리코 씨는 분에 찬 나머지 숨을 씩씩댔다. 세컨드인 나는 어릴 때부터 겁 많은 울보였기에 그 분위기를 견디기 힘들어서 누구보다 먼저 눈물을 터뜨릴 뻔했다.

하지만 고부간의 진짜 전면전은 이제부터 시작이었다. 키리코 씨가 절묘한 타이밍과 대사로 두 사람을 부추겨 분노를 증폭시키자, 귀를 막고 싶을 정도로 악랄한 말이 날아다녔다.

서로 일곱 번째 단점을 발표한 직후, 머리끝까지 화가 난 유리코 씨가 "적당히 하세요!" 하며 성난 얼굴로 의자에서 일어났다. 그런데 두 번째 맥주를 마시던 키리코 씨가 대번에 "당장 앉지 않으면 패배로 칠 거예요" 하며 사태를 수습했다.

이윽고 서로 적어 놓은 단점 열 개를 전부 말했지만 어느 쪽도 울지 않아서 싸움은 2라운드에 접어들었다. 또다시 상대의 단점을 열 개씩 적어 서로 비난해야 했다.

격분한 나머지 펜 끝을 떨면서 유리코 씨의 단점을 써 내려가던 요시에 씨였지만, 다섯 번째 단점을 적고부터는 속도가 줄어들었다.

"음…. 또 뭐가 있더라."

좋다. 드디어 세컨드가 나설 차례다.

나는 요시에 씨의 기억을 자극하듯 "나오미가 어릴 때 양육 방식에는 문제가 없었나요?"라든가 "돌아가신 남편분과 유리코 씨가 싸운 적은요?" 같은 질문을 던졌다. 그러자 요시에 씨는 "아, 그러고 보니!" 하면서 무릎을 치고 유리코 씨의 단점을 노트에 적었다.

2라운드 대결은 1라운드 때보다 훨씬 격렬했다.

상대방의 악담에 '반박 금지'라는 규칙이 두 사람의 마음에 엄청난 스트레스를 쌓은 것이다. 비난을 받으면서도 자신의 진짜 생각을 토로하지 못하는 억울함에 분노와 슬픔이 더해져 두 사람 다 머리에서 김이 날 정도로 흥분했다.

그런데 3라운드가 되자, 역시 둘 다 비난거리가 떨어진 것 같았다. 나와 뉴도 씨는 열심히 선수를 도왔다. 지면 세컨드에게도 엄벌이 내려진다. 열심히 할 수밖에 없었다. 조금 전까지 떨리던 펜 끝을 우뚝 멈춘 요시에 씨에게 "할머님, 물 드세요" 하며 컵을 내밀었을 때, 요시에 씨가 갑자기 나를 돌아보며 말했다.

"고마워요. 저기요, 아가씨, 아, 캇키 씨라고 했나?"

"네? 아, 네."

"캇키 씨는 알고 보니 좋은 사람 같아요."

"네…?"

"얼마 전에 화내면서 쫓아내서 미안해요."

요시에 씨는 내가 건넨 물을 조금 마시고 작게 웃었다.

"아니에요…. 저희야말로 불쑥 찾아가서 무례한 소리를 했는걸요."

죄송해요, 라고 말하기 전에 요시에 씨가 입을 열었다.

"아니에요. 나야말로 우리 집안 문제에 휘말리게 했잖아요."

요시에 씨는 다시 한번, 미안해요, 하고는 작게 탄식했다.

"아, 유리코 씨는 계속 쓰고 있어요. 우리도 힘내요, 할머님."

"그래요…."

요시에 씨가 작게 미소 지어서, 나도 똑같이 미소로 답했다. 그때 어쩐지 세컨드와 선수 사이에 신뢰 관계 같은 것이 형성된 느낌이었다. 그건 상대편도 마찬가지인 듯했다. 뉴도 씨와 유리코 씨는 예전부터 한편이었던 것처럼 얼굴을 맞대고 노트에 이것저것 써 내려갔다.

3라운드 공방은 쪼잔한 트집이 난무하는 비방전이 되었다.

"유리코, 네가 화장실에서 손을 씻은 뒤에는 꼭 물이 바닥에 흘러서 지저분하더라. 더러웠으면 직접 닦아야지"라든가 "어머니가 정원에서 갑자기 모닥불을 피워서 빨랫감에 매캐한 냄새가 밴 적이 있어요" 등등….

한편 주심인 키리코 씨는 벌써 다섯 캔째인 맥주를 들이켜고 혼자 술에 취해 히죽거리고 있었다.

3라운드가 끝날 즈음, 열 번째 단점으로 유리코 씨를 비난하기 직전에 요시에 씨는 나오미를 힐끔거렸다. 그리고 지금껏 들은 적 없는 낮고 또렷한 목소리로 말했다.

"유리코, 너는 말이다. 어미로서 딸에 대한 애정이 너무 부족해. 딸의 장래조차 진지하게 고민하지 않잖니? 그러니까 나오미의 진로를 본인한테 다 떠맡기지. 넌 어미 자격이 없어."

"아, 아니…." 반박하려던 유리코 씨는 주심의 얼굴을 보고 입을 꾹 다물었다. 그리고 자신의 차례를 기다렸다가 반격에 나섰다.

"저는 어머니의 '할머니로서 최악'인 점을 말하겠습니다. 어머니, 항상 나오미에게 덮어놓고 잔소리하고 닦달하시죠? 그건 정말 저질에 폭군에 인간쓰레기가 하는 짓이에요. 어머니야말로 나오미에 대해 너무 모르시는 거 아니에요? 나오미는요, 어머니 생각처럼 멍청한 애가 아니에요. 자기 일은 자기가 판단할 수 있도록 저희 부부가 똑 부러지게 키웠다고요. 지금 저는 우리 딸을 믿고 있는 거예요. 덮어놓고 이래라저래라 명령하는 건 자기 손녀를 믿지 못한다는 증거 아닌가요? 그렇게 강압적으로 교육하는 어머니야말로 할머니로서 최악이에요!"

탕!

테이블이 갑자기 큰 소리를 냈다.

유리코 씨의 악담을 못 견디고 요시에 씨가 테이블을 두 손으로 힘껏 내리친 것이다. 어지간히도 분했는지 주름으로 둘러싸인 눈에 슬쩍 눈물이 고였다.

"와, 정말, 깜짝 놀랐네. 내 맥주가 엎어지면 반칙패로 처리할 거예요. 꺼억."

남의 냉장고에서 꺼내 온 맥주를 '내 맥주'라고 단언한 키리코 씨는 주변 눈치도 보지 않고 크게 트림을 했다.

바로 그때—.

"이제… 그만해…."

키리코 씨의 왼쪽에서 희미한 목소리가 들렸다.

나오미였다.

"응? 부심, 뭐 의견 있어?"

키리코 씨가 한 손에 캔맥주를 들고 돌아보았다.

나오미는 검은 눈동자를 촉촉이 적시면서 띄엄띄엄 말했다.

"아무것도 몰라. 엄마도, 할머니도….."

요시에 씨와 유리코 씨는 조금 불안한 얼굴로 나오미를 보았다.

"엄마가 구워준 그 시큼한 빵은 천연효모로 만든 거야. 첨가물을 넣지 않은 빵이 몸에 좋다고…, 나랑 할머니를 위해서 구워준 거야. 그게 잘못이야? 홈쇼핑에서 산 청소기도 집 먼지 알레르기가 있는 나를 위해서 일부러 이불 진드기를 없앨 수 있는 걸로 산 거야…. 그게 돈 낭비야? 할머니가 결벽증으로 보이는 것도 사실은 내 알레르기를 걱정해서고, 쌀겨 절임도 내가 좋아하는 음식이라 만들어주는 거잖아. 그게 잘못이야? 그러면…, 둘 사이가 나쁜 건…, 결국 나 때문이잖아."

"나오미…."

유리코 씨가 딸의 이름을 중얼거렸을 때, 나오미의 두 눈에 반짝이는 눈물이 차오르다가 눈 깜빡임과 동시에 뺨을 타고 떨어졌다.

"부심, 하고 싶은 말은 그게 다야?"

키리코 씨는 이제 취한 것이 그대로 드러나는 해롱해롱한 얼굴로 나오미를 보았다. 그러나 검은 머리를 하나로 묶은 여고생은 대답 없이 고개를 푹 숙였다.

"그럼 4라운드 시작합니다아. 이번에도 상대방의 단점 열 개를 써서 서로 비난하세요."

뭐? 또 한다고?

나는 키리코 씨의 얼굴을 관찰했다. 하지만 술에 취해 해롱대는 두 눈에는 눈곱만한 선의조차 담겨 있지 않은 듯했다.

이 사람, 설마 진심으로 즐기는 건가…?

하마터면 진지하게 물어볼 뻔한 순간 "나 참. 이게 뭐야…" 하며 옆
에서 한숨 같은 목소리가 들려왔다.

"어?"

돌아보니 요시에 씨가 펜을 손에 들고 천천히 노트를 펼치고 있었
다. 계속 쓸 생각인가 보다. 하지만 그 옆얼굴은 지금까지와는 어딘가
느낌이 달라 보였다. 치켜 올라간 눈가에서 독기가 빠지자, 화가 났다
기보다는 오히려 슬픈 것처럼 보였다.

그리고 4라운드는 기이하게도 차분한 분위기에서 종료되었다.

양쪽 다 비난거리가 거의 바닥난 데다 나오미의 눈치를 살피며 싸
우느라 조금씩 자제하는 탓이었다.

솔직히 세컨드인 나도 마음에 생채기가 잔뜩 남은 듯 비참한 기분
이었다. 눈썹을 팔자로 내린 뉴도 씨도 조금 전부터 몇 번이나 한숨
을 쉬었다. 나오미는 절망의 밑바닥에서 구원의 빛을 구하듯 눈물 고
인 눈이었고, 항상 쿨하던 료조차 질린 얼굴로 팔짱을 끼고 있었다.
당사자인 유리코 씨와 요시에 씨는 분노와 설움을 모두 쏟아낸 뒤라
텅 빈 껍데기가 된 것 같았다.

그런 가운데 희희낙락하는 사람은 키리코 씨 혼자였다.

"좋아~. 승부는 아직 나지 않았어. 5라운드 스타트~."

딸랑.

오른손으로 캔맥주를 든 채 왼손으로 카우벨을 울렸다. 그 소리가
거실 안을 공허하게 떠돌다가 흩어졌다.

"…"

"…."

카우벨 소리를 듣고도 한동안 아무도 입을 열지 않았다. 그저 기분 좋게 꿀꺽거리는 키리코 씨의 목울대 소리만이 거실에 퍼져 나갔다.

"어머머, 유리코 씨랑 요시에 씨, 어떻게 된 거예요오? 어서 써요오. 내가 법이라니까아."

취해서 눈이 게슴츠레한 키리코 씨는 기세가 꺾인 두 사람을 보고 "뭐야~, 설마 벌써 소재가 떨어진 거야아?"라고 불만스럽게 말하더니, 빈 캔을 테이블에 놓고 손뼉을 짝 쳤다.

"좋아. 그럼 시합 내용을 변경하겠습니다아. 단점 소재가 떨어졌으니까 이제는 반대로 상대의 장점 열 개를 적어서 발표합니다아."

갑작스러운 규칙 변경에 요시에 씨는 반사적으로 "뭐라고요?" 했다.

유리코 씨도 "그, 그게 무슨…" 하며 당황한 표정이었다.

나도 사전에 듣지 못한 흐름이라 깜짝 놀랐다.

"왜요오? 내가 곧 법이에요오. 불만 있으면 패배로 처리할 거예요오."

키리코 씨는 못마땅한 말투로, 그러면서도 히죽거리는 얼굴로 말하며 또다시 카우벨을 손에 들었다.

그때, 료가 예리한 발언을 했다.

"키리코 사장님, 그 시합 내용으로 어떻게 승패를 가르죠?"

"으음, 그게…." 지적을 받은 키리코 씨는 허공을 바라보며 고개를 살짝 갸웃하다가 갑자기 어마어마한 트림을 한 뒤, 그 질문을 료에게 되돌렸다. "료는 어떻게 하면 좋을 것 같아?"

"네? 내가 생각해야 돼요?"

"아하하. 잘 좀 부탁해애."

키리코 씨가 어떤 연예인을 흉내 내듯 말하자, 료는 혼잣말로 "하, 정말"이라고 중얼거린 뒤 나오미를 힐끔 쳐다보았다.

그리고 대충 내뱉듯 말했다.

"그럼 먼저 소재가 떨어지는 쪽이 지는 걸로 해요."

"오, 그거 좋네. 받아들이겠어. 마침 노트도 두 권씩 나눠줬으니까. 그럼 이번 라운드부터는 새로운 노트에 적어주세요. 울어도 지는 거고, 소재가 바닥나도 지는 거예요오. 그럼 갑니다아. 5라운드, 시작~."

키리코 씨는 카우벨을 기운차게 두 번 딸랑딸랑 울렸다.

여러모로 강압적인 느낌이었지만, 아무튼 대결은 계속되는 모양이다. 나는 옆에 있는 선수를 보았다.

요시에 씨는 머리가 아픈 것처럼 눈썹을 찌푸리며 탄식했다.

"캇키 씨."

"네."

"쟤의 장점이라니, 대체 뭘 써야 할까요?"

요시에 씨는 지친 목소리로 소곤거렸다.

"으음, 뭐든 괜찮을 것 같아요. 예를 들면…, 네 번째 발가락 발톱 모양이 예쁘다든가, 그런 거요. 승부는 개수로 결정되니까 별것 아닌 것까지 쓰는 사람이 이기는 거잖아요."

나는 세컨드로서 지극히 성실하게 조언했다.

"그래, 그렇네요. 그럼 대충 써야겠어요."

요시에 씨가 쥔 볼펜이 새로운 노트 위를 슥슥 미끄러졌다. 테이블 너머 앞을 보니, 유리코 씨도 미간에 주름을 잡으며 열심히 요시에 씨의 장점을 적는 듯했다.

"이제 다 썼죠오? 그럼 요시에 씨부터 발표하세요오."

키리코 씨가 재촉하자, 요시에 씨는 노트를 보며 국어책을 읽듯 말했다.

"으음…. 미적거리는 평소와는 달리 바겐세일 때만큼은 움직임이 날래서 원하는 물건을 꼭 사고야 마는 게 유리코의 장점입니다."

예상 밖의 칭찬에 유리코 씨를 제외한 모두가 "풋" 하며 웃음을 터뜨렸다.

"아하하하. 재미있다~!"

심지어 키리코 씨는 손뼉을 치며 우레와 같은 갈채를 보냈다.

조금 전까지 울던 나오미마저 쿡 하고 웃었다.

문득 옆을 보니, 요시에 씨는 의도치 않게 사람들을 웃겨서 기쁜 듯 쑥스럽게 미소 짓고 있었다.

웃음거리가 된 유리코 씨는 역시 언짢은 표정이었다.

"그럼 다음은 유리코 씨, 말해봐요~."

"네. 어머니의 장점은 빈약한 정수리를 감춰주는 가발이 무척 잘 어울린다는 점입니다."

"어…."

순간 모두 말을 잃고 요시에 씨의 정수리를 쳐다보았다.

갑자기 자기 머리로 시선이 쏠리자, 요시에 씨는 매우 거북한 얼굴로 파리를 쫓듯 손을 내저으며 시선을 거부했다.

그때 나오미가 잽싸게 끼어들었다.

"잠깐, 엄마. 그건 말하면 안 되지."

그 말을 듣고 키리코 씨가 웃음을 터뜨렸다.

"아하하하. 그 칭찬도 정말 유쾌하고 좋은데!"

그 이후 양쪽 모두에게 몹시 기묘한 치켜세우기 접전이 이어졌다.

예를 들면 유리코 씨가 웃을 때 눈꼬리에 잡히는 주름이 멋지다든 가, 생니 하나 없이 완전히 틀니이면서도 전병을 씹는 요시에 씨가 대 단하다든가, 유리코 씨의 겨드랑이털이 풍성해서 더할 나위 없다든 가, 요시에 씨는 입도 걸면서 친구가 많다든가…. 아무튼 상대방을 헐 뜯는 것인지 칭찬하는 것인지 모를 입씨름이었는데, 그 주장이 하나 하나 우스워서 세컨드인 나와 뉴도 씨도 몇 번이나 웃음을 터뜨리고 말았다.

그리하여 7라운드에 들어섰지만, 이제는 양쪽 다 소재가 떨어져 가 는 모양이었다. 내 옆에 있는 요시에 씨도 관자놀이를 문지르며 필사 적으로 소재를 생각했다. 나는 얼른 세컨드로서 조언했다.

"할머님, 이렇게 된 이상 진짜 칭찬을 쓰는 게 낫지 않을까요?"

"네? 하지만…."

상대는 빈정대며 칭찬하는데 이쪽만 제대로 칭찬하면 자존심이 상 한다고 생각하는 것 같았다. 하지만 이건 어디까지나 대결이다.

"지는 것보다는 낫잖아요."

"하긴, 그렇죠…. 내가 지면 캇키 씨도 벌을 받는 거죠?"

"네."

요시에 씨는 후우, 하고 짧게 숨을 내쉰 뒤 노트에 느릿느릿 펜을 놀렸다. 손놀림은 조금 무거웠지만, 단점을 나열하던 때와 비교해보면 요시에 씨의 옆얼굴은 마치 씌었던 귀신이 떨어져 나간 것처럼 가뿐 해 보였다.

7라운드 공방은 유리코 씨부터 시작했다.

"저기…, 어머니는 뭐라고 할까, 그…." 유리코 씨는 초반부터 머뭇거렸다. 그러다가 이내 체념한 얼굴로 말을 이었다. "나오미가 어릴 때 자주 동물원에 데려가주기도 하고 잘 챙겨주셨어요."

"어…?"

처음으로 빈정대지 않는 칭찬을 들은 요시에 씨는 입을 떡 벌렸다.

그 말을 한 유리코 씨는 첫사랑 상대에게 고백한 중학생처럼 수줍어하는 얼굴이었다.

"흐음, 요시에 씨는 잘 챙겨주는 성격이었구나. 좀 의외네에"라고 무례한 말을 던진 키리코 씨는 맥주를 들이켰다. "그럼 다음은 요시에 씨~, 해주세요."

"네? 나, 나는…, 어…."

이번에는 요시에 씨가 수줍어할 차례였다. 어쩐지 옆에서 지켜보는 세컨드까지 쑥스러워졌다.

"으음, 아들이 눈을 감을 때까지 유리코가 간병을, 그…, 뭐, 잘해준 것 같습니다."

요시에 씨는 겸연쩍은 말을 마치고 혼난 아이처럼 고개를 움츠렸다. 그런 요시에 씨를 보고 유리코 씨는 어안이 벙벙했다.

"흐음, 그랬구나. 유리코 씨 대단하네. 자, 그럼 다음은 유리코 씨 차례예요오."

키리코 씨에게 지명을 받아 퍼뜩 정신을 차린 유리코 씨는 앞에 있는 노트로 시선을 떨어뜨렸다. 그리고 역시나 혼이 난 어린아이처럼 쭈뼛쭈뼛 말했다. 아무래도 인간이라는 생물은 극도로 쑥스러우면 고개를 움츠리면서 말하는 습성이 있는 것 같다.

"으음…, 나오미가 태어나서 절에 감사 인사를 드리러 갔을 때 어머니가 소중히 간직하던 결혼반지를 저한테 주셨어요. 나중에 나오미가 아이를 낳으면 그때 나오미에게 물려주라고 하시면서…. 조금, 다정했어요."

뭘까. 이번 라운드부터는 이상할 정도로 '미담 접전'이 펼쳐져서 내 마음까지 간지러워졌다.

마냥 쑥스러워하는 선수들과, 그 쑥스러움에 전염되어 어색해진 세컨드들. 그리고 술에 취해 흥이 오른 주심과, 변함없이 쿨한 경호원.

"엄마, 그 말 진짜야?"

유일하게 행복한 표정을 짓는 사람은 부심이었다.

"응…. 지금은 끼지 않았지만 서랍에 잘 보관해 놨어."

유리코 씨는 멋쩍어하며 고개를 끄덕였다.

그런데 그때 모처럼 거실을 감싼 '훈훈한 분위기'에 키리코 씨가 초를 쳤다.

"저기요, 내가 마지막 맥주를 다 마셔 버렸어요. 그러니까 어서 다음으로 넘어가요오. 나 이제 집에 가고 싶으니까 얼른 결판을 내라고요오."

이 얼마나 안하무인에 눈치 없는 인간이란 말인가!

나는 내심 한마디 하고 싶었지만, 이제는 왠지 이러면 어떻고 저러면 어떻냐는 생각이 들었다. 다른 사람들도 나와 똑같은 마음이었는지 그 뒤로 비교적 속도감 있게 '전면전'이라는 이름의 '치켜세워 죽이기'를 진행하다가 마침내 소재가 거의 다 떨어진 9라운드에 들어섰다.

그리고 요시에 씨가 세 번째 장점을 말했을 때—.

드디어 이 전쟁의 균형이 무너졌다.

"예전에 내가 이 집 계단에서 넘어져 다리뼈가 부러졌을 때, 겨우 중학생이던 나오미가 필사적으로 나를 업어서 병원에 데려다줬어요. 이 아이가 이렇게 다정한 사람으로 자란 건 유리코의 다정함이 나오미에게 전해졌기 때문이라고 생각했습니다."

고개를 움츠리며 살짝 쉰 목소리로 말한 요시에 씨는 매우 자애로운 눈으로 나오미를 바라보았다.

"할머니…."

"나오미, 그때 정말 고마웠다."

요시에 씨가 진심 어린 말투로 감사 인사를 하자, 나오미는 두 손으로 입을 막고 눈물을 한 방울 떨어뜨렸다.

사랑하는 딸을 보던 유리코 씨의 두 눈에도 투명한 눈물이 차오르다가 눈 깜빡임과 동시에 뺨을 타고 흘러내렸다.

아아, 어쩐지 엄청나게 좋은 순간을 함께한 것 같다.

가슴속에서 피어오르는 따스한 온기를 맛보던 그때, 상석에서 눈치 없는 목소리가 날아들었다.

"앗! 울었죠? 맞네. 지금 유리코 씨 울었다아!"

물론 키리코 씨였다.

"네~, 이 대결은 유리코 씨의 패배입니다아. 유리코 씨는 패배한 벌로 승자가 시키는 대로 뭐든 해야 합니다. 집에서 쫓겨나든 돈을 뺏기든 땅을 뺏기든 절대 불평하면 안 돼요. 우후후, 알았죠?"

아, 정말. 모처럼 두 사람 분위기가 훈훈했는데.

"저기, 사장님."

"응? 캇키, 설마 주심에게 불평하려고? 그러면 역전패로 처리할 건데?"

"으으…."

키리코 씨는 말문이 막힌 나를 보고 장난스레 웃었다. 그리고 이어서 말했다.

"음, 그러면 일단…, 유리코 씨는 무릎을 꿇어야죠."

응?

거실에 있던 사람들이 모두 눈을 동그랗게 떴다.

"자, 어서요. 바닥에 무릎을 꿇고 머리를 조아리면서 '어머님, 지금까지 제가 다 잘못했습니다. 죄송합니다' 해야죠. 자, 어서 일어나요. 저쪽으로 돌아가서 얼른 무릎 꿇어요."

유리코 씨는 방금 감동해서 흘리던 눈물을 엄지로 살며시 닦았다. 그리고 조용히 일어나서 말석 쪽으로 테이블을 반 바퀴 돌아 요시에 씨 앞에 섰다.

"잠, 잠깐. 유리코?"

대결에서 이긴 요시에 씨가 오히려 어쩔 줄 몰라 했다.

하지만 키리코 씨는 개의치 않고 다그쳤다.

"유리코 씨, 제대로 무릎 꿇고 패배를 인정해요."

유리코 씨는 말없이 작게 고개를 끄덕였다. 그리고 천천히 두 무릎을 땅에 대고 양손을 짚었다.

뭐야, 정말 머리를 조아리면서 사과하게 하는 건가?

나는 키리코 씨를 보았다. 주심은 히죽거리며 상전처럼 팔짱을 끼고 상석에서 두 사람의 모습을 지켜보았다.

정좌한 유리코 씨의 뺨을 타고 눈물이 흘러내렸다.

저 눈물은 어떤 눈물일까. 원통함의 눈물일까. 기쁨의 눈물일까. 아니면…. 그런 생각을 하다가 내 눈물샘도 터져 버렸다. 무던히도 뜨거운 눈물이 뺨을 타고 흐른다.

"엄마…."

나오미가 떨리는 목소리로 불렀다. 하지만 유리코 씨는 바닥에 양손을 짚은 채 천천히 요시에 씨를 올려다보았다.

"어머님…, 지금까지, 전부 다…."

거기까지 말하고 잠시 숨을 들이쉰 유리코 씨는 한 번 더 "전부 다…"라고 말했다.

그리고—.

잘못했습니다.

그렇게 말할 줄 알았던 사람들의 예상을 깨고, 어째서인지—.

"감사했습니다…."

울먹이는 목소리로 말하며 바닥에 이마가 닿도록 고개를 숙였다.

예상 밖의 말에 거실은 정적에 휩싸였다.

그 정적을 맨 처음 깬 사람은 요시에 씨였다.

"잠, 잠깐만…, 유리코, 고개 들렴."

그렇게 말하며 요시에 씨도 바닥에 무릎을 꿇고 앉아서 유리코 씨의 어깨에 손을 얹었다.

"얘, 유리코…, 그러는… 나야말로…."

갑자기 울먹이는 요시에 씨의 손이 유리코 씨의 어깨와 등을 오가며 다정하게 쓸었다. 그 손의 온기가 사무쳤는지 유리코 씨가 바닥에 이마를 댄 채 울음을 터뜨렸다.

나는 덩달아 오열하면서 상석을 돌아보았다.

키리코 씨는 히죽거리며 나오미를 손짓해 불러서 무어라 살짝 귓속말했다.

그러자 키리코 씨에게 귀를 내어준 나오미의 표정에 작은 빛이 스쳤다.

키리코 씨가 나오미의 가녀린 등을 톡 밀자, 나오미가 앞으로 걸어가서 유리코 씨와 요시에 씨 사이에 쪼그려 앉았다.

"엄마, 할머니, 잠깐 고개 들어봐요."

나오미는 그렇게 말하며 천천히 두 사람의 손목을 잡았다.

그리고 가슴 깊이 숨을 들이마시더니 또렷하고 시원스러운 목소리로 말했다.

"방금 이 승부의 판정권이 만취한 주심으로부터 맨정신인 부심, 저에게 일임되었습니다."

뭐라고?

놀란 일동에는 개의치 않고 나오미가 반쯤 울먹이며 홀로 찬란한 미소를 머금었다.

그리고 드높이 선언했다.

"이 대결은 무승부입니다!"

나오미는 바닥에 무릎을 꿇은 두 사람의 손목을 동시에 들어 올렸다. 마치 복싱 경기에서 승패를 판정할 때처럼.

어? 뭐가 어떻게 된 거지—.

가족끼리 맞잡은 손이 거실 천장을 향해 치켜 올라갔다. 닭똥 같은 눈물을 흘리는 세 사람을 보니 더는 참을 수 없었다. 나는 대량의 눈물과 함께 콧물까지 흘리고 말았다.

정말이지, 이런 결말이 기다리고 있을 줄이야.

뺨을 적신 눈물을 두 손바닥으로 닦고 열심히 코를 훌쩍이다가 문득 어제 키리코 씨가 흥얼거리던 '꿈속으로'의 가사를 떠올렸다.

찾기를 포기했을 때
보이는 경우도 많으니까♪

혹시―.

상대의 단점 찾기를 포기했을 때 상대의 장점이 보이는 것일까. 그리고 그때가 바로 양쪽이 모두 행복해지는 시작점이 아닐까. 그렇다. 분명 그럴 것이다. 나는 부드러운 미온수 같은 감정에 휩싸여 마음속으로 그렇게 확신했다.

아무튼 이걸로 전면전은 무사히 끝났다. 이제는 가족 셋이서 이런저런 대화를 나누며 가장 좋은 방향으로 나아갔으면 좋겠다. 등을 쓰다듬는 나오미의 손길을 느끼면서 눈물 섞인 미소를 짓는 선수들을 보고 있자니, 나도 눈물 섞인 미소가 지어졌다.

"좋았어. 캇키, 뉴도 씨, 돌아가서 한잔 더 하자아. 오늘은 꼬맹이 료도 마시게 해줄게에."

혀가 꼬일 대로 꼬인 키리코 씨는 이미 상석 의자에서 일어나 남색 토트백을 끌어안고 있었다.

"제군들, 돌아가서 마시자! 으어어~!"

자기가 말하고 자기가 오른손을 쳐들며 호응한 주심은 불안한 걸음걸이로 휘청휘청 현관으로 나아갔다.

✳

현관을 나서자, 바깥은 이미 깜깜했다.

"와, 별이 꽤 보이네요."

나는 주택가 골목을 걸으면서 밤하늘을 올려다보았다.

"오늘은 달이 뜨지 않아서 별이 잘 보이네."

온화한 표정으로 말하는 뉴도 씨의 반들반들한 대머리에 가로등 빛이 반사되었다.

"이게 달 같은데."

료가 뒤에서 뉴도 씨의 머리를 가리키며 조용히 귓속말하는 바람에 나는 웃음이 터지고 말았다.

"응? 너희 왜 웃어?"

그렇게 말하며 선두에서 뒤돌아본 키리코 씨도 헤벌쭉 웃고 있었다. 게다가 코미디언이 콩트 하듯 갈지자걸음이었다.

나는 다시 한번 별이 총총한 하늘을 올려다보았다.

끝나고 보니 오늘도 예상과 달리 기막히고 자극적이었지만, 일명 '치유사'인 저 사람에게 휘둘린 덕에 따뜻한 하루가 된 것 같다.

문득 어떤 집에서 저녁으로 만든 카레라이스 냄새가 풍겨 왔다.

"아, 카레 냄새가 나네요."라고 내가 말했다.

"그러고 보니 배고프다."

료가 내 마음을 대변해 주었다.

"편의점에서 도시락이라도 사 갈까요?"

내가 말하자, 상석 지킴이가 기다렸다는 듯 활기차게 목소리를 높였다.

"들르는 김에 술도 잔뜩 사자!"

✳

쇼와당에 도착하자, 키리코 씨는 곧바로 흔들의자에 쓰러지듯 앉아서 "취했어어"라고 모두가 아는 사실을 선언했다. 그리고 어깨에 멘 남색 토트백을 카운터 끝에 던져 놓았다. 가방 안에서 노트 두 권이 튀어나와 바닥에 떨어졌다.

정말이지, 항상 이렇게 칠칠치 못하다니까.

내가 탄식했을 때, 키리코 씨는 행복한 아이 같은 얼굴로 눈을 감고 있었다.

그 모습을 본 뉴도 씨는 작은 소리로 "잠들어 버렸네. 그럼 나는 이제 돌아가야겠군"했다. 료가 "나도"하며 가게에 놓아 둔 오토바이 헬멧을 집어 들었다.

"네. 두 분 오늘 감사했습니다."

내가 작은 소리로 대답했다.

"그래. 아무튼 이번에도 치유사의 조수 역할이 녹록지는 않았어."

뉴도 씨가 씩 웃었다.

"그래도 재미는 있었어요."

료가 동조하면서 쿨하게 미소 지었다.

아마추어 조수 세 명은 조용히 하이파이브하며 "그럼 안녕히""다음에 올게" "네, 또 봬요"라고 짧은 인사를 나눴다.

나를 제외한 두 사람은 아직 카우벨이 달리지 않은 문을 열고 조용한 가을밤 속으로 나아갔다.

천천히 문이 닫히자, 가게 안이 쥐 죽은 듯 고요해졌다.

후우….

나는 혼자 깊은 한숨을 쉬었다. 피로와 보람이 뒤섞인 이런 한숨은 싫지 않다.

나는 키리코 씨가 바닥에 떨어뜨린 노트 두 권을 주웠다. 별생각 없이 페이지를 넘겨봤다. 두 권 모두 상대의 단점이 빽빽이 적혀 있었다. 그 딱딱하고 드센 필치가 지금까지 두 사람이 얼마나 괴롭고 서러 웠는지를 말해주었다. 이 노트에 글을 적던 때는 그야말로 일촉즉발 이었다. 하지만 그 이후의 전개는…. 그렇다. 정말 다행이다…. 지금 생각해도 눈물이 나올 것 같다.

그나저나 키리코 씨는 언제 이 노트를 회수했을까? 그런 생각을 하며 주운 노트 두 권을 키리코 씨의 토트백에 다시 넣으려고 했다.

그때, 나는 한 가지 사실을 깨달았다.

가방 안에 다른 노트 두 권이 없다….

그렇다는 건…. 그렇구나. 그래, 그렇게 된 거구나.

나는 간질간질한 기분을 느끼며 입꼬리를 올렸다.

키리코 씨는 서로의 '단점'을 적은 노트만 슬쩍 챙겨 오고 '장점'을 적은 노트 두 권은 선물로 남겨두고 왔다.

나는 '꿈속으로'를 부르고픈 마음으로 상석을 보았다.

흔들의자는 흔들리지 않았다.

술버릇은 나쁘지만 실력은 아주 뛰어난 '치유사'는 곤히 잠들어 새근거렸다. 나는 내가 입은 얇은 코트를 벗어 키리코 씨의 어깨를 덮어주었다.

나는 아마 평생 이 특이한 미인 앞에서 겸손해질 수밖에 없을 것이다. 만약 앞으로 내 인생에 '자유'가 찾아온다면―, 그때도 키리코 씨는 나를 계속 이 가게에 써줄까.

그러면 좋겠는데….

나는 속으로 중얼거린 뒤 도수 없는 안경을 벗고 조용히 카운터 안쪽으로 들어갔다. 그리고 소리를 내지 않으려 애쓰며 커피 한 잔을 만들었다. 훈훈한 기분으로 플란넬 드립 필터를 써서 정성스레 여과한 커피는 평소보다 깊고 순한 감칠맛이 나서 혀에도 마음에도 부드럽게 감겼다.

＊

그리하여, 그 전면전으로부터 사흘이 지난 저녁―.

딸랑.

카우벨이 기분 좋게 울리자, 한 부인이 가게에 들어왔다.

그토록 깊던 미간 주름이 몰라보게 옅어져서 다섯 살은 어려 보였다.

"어서 오세요."

내가 웃으며 안내하기도 전에 유리코 씨가 알아서 감실 옆자리에 앉았다. 그리고 내가 정성을 다해 우린 얼그레이를 한 모금 마시며 눈웃음 지었다.

"맛있다."

나는 사양하지 않고 "감사합니다" 하며 마주 웃었다.

유리코 씨는 찻잔을 살며시 내려놓고, 흔들의자를 흔드는 키리코 씨에게 말을 걸었다.

"키리코 씨, 저희는 땅을 팔지 않기로 했어요."

"…아, 그래요?"

너무나 무관심한 네 글자가 상석에서 날아왔다.

"땅을 파는 대신 남편의 사망 보험금으로 집을 2세대 주택으로 만들 거예요. 각자의 생활과 거리감을 어떻게 조절할지 어머니와 깊이 상의해서 결정했어요. 나오미도 찬성해줬고요. 키리코 씨, 이번 일 정말 감사했습니다."

유리코 씨가 감사 인사를 했을 때, 키리코 씨는 벌떡 일어난 상태였다. 요염하게 골반을 흔들며 말석으로 걸어가서 예전 언젠가처럼 몹시 친근한 태도로 유리코 씨의 어깨에 팔을 둘렀다.

물론 보험금이라는 단어에 반응해서였다.

"유리코 씨, 이번에 아주 멋진 결말을 맞아서 저도 아~주 기뻐요."

키리코 씨는 달콤하게 말하면서 유리코 씨를 반강제로 끌어당겨 감실 앞에 세웠다.

"나는요, 유리코 씨를 위해서 꼭 알려주고 싶은 게 있어요. 소원을 들어준 신에게는 반드시 감사 참배를 해야 해요. 물론 이럴 때는 새전을 듬~뿍 내는 게 좋아요. 그러지 않으면 어마어마한 벌을 받을지도 모른다고 제가 요전에 얘기했죠? 정말 무시무시하다니까요, 유리코 씨. 지난달에 벌 받은 사람이 있었는데 정말 어찌나 끔찍하던지—."

키리코 씨의 따발총 토크가 시작되었다. 여기에 붙잡힌 사람은 대부분 지갑이 텅 빌 때까지 들들 볶인다.

아아, 이런 것만 없으면 참 좋을 텐데….

나는 가엾은 피해자가 될 유리코 씨의 등을 바라보면서 혼자 카운터 안쪽에서 한숨을 쉬었다.

그때, 가게 문에 달린 카우벨이 또다시 울렸다.

딸랑.

"어서 오세요." 내가 반사적으로 말한 순간, "택배입니다" 하며 낯익은 택배 기사가 상쾌한 가을바람을 데리고 들어왔다.

나는 사방 30센티쯤 되는 상자를 받고 전표에 서명했다. 그러는 동안에도 키리코 씨의 새전 강탈 토크는 계속되었다.

택배 기사가 문밖으로 나갔을 때, 내가 말했다.

"저기, 사장님, 택배 왔어요."

"응? 뭐가 들었는데?"

새전을 왕창 뜯어내는 데 전력을 다하던 키리코 씨는 거참 귀찮다는 듯 돌아보았다.

"으음, 곰이라고 쓰여 있어요."

"곰? 뭐야, 그게. 누가 보냈는데?"

"도쿄 타로 님이래요. 장난 같은 이름이네요.*"

보낸 이의 주소를 보니, 니시도쿄 부근이었다.

키리코 씨는 의아한 표정으로 고개를 갸웃하며 "지금 바쁘니까 캇키 네가 열어봐" 하고는 다시 유리코 씨의 어깨를 친한 척 감쌌다.

상자는 무척 가벼웠다. '곰'이 뭘까. 나는 커터 칼로 박스 테이프를

---

* '타로'는 사람을 가칭할 때 자주 사용되는 이름이다. 보통 이 이름에 적절한 성씨를 만들어 붙이는데, 여기서는 '도쿄'가 성씨 역할을 한다. 한국에서 사용되는 '홍길동'과 비슷한 이미지다.

자르고 수수한 골판지 상자 덮개를 열었다.

그 순간—.

"아악!"

나는 짧은 비명을 지르며 상자를 내던졌다.

"뭐야, 왜 그래?"

돌아본 키리코 씨의 발치로 그 상자가 굴러갔다. 열린 덮개 사이로 '곰'의 다리가 비죽 나왔다. 나는 손으로 상자를 가리킬 뿐, 아무 말도 할 수 없었다.

"으악!" '곰'의 다리를 본 유리코 씨도 비명을 지르며 키리코 씨의 팔에 매달렸다.

"뭐야, 이거어."

키리코 씨는 침착한 태도로 평소처럼 나른하게 말하고 쪼그려 앉아서 상자를 들어 올렸다. 그리고 대수롭지 않게 상자 안을 확인했다.

"테디베어네." 태연한 표정으로 나를 보고 말을 이었다. "몸이 갈기 갈기 찢겨서 피투성이지만."

키리코 씨는 얼굴을 가까이 대고 상자 냄새를 맡았다. 겁 많은 나는 가슴을 끌어안은 자세로 그저 떨기만 했다.

"물감이야, 이 피. 응? 엽서가 들어 있네."

키리코 씨는 상자 밑바닥에서 빨갛게 얼룩진 종이 한 장을 꺼냈다.

"어디 보자, 뭐라고 쓰여 있지?"

엽서에 적힌 글자를 눈으로 훑으며 키리코 씨가 피식 웃었다.

"도쿄 타로가 보낸 러브레터네."

키리코 씨는 엽서를 카운터 위에 올려놓았다. 나는 쭈뼛거리며 그

엽서를 들여다보았다. 평범한 관제엽서에 신문이나 전단지에서 잘라 낸 것 같은 들쭉날쭉한 글자들이 붙어 있었다.

'키리코 너를 저주한다 밤길 조심해라'

읽다가 마른침을 삼켰다.

두 팔에 소름이 돋았다.

어느 틈엔가 손님 좌석에서 일어나 엽서를 들여다보던 유리코 씨도 마치 숨 쉬기를 잊은 듯 입을 양손으로 틀어막으며 얼어붙었다.

"겨, 경찰에 신고를—."

나는 격앙된 목소리로 말했다.

"우후후후. 이런 장난, 진지하게 받아들이지 않아도 돼."

키리코 씨는 여유로운 미소를 지으며 엽서를 상자에 도로 넣고 가게 안쪽으로 걸어갔다. 그리고 2층 주거 공간으로 이어지는 계단 아래에 그 상자를 거칠게 던져 놓았다.

"사장님, 어서 경찰에—."

"괜찮대도. 캇키는 정말 겁쟁이라니까. 유리코 씨까지 그런 표정 짓지 말아요."

"그치만…."

"도쿄 타로는 짓궂은 장난을 좋아하는 내 친구야."

"네…?"

"그러니까 괜찮아. 경찰에 신고하면 도쿄 타로한테 피해가 갈 테고 너는 재미없는 사람으로 낙인찍힐 거야."

"정, 정말이에요?"

되묻는 나를 향해 키리코 씨는 양손을 허리에 얹고 진지한 표정을 지었다.

"캇키, 내가 지금까지 너한테 거짓말한 적 한 번이라도 있어?"

있다. 그것도 많이.

그래서 더 걱정됐다.

하지만 키리코 씨는 "거봐, 한 번도 없지?" 하며 장난스럽게 웃은 뒤, 다시 유리코 씨의 어깨를 끌어안고 새전함 쪽으로 돌아섰다.

뻐꾹~♪

카운터 뒤쪽에 걸린 뻐꾸기시계에서 전조도 없이 하얀 뻐꾸기가 튀어나왔다. 그리고 그때, 겁쟁이인 내 귀에는 뻐꾸기 울음소리가 이렇게 들렸다.

그 편지, 엄청 위험해—.

제2장

언젠가는 누구나 사랑의 수수께끼가
풀려 혼자 있을 수 없게 되지.

SOMEDAY / 사노 모토하루

제2장

"스토커가 쫓아다녀요…."

맑게 갠 겨울 금요일 오후, 뒤숭숭한 이야기를 꺼낸 사람은 앞머리를 일자로 자른 단발머리 여고생이었다. 갈색 플라스틱 안경 너머 커다란 검은자위가 인상적인 눈. 햇볕을 거의 받지 않은 듯한 흰 뺨과 호리호리하면서도 처진 어깨. 긴난고등학교에 다니는 시오리는 일주일에 한 번 가게에 와서 혼자 한 시간이고 두 시간이고 책을 읽다가 가는 문학소녀였다.

"스토커라니, 스토커가 너를 쫓아다녀?"

보통 하소연용으로 쓰이는 테이블석에서 뉴도 씨가 굵은 두 팔을 엇걸었다. 그 바람에 목에 걸린 거대한 염주 같은 구슬이 달그락거렸다.

"제가 아니라 저희 언니요."

외모가 성실해 보이는 이 아이는 남과 대화할 때 항상 겸연쩍은 듯 고개를 움츠리지만, 독서라는 공통의 취미가 있어서 내게는 매우 친밀감이 드는 손님이다. 재미있게 읽은 책이 있으면 서로 제목을 알려 주고 가끔은 빌려줄 때도 있다. 순수하고 착하고 귀여워서 이런 여동생이 있었으면 좋았겠다는 생각이 종종 든다.

"그래? 시오리한테 언니가 있었구나. 뭐 하는 사람이야?"

뉴도 씨 옆에 앉은 료는 내가 우린 홍차를 한 모금 마시고 5월에 부는 바람처럼 가볍고 쿨하게 물었다.

"언니는… 밤일을 해요."

"모던바 같은 데서?"

고개를 갸웃하는 료를 보고 시오리는 살며시 뺨을 붉히며 고개를 끄덕였다. 그리고 한밤중에 스토커에게 몇 번이나 전화가 걸려 온 일, 집 앞에서 기다리던 스토커가 언니의 손을 잡아끈 일, 최근에 섬뜩한 협박성 편지를 받은 일 등을 더듬더듬 이야기했다.

나는 협박성 편지라는 말을 듣고 가을에 배송된 피 묻은 테디베어를 떠올렸지만, 키리코 씨가 입단속을 했기에 조용히 있었다.

"그렇구나. 흠, 그런 위험한 사건은 우리가 아니라 경찰에 알리는 게 제일—."

뉴도 씨가 지당한 의견을 입 밖에 내려고 할 때—.

"오케이. 잠깐 기다려어."

가게 상석에서 나른한 목소리가 날아왔다.

돌아보니, 조금 전까지 끼익, 끼익, 하며 흔들리던 흔들의자가 멈춰 있었다.

"스토커가 붙는다는 건 인기 많은 술집 아가씨라는 뜻이잖아?"

키리코 씨는 곁눈으로 말석을 보며 입가에 요염한 미소를 그렸다.

확실하다. 이건 돈 냄새를 맡은 미소다.

"얘, 시오리." 간드러지게 말한 키리코 씨는 요염하게 골반을 흔들며 말석으로 천천히 걸어갔다. "너희 언니, 가게에서 인기가 엄청 많지 않니?"

"네, 뭐…."

"인기가 얼마나 많아? 시오리, 그쪽으로 좀 당겨 앉아줄래?"

"아, 네. 죄송해요…."

시오리가 안쪽 자리로 옮겨 앉자, 빈자리에 키리코 씨가 앉았다.

"너희 언니가 얼마나 인기 있는지 궁금하다. 우후후후."

키리코 씨가 귓가를 간질이듯 말하자, 시오리는 "아흐" 하고 간드러진 소리를 흘렸다. 그리고 조금 부끄러운 듯 이렇게 말했다.

"언니 말로는 가게에서 인기 넘버 원이라고 했는데…."

"어머, 역시이. 시오리의 언니니까 분명히 예쁘겠지이."

키리코 씨는 씩 웃더니 곧바로 휴대전화를 손에 들었다.

"우리가 심부름센터는 아니지만, 소중한 우리 시오리의 언니잖아. 위험한 걸 알면서 손 놓고 있을 수는 없지."

키리코 씨는 은근히 생색을 내며 어딘가에 전화를 걸었다.

통화 연결음이 몇 번 울린 끝에 상대가 전화를 받았다.

"아, 응, 세이. 지금 잠깐 얘기할 수 있어?"

키리코 씨는 과하리만치 교태를 부리며 말했다.

세이라고 불린 통화 상대는 긴난상점가에 있는 유서 깊은 화과자점의 4대 사장으로, 전직 킥복싱 선수이자 한때 긴난고등학교 전설의 양아치였다는 코이데 세이스케 씨다.

"얼마 전에 네가 멋진 말을 했잖아? 올해 39세니까 땡큐의 해로 만들겠다고*. 그래, 그래. 사람들이 기뻐할 일을 하겠다고 했잖아. 응, 그래, 그때. 세이, 난 그게 정말 멋있다고 생각해. 그래서 말인데, 자그마한 부탁이 하나 있어. 물론 세이가 아니면 아무도 들어줄 수 없는 일이야—."

'미인계'라는 말이 저절로 떠오르는 달콤한 코맹맹이 소리로 키리코 씨가 말하자, 휴대전화에서 흥분한 세이스케 씨의 목소리가 새어 나왔다.

오, 오케이! 내가 할 수 있는 건 뭐든 할게요!

뉴도 씨는 "세이스케의 뇌세포 수를 셀 때는 한 손으로도 충분하다"고 자주 놀리는데, 세이스케 씨는 지극히 단순해서 좋은 사람이다. 누가 봐도 키리코 씨를 절절히 사모하는 티가 난다.

키리코 씨는 인생의 쓴맛 단맛 다 아는 농익은 목소리로 시오리에게 들은 내용을 세이스케 씨에게 전했다.

"그렇게 된 거야. 그런데 난 여자라 아무래도 스토커는 무서워서…. 하지만 세이라면 내 소중한 친구의 언니를 지켜주지 않을까 하고 염치없이 전화했어."

세이스케 씨를 쥐고 흔드는 키리코 씨의 솜씨는 흠잡을 데 없었다. 멋지게 지키고자 하는 이와 보호받고자 하는 이의 관계성이 형성되자, 통화가 시작된 지 2분 만에 세이스케 씨는 이런 말을 뱉고 있었다.

---

* 3과 9의 일본어 발음이 Thank You의 일본어 발음과 같은 데서 유래한 말장난.

오케이! 그 스토커 자식은 내 로우 킥으로 곤죽을 만들게요! 키리코 씨, 나만 믿어요!

세이스케 씨의 목소리가 너무 커서 키리코 씨는 휴대전화에서 살짝 귀를 떼고 얼굴을 찌푸렸지만, 목소리만은 달콤하게 유지하며 대답했다.

"어머~, 세이, 멋있어어. 역시 믿음직한 남자는 멋져어."

두 사람의 대화를 들으며 왠지 시무룩해진 뉴도 씨와, 못 말린다는 듯 씁쓸한 미소를 머금은 료, 어안이 벙벙한 시오리를 향해 나는 한숨처럼 이렇게 말했다.

"홍차 더 우릴게요."

뻐꾹~♪

벽에 걸린 뻐꾸기시계도 설교를 한마디 하고 싶은가 보다.

✳

그로부터 이틀 후 심야—.

긴난상점가에서 도보로 3분쯤 걸리는 공원에 우리 쇼와당 팀이 집합했다. 키리코 씨, 뉴도 씨, 시오리, 나, 그리고 겨울밤인데도 하얀 민소매를 입은 세이스케 씨였다. 료는 퀵서비스 일로 야근하느라 오지 못했다. 아무튼 집합한 다섯 명은 조용히 몸을 맞대고 공원의 수은등 빛이 닿지 않는 화단 그늘에 웅크리고 있었다. 때때로 차가운 바람이 불어오면 세이스케 씨는 헹하게 드러난 팔을 열심히 비볐다.

"세이, 왜 그렇게 여름처럼 입었어?" 키리코 씨가 묻자, 돌아온 대답은 "움직이기 편하니까요"였다. 오히려 추위 때문에 근육이 굳어서 움직이기 힘들 것 같았지만….

오늘 밤 작전은 대강 이런 느낌이었다. 우선 시오리의 언니가 스토커를 공원에 불러낸다. 그리고 무슨 일이 있어도 단호하게 결별 선언을 한다. 그러다 문제가 생기면 세이스케 씨가 이야기를 매듭지어 준다. 분위기가 험악해지면 세이스케 씨가 상대를 걷어찬다. 끝.

'걷어찬다'로 끝난다는 점에서 무척이나 키리코 씨다운 작전이었지만, 세이스케 씨의 발차기는 위력이 어마어마해서 제대로 차면 야구방망이 두 개를 단숨에 부러뜨릴 수도 있다고 했다.

세이스케 씨 이외의 쇼와당 팀 사람들은 무엇을 하러 왔느냐 하면, 한마디로 구경하러 왔다. 키리코 씨가 축제는 다 같이 봐야 재미있다고 해서 어쩌다 보니 다 같이 몰려나왔다.

"크흐흐. 빨리 와라, 스토커."

키리코 씨가 화단 그늘에 숨어서 신나게 혼잣말을 했다.

그러자 마치 그 목소리를 듣고 온 것처럼 공원 입구에 남자 형체가 나타났다.

"아, 왔어요. 저 사람이에요…."

시오리가 목소리를 낮추며 말했다.

"아이고, 나보다도 커 보이는데. 세이스케, 괜찮겠어?"

덩치 큰 뉴도 씨가 그렇게 말하며 뒤를 돌아보았다. 그러자 세이스케 씨는 소름이 돋은 팔을 벅벅 문지르면서 "뭐, 괜찮습다"라고 기막힐 만큼 가볍게 대답했다. 세이스케 씨는 주먹에 무척 자신이 있나 보다. 나는 저 남자의 그림자만 봐도 몸이 떨리는데.

거구의 남자는 잠시 공원 입구에 서서 주변을 두리번거렸다. 그리고 우리가 숨어 있는 화단에서 15미터쯤 떨어져 있는 벤치에 털썩 앉았다. 청바지에 주황색 점퍼를 걸쳤고 머리카락은 어깨에 닿을 만큼 길었다. 얼굴은 제대로 보이지 않았지만, 서른 살 언저리인 것 같았다.

남자는 등 뒤 어두운 곳에 우리가 있는 것을 눈치채지 못한 채 담배를 물고 불을 붙인 다음 점퍼 주머니에서 휴대전화를 꺼내 게임인지 뭔지를 시작했다. 그때 공원 입구에서 자전거를 탄 여자가 휘청거리며 다가왔다. 옷깃에 인조 모피가 달린 분홍색 다운재킷을 입은 그 여자는 스토커와 조금 떨어진 위치에 자전거를 세웠다. 시오리의 언니가 분명했다.

여자를 알아본 거구의 남자가 휴대전화를 주머니에 넣고 천천히 일어섰다.

"저, 저기…, 할 얘기가, 뭐야?"

우물거리며 말한 사람은 뜻밖에도 남자 쪽이었다.

"뭐긴 뭐야, 꼴통아. 내 앞에서 꺼지라는 거지."

여자는 자전거에 걸터앉은 채, 술과 담배 때문에 쉰 목소리로 말했다.

"뭐…?"

"너 진짜 귀찮다고. 돈도 없는 주제에. 두 번 다시 내 주위에서 얼쩡대지 마."

어라? 이렇게 된다고? 나는 숨 쉬는 것도 잊고 두 사람의 대화를 들었다. 상하 관계가 내 예상과 정반대였다.

"하, 하지만…."

"하지만은 무슨 하지만이야, 이 변태 자식아!"

단호하게 내쳐진 남자의 뒷모습은 비애와 분노로 가득 차 보였다.

고개를 툭 떨궜는데도 어깨는 치켜 올라가 있었다.

"나, 나를⋯."

감정을 억누른 남자의 목소리가 미세하게 떨렸다. 밤 공원이 묵직한 긴장감으로 뒤덮였다.

내 뒤에서 작은 목소리가 들렸다.

"저건 좀 위험한데."

세이스케 씨였다.

"역시⋯, 처음부터 등쳐먹을 생각이었구나⋯, 너."

남자의 떨리는 목소리에 뚜렷한 분노가 깃들었다.

남자가 점퍼 주머니에 오른손을 쑤셔 넣었다. 다시 나온 손에 무언가가 들려 있었다. 그 무언가가 쩔그럭 소리를 내며 수은등 빛을 둔하게 반사했다.

그 순간―, 내 왼쪽에서 바람이 일었다.

휘익. 앞에 있는 화단을 하얀 것이 뛰어넘었다.

세이스케 씨의 등이었다.

세이스케 씨는 그대로 두 사람에게 달려갔다.

인기척을 느낀 남자가 뒤를 돌아보았다. 그 오른손에는 칼이 들려 있었다.

세이스케 씨는 남자와 2미터쯤 떨어진 위치에 멈춰서서 "으아, 추워!"라고 했다. 수은등에 비친 세이스케 씨의 어깨와 팔 근육은 팽팽하게 긴장되어 강해 보였지만, 상대편 남자가 10센티 이상 큰 듯했다.

"캇키, 흥분한 건 알지만, 고개 내밀면 안 돼."

키리코 씨가 우습다는 듯 말하며 내 머리를 위에서 눌렀다. 나는 그제야 정신을 차리고 화단에 숨었다. 가지와 잎사귀 사이로 긴박한 세 사람의 모습을 관찰했다.

"뭐, 뭐야, 넌…."

남자가 여자와 세이스케 씨를 번갈아 보면서 낮은 목소리로 말했다.

하지만 세이스케 씨는 남자의 물음을 완전히 무시하고 별안간 뒤집힌 목소리로 외쳤다.

"어? 키라라잖아!"

"…잠깐, 어? 뭐야? 왜 갑자기 세이가 나와?"

시오리의 언니 (아마도 활동명인) 키라라가 오른손으로 입을 막으며 놀랐다. 하지만 그것도 잠시, 키라라는 멀리서도 알 수 있을 만큼 분명하게 미소 지었다.

"어머, 뭐야, 세이. 요즘 왜 가게에 안 와? 나 외로웠잖아아."

"아하하. 일이 좀 바빴어."

"몰라. 남자들은 툭하면 바쁘다고 하더라."

"미안, 미안. 조만간 갈게."

스토커는 테니스를 관람하는 사람처럼 세이스케 씨와 키라라의 대화에 맞춰 고개를 좌우로 흔들었다.

키리코 씨가 내 옆에서 피식 웃으며 속삭였다.

"세이가 모던바를 엄청 좋아하거든."

"쯧쯧. 저 녀석이 늘 돈이 없는 건 그 탓이군."

뉴도 씨가 한숨처럼 중얼거렸다. 시오리만 홀로 마른침을 삼키며 세 사람의 모습을 지켜보았다.

"야, 너도 이 여자 고객이냐?"

남자가 굵은 목소리로 말했다. 손에는 칼을 쥔 채였다.

"응? 그렇다면 어쩔 건데?"

세이스케 씨는 추운지 근육 많은 두 팔을 혼자 비벼대며 대답했다.

"너도 멍청한 놈이다. 너 이 여자한테 등쳐 먹히는 거야."

"뭐~? 난 아무도 등쳐 먹지 않았어."

"하하하. 이래 봬도 나는 단세포가 아니거든. 여자한테 등쳐 먹힐 일은 없어."

세이스케 씨가 그렇게 말한 순간, 내 좌우에서 동시에 작은 목소리가 났다.

"단세포면서…."

키리코 씨와 뉴도 씨의 지적이었다.

"그보다 너, 칼 집어넣어."

세이스케 씨가 태연하게 말했을 때, 키라라가 끼어들었다.

"세이, 이놈이 자꾸 귀찮게 해. 해치워주면 세이랑 사귀어 줄게."

"헉. 지, 진짜?"

세이스케 씨가 또다시 높은 목소리로 외쳤을 때—.

"작작 좀 해."

칼을 허리 쪽으로 고쳐 잡은 남자가 키라라를 향해 성큼 다가왔다. 그때 세이스케 씨가 움직였다. 마치 고양이 같은 민첩함이었다.

팍!

건조한 소리가 밤하늘에 울려 퍼지더니, 남자가 앞으로 고꾸라져 짧게 신음했다. 세이스케 씨가 다가오던 남자의 허벅지를 걸어찬 것이다.

화단 그늘에서 그 모습을 본 나는 갑자기 심장이 쿵쾅거려서 가벼운 현기증을 느꼈다.

"키라라, 혹시 모르니까 자전거 타고 피신해줄래?"

세이스케 씨는 태연하게 말했지만, 키라라는 피신하기는커녕 자전거에 앉은 채로 쓰러져서 엉덩방아를 찧었다.

"세이, 뒤!"

비명 같은 키라라의 목소리에 세이스케 씨가 뒤를 돌아본 순간, 걸어차인 남자가 일어나서 세이스케 씨에게 달려들었다.

위험해!

소리칠 뻔한 나는 심장 부근에서 통증 비슷한 괴로움을 느꼈다. 머릿속에서 하얀빛이 깜빡였다.

세이스케 씨는 고개를 오른쪽으로 휙 움직여 남자의 칼날을 피하고 몸을 돌려서 남자의 명치에 무릎을 꽂아 넣었다. 부등호 모양으로 몸을 구부린 남자의 허벅지에 또다시 세이스케 씨의 발차기가 날아갔다.

퍽!

남자는 "컥…" 하는 고통스러운 신음과 함께 공중제비를 하며 쓰러졌다.

큰일이다. 숨 쉬기가 힘들다. 심장이 날뛴다. 호흡이 마음처럼 되지 않는다. 나는 내 몸에 생긴 이상을 느끼면서도 세이스케 씨와 남자의 모습에서 눈을 뗄 수 없었다. 눈꺼풀 뒤편에서 내 과거가 되살아났다. 아, 아, 아…. 목소리도 나오지 않는다.

세이스케 씨가 쓰러진 남자의 손목을 쳤다. 손에 있던 킬이 빙글빙글 돌면서 공원 바닥을 굴렀다.

무서워. 무서워. 무서워.

"너 이 자식, 덩치에 비해 약하구나. 그럼 이걸로 끝이다."

세이스케 씨가 담담하게 말하면서 쓰러진 남자의 머리를 축구공처럼 차려는 찰나―.

픽….

머릿속에서 소리가 나며 TV를 끈 것처럼 내 눈앞이 깜깜해졌다.

어? 뭐야, 캇키, 왜 그래? 괜찮아?

암전된 어둠 속에서 키리코 씨의 목소리가 울렸다.

캇키, 왜 이래, 캇키.

나를 부르는 목소리가 점점 멀어져 간다.

내 몸은 아주 빠르게 어둠 밑바닥으로 낙하했다.

캇키. 캇키.

흐려지는 의식 속에서 나는 누군가를 향해 외쳤다.

무서워. 살려주세요―.

＊

시오리와 키라라가 함께 쇼와당에 온 것은 그로부터 사흘 후인 아주 한가로운 수요일 오후였다.

나와 마찬가지로 시간이 남아돌던 키리코 씨는 키라라를 보자마자 거머리처럼 착 달라붙어서 새전을 왕창 뜯어내고는 두 사람을 카운터석에 앉혔다.

"그럼 천천히 차를 즐기다 가~."

한 건 해치운 키리코 씨는 그야말로 보람찬 얼굴로 익숙한 흔들의자에 앉아서 끼익, 끼익, 움직였다.

"그나저나 새전이 너무 비싸지 않아? 신이 너무 욕심쟁이야."

키라라가 핫 핑크색 장지갑을 에르메스 백에 넣으며 카운터 안쪽에 있는 나에게 말했다. 투덜거리는 내용이지만 말투는 무척 쾌활해서 어쩐지 미워할 수 없는 느낌을 풍겼다.

"나는 뜨거운 커피. 시오리는?"

금발에 자연스러운 파마를 한 키라라가 검은 단발머리인 시오리에게 물었다.

"으음, 다즐링 주세요."

"알겠습니다."

나는 대답하면서, 극과 극 콤비 같은 자매에게 미소를 지어 보였다.

"당신이 캇키죠? 갑자기 정신을 잃었다던데 진짜예요?"

키라라가 오랜 친구처럼 가볍게 물었다. 나는 어떻게 대답해야 할지 몰라 "뭐…" 하며 어정쩡하게 웃었다.

"언니, 그러지 마."

시오리가 옆에서 언니를 나무랐다.

"괜찮아, 시오리. 내가 정신을 잃은 건 사실이니까."

나는 원두를 갈면서 쓴웃음을 지었다.

그리고 그날 밤 일을 떠올렸다.

세이스케 씨가 칼을 쥔 스토커에게 공격을 당하다가 재빠르게 반격한 뒤 마지막에 남자의 머리를 축구공처럼 차려고 했는데….

거기서 기억이 끊겼다. 정신을 잃은 나는 키리코 씨에게 안겨 있다가 의외로 금방 의식을 되찾았다고 한다. 하지만 사실 나는 그 뒷부분도 거의 기억나지 않는다. 억지로 떠올려 보면 내 머릿속 깊은 곳

어딘가에 뿌연 기억의 파편이 있을 것 같은데, 거기에 손을 뻗어봐도 닿을락 말락 닿지 않아서 답답하다. 그래서 실신한 이후의 이야기는 모두 키리코 씨에게 들었다.

그때 결국 세이스케 씨는 남자의 머리를 차지 않았다고 한다. 차는 척만 하고 머리에 닿기 직전에 다리를 멈췄나 보다. 그 대신 땅을 구르며 신음하는 남자 옆에 쪼그려 앉아서 사근사근한 평소 성격대로 "이봐, 나도 여자한테 자주 차여봐서 네 기분 잘 알아. 특히 돈을 들이는데도 마음을 얻지 못하면 더 괴롭지. 정말…" 같은 이야기를 시작했다고 한다.

돈을 들이는데도 마음을 주지 않는 여자는 틀림없이 키리코 씨일 테지만… 아무튼 스토커는 사람 좋은 세이스케 씨에게 위로를 받자 어깨 힘과 독기가 다 빠져서 결국 사나이의 눈물을 흘리며 마음을 고쳐먹었다고 한다. 이제 결단코 키라라를 쫓아다니지 않을 것이고 조금 더 평범하고 돈이 들지 않는 여자를 찾겠다고 세이스케 씨에게 맹세했다고 한다.

아무튼 그렇게 스토커 사건이 일단락된 뒤, 내 기억력이 완전히 정상으로 돌아온 것은 그날 밤 우리 집 침대에서 자고 일어난 이튿날 아침이었다.

극과 극 자매의 커피와 다즐링을 만드는 동안 키라라는 따발총처럼 내게 말을 걸었다. 캇키는 제대로 화장하면 예쁠 것 같아. 우리 가게에서 일해. 소개해 줄게. 그 답답한 안경, 도수 없는 거지? 빼는 게 훨씬 예쁠 텐데. 이렇게 한가한 찻집은 월급도 짜잖아. 그나저나 찻집에 왜 새전함이 있어? 당최 이유를 모르겠네.

나는 시종일관 미소를 유지하면서 모호하게 대답하고, 맛있어져라, 맛있어져라, 라고 속으로 마법의 주문을 외치며 커피와 다즐링을 만들었다.

"자, 음료 나왔습니다."

카운터석에 앉은 자매에게 각각 잔을 내밀었다.

"땡큐." 천진스레 말한 키라라는 설탕을 수북하게 두 스푼, 우유를 양껏 넣고 커피를 머금었다. "흠, 꽤 맛있네. 원래는 내가 커피에 까다로워서 말이 많아지거든."

"너는 그냥 원래 말이 많아."

불쑥 상석에서 나른한 목소리가 날아들었지만, 키라라는 빈정거릴 의도를 전혀 눈치채지 못한 듯 쾌활하게 웃었다.

"아하하하. 그런 말 자주 들어요."

오히려 옆에서 다즐링을 마시는 시오리가 눈썹을 팔자로 내리고 도리질하며 한숨을 쉬었다. 누가 언니인지 모르겠다.

"그러고 보니 키라라, 약속대로 세이랑 사귀는 거야?"

키리코 씨는 히죽거리며 물었다.

"에이, 그럴 리가요. 난 돈 없는 남자랑은 못 사귀어요."

"응? 그럼 약속은?"

나도 모르게 끼어들어 물었다.

"언니, 도움받았으면서 그러면 안 되지."

시오리는 다즐링 잔을 내려놓고 보기 드물게 미간에 주름을 잡았다.

"시오리, 너 정말 어리구나. 이런 건 말이야, 속는 쪽이 나쁜 거야. 뭐, 세이는 나쁜 사람은 아니지만."

"키라라, 너 세이한테 얼마나 받았어?"

히죽거리는 키리코 씨의 눈 속에 아주 희미하게 불길한 기운이 번지는 듯했다.

"에이, 어떻게 그런 걸 일일이 기억해요? 그래도 뭐, 그 스토커의 십분의 일 정도 되려나? 조금 더 놀아주려고 했는데, 도중에 세이가 이제 돈 없다고 한심한 소리를 하더라고요."

세이스케 씨는 유서 깊은 화과자점의 젊은 사장이니 그리 가난하지는 않을 것이다. 다시 말해 키라라는 세이스케 씨에게 적지 않은 돈을 받았을 것이다. 그런데 그 열 배라니, 스토커가 불쌍해질 지경이다.

"키라라, 너 진짜 못됐다."

내가 하고 싶은 말을 웬일로 키리코 씨가 해주었다.

"에엥? 왜요오?"

"그야 언니…" 하며 시오리가 말을 이으려 하자, 키리코 씨가 눈으로 제지했다. 어른인 자신에게 맡기라는 눈빛이었다.

키리코 씨는 조용히 팔짱을 꼈다.

그리고 키라라 쪽으로 몸을 기울였다.

"좋아, 키라라. 이참에 확실히 말할게."

키리코 씨, 파이팅! 나와 시오리는 속으로 응원기를 흔들었다.

"뭐, 뭘요?"

천하의 키라라도 키리코 씨의 진지한 눈빛에 약간 움츠러든 것 같다.

"세이는 말이야, 예전부터 단세포여서 잘 속는 사람이었어."

"…그래서 뭐요?"

"그러니까 그 사람은—"

키리코 씨는 거기서 허리를 쭉 펴고 단호하게 말했다.

"예전부터 내 봉이었어. 그 봉을 가로채다니 너 정말 못됐어."

응? 봉이라니….

나와 시오리와 키라라의 사고 회로가 근본부터 무너져 멍해졌을 때, 벽시계에서 뻐꾸기가 튀어나왔다.

뻐꾹~♪

"얘, 듣고 있어?"

키리코 씨가 노려보자, 몇 초 후 키라라가 웃음을 터뜨렸다.

"푸흐흐. 알았어요. 이제 세이의 지갑은 노리지 않을게요."

"그럼 됐어. 그나저나 너 아주 나쁜 여자구나. 그 스토커를 제외하고 총 몇 명한테 돈을 받고 있는 거야?"

"으음, 세본 적 없는데에."

키라라는 손가락을 꼽기 시작했다. 오른 손가락이 금방 다 접히고 왼 손가락도 다 접히자, 이번에는 오른손을 새끼손가락부터 차례로 펼쳤다.

"으음, 요즘은 조금 줄어서 열다섯 명…인가?"

키라라는 한없이 해맑은 미소로 말했다.

"열다섯 명?!"

나와 시오리가 무심코 한목소리로 외쳤다.

"그 스토커가 다른 남자들을 괴롭혀서 열 명 가까이 줄었어. 하, 그 놈은 진짜 용서가 안 돼."

그렇다면 얼마 전까지 봉이 스물다섯 명이었다는 뜻이다.

"언니, 그러니까 스토커가 들러붙지."

"뭐어? 그치만 선뜻 돈을 주는 남자들이 있는걸. 안 받으면 손해잖아."

"그 돈에 남자들의 마음도 들어가 있는 거 아니야?"

나도 더는 잠자코 있을 수 없었다.

"그런 건 상관없어. 남자들은 하나같이 여자만 밝히는 멍청한 동물이니까."

"그렇다고 남을 속이면 안 되지…."

내가 탄식하며 말했을 때, 가게 안에서 흐르던 음악이 갑자기 끊겼다. 키리코 씨가 천천히 일어나서 상석 쪽으로 걸어갔다. 다음 음악을 고르려나 보다.

"캇키, 너무 고지식하다. 남자는 그냥 돈줄이야. 살짝 색기를 흘리면 바로 넘어오는 바보들인걸."

"그럼 언니."

"응?"

"제대로 된 연애는 안 해봐도 돼?"

요즘 달콤한 연애소설에 푹 빠진 시오리가 고등학생답게 순수한 표정으로 말했다.

"하고 있잖아. 남자들을 유혹하고 어리광도 부리고. 그 대신 받을 건 받아야지."

"언니는 그걸로 만족해?"

"그걸로 양쪽이 다 행복하니까 만족스럽지 않겠어?"

만족스럽지 않겠어? 하며 키라라가 천진난만한 미소로 나를 보았지만, 나는 털끝만큼도 동의하지 않아서 그저 깊이 탄식했다.

문득 보스 스피커에서 강렬한 피아노 전주가 흘러나왔다. 키리코 씨가 음악을 틀었나 보다.

아는 곡이다. 사노 모토하루의 대표곡 'SOMEDAY'다.

레코드판이 아니라 CD를 세팅한 키리코 씨는 잠시 스피커를 올려 다보며 흡족한 표정을 지은 뒤, 카운터 안쪽 냉장고에서 맥주 한 캔 을 꺼내서 바로 땄다.

꿀꺽, 꿀꺽, 꿀꺽…. 캬아.

그대로 맥주 광고에 써도 될 것 같은 표정을 짓고는 'SOMEDAY'에 맞춰 한 소절을 작게 흥얼거리며 내 옆에 섰다.

언젠가는 누구나 사랑의 수수께끼가 풀려
혼자 있을 수 없게 되지♪

카운터 너머에 마주 앉은 키라라를 향해 "우후후" 하며 의미심장 하게 웃었다.

"키라라, 모든 남자가 그냥 돈줄이라고 했지?"

"네. 그랬죠."

"살짝 색기를 흘리면 바로 넘어오는 바보라고도 했고?"

"네."

"정말 모든 남자가 그럴까?"

키라라는 "당연하죠. 남자는 다 똑같아요" 하며 태연하게 웃었다.

"흐음. 그럼 너 쟤도 유혹할 수 있어?"

키리코 씨는 갑자기 턱으로 새전함 옆자리를 가리켰다. 카운터석에 앉은 키라라와 시오리가 뒤를 돌아보았다.

훤칠하고 자세 좋은 남자의 뒷모습이 보였다.

"누구예요, 저 사람?"

"우리 가게 단골."

사실 키라라 자매가 가게에 오기 전부터 저기에 혼자 조용히 앉아 있었다. 쿨한 료는 분명히 우리의 대화를 한심하게 여겼을 것이다. 내 내 이쪽을 등진 채 한마디도 거들지 않고 기척을 죽이듯 책을 읽고 있었다.

"쟤 유혹할 수 있어?"

"네. 누워서 떡 먹기죠."

료의 성격을 모르는 키라라는 태연하게 대답했다.

"유혹해서 돈을 왕창 받아낼 수도 있고?"

"할 수 있다니까요."

귀찮다는 표정을 짓는 키라라를 보고 키리코 씨는 일부러 도발적인 눈으로 조금 더 부추겼다.

"그래? 만약 못 하면?"

"…."

"어머나, 자신 없어졌어?"

"할 수 있다니까요!"

"만약 실패하면 내가 하는 말은 뭐든 들을 거야?"

키라라는 한 박자 쉬고 고개를 끄덕였다.

"좋아요. 뭐든 해줄게요."

"크크크. 뭐든 한다고 했다? 그럼 만약 쟤한테서 돈을 받아내지 못하면—."

"…못하면?"

키리코 씨는 키라라를 애태우듯 호기롭게 맥주를 들이켰다. 요염하게 움직이는 키리코 씨의 하얀 목울대를 바라보고 있자니, 나도 모르게 한숨이 나왔다.

하아….

이제 어떤 대사가 나올지 짐작이 갔다.

만족한 듯한 키리코 씨가 맥주캔을 카운터에 올려놓았다.

그리고 씩 웃으며 붉은 입술을 열었다.

"새전을 왕창 헌납해."

아아, 역시….

가게 안에서 또 다른 이의 한숨이 새어 나왔다.

물론 한숨을 쉰 사람은 등으로 대화를 듣던 료였다.

✳

그리하여 키라라가 미인계 공격을 펼치는 나날이 시작되었다.

기본적으로 평일 아홉 시부터 다섯 시까지 퀵서비스 일을 하는 료는 업무를 마치자마자 쇼와당에 들러 차를 한 잔 마신다. 키라라는 그 시간에 맞춰 가게를 찾아오기 시작했다.

매일 한 시간 동안 갖은 수를 동원하여 료에게 찰싹 달라붙는 키라라였지만, 항상 냉대를 당하다가 떠날 시간이 되면 밤일을 하러 갔다.

나날이 카운터 안쪽에서 그 모습을 지켜보던 나는 한결같은 료의 거절에 통쾌함마저 느꼈다. 한편 쌀쌀맞은 반응에도 굴하지 않고 필사적으로 유혹하려 애쓰는 키라라도 요즘 들어 왠지 미워할 수 없게 되었다.

"키리코 사장님, 이제 그만 끝내줘요. 난 슬슬 쇼와당에 오는 게 스트레스예요."

거리에 크리스마스 조명이 반짝이기 시작한 금요일 저녁, 료는 웬일로 상석과 가까운 카운터석에 앉아서 한숨 섞인 불평을 토했다. 오늘은 아직 키라라가 오지 않았다. 하지만 곧 나타나도 이상하지 않을 시간이었다.

"나도 스트레스야. 이제 그만 단념시키고 얼른 새전을 내게 하면 좋잖아. 나 참."

키리코 씨는 "오히려 나쁜 건 너야" 하듯 입을 삐죽였다. 이 무슨 억지인가.

"그게 무슨 소리예요? 이해가 안 되네. 캇키, 진한 커피 좀 줘."

나는 가엾은 남동생을 보는 기분으로 고개를 끄덕였다. 평소보다 세 배쯤 맛있는 커피를 만들어주고 싶었지만, 역시 그건 역부족이라 아껴 놓았던 맛있는 쿠키 세 개를 커피와 함께 서비스로 줬다.

"커피 나왔습니다. 이건 치카가 구운 쿠키야."

"치카라면 그쪽 가게 사람?"

"응. 맞아" 하며 나는 고개를 끄덕였다. 료가 말하는 '그쪽 가게'는 긴난상점가에 있는 양과자점 '메이플'로, 최근에 진한 레어 치즈케이크가 호평을 받아 지방 방송국에도 소개되었다. 치카는 그 가게의 판매원이다. 우연히도 나와 동갑에 취미가 독서라는 이야기를 듣고 금세 가까워진 친구―아니, 절친이라 해도 될 만큼 친한 친구다. 매일 양과자점 판매원으로 일하는 치카지만, 얄궂게도 취미는 과자 만들기다. 그래서 휴일에 구운 쿠키를 내게 자주 나눠준다.

"이거 버터가 듬뿍 들어서 맛있다."

료는 치카의 쿠키를 곧바로 입안에 넣고 눈을 가늘게 떴다.

"그렇지? 그건 서비스야."

"고마워."

"이번에 엉뚱한 일에 휘말렸잖아. 이렇게라도 좋은 일이 있어야지."

내가 장난스럽게 웃자, 료는 "하아, 그러게" 하고 상석에 있는 흔들의 자 쪽을 돌아보면서 내게만 보이도록 혀를 날름 내밀었다. 항상 쿨한 료에게서 보기 힘든 개구쟁이 같은 표정이라 귀엽다고 생각했을 때—.

딸랑.

문에 달린 카우벨이 울리며 세찬 섣달의 바람이 불어 들어왔다.

"꺄아, 달링 발견! 빵야♪"

키라라는 손가락으로 총을 만들어 료의 가슴에 쏘는 시늉을 했다. 인기 많은 술집 아가씨치고는 하는 짓이 옛날 사람 같았는데, 애초에 옛날 가요를 내세우는 가게라서 그 동작이 겉돌지 않는 느낌이었다. 어쩌면 때마침 왕년의 아이돌 '캔디즈'의 곡이 흘러나오고 있어서 들 뜬 여고생 같은 몸짓이 적절해 보였는지도 모른다.

"하아, 왔구나…."

중얼거리면서 책을 펼친 료 옆에 키라라가 당연하다는 얼굴로 앉 았다.

"캇키, 늘 마시던 걸로."

키라라는 그렇게 말했지만, 늘 주문하던 메뉴가 딱히 없었기에 나 도 모르게 "응?" 했다.

"아 정말. 앞으로 내가 '늘 마시던 걸로'라고 하면 달링이랑 똑같은 걸로 줘."

해맑게 웃으며 키라라가 말했다.

나는 작게 웃음을 터뜨렸다. 그건 '늘 마시던 걸로'가 아니라 '같은 걸로'잖아. 그런 지적을 겨우겨우 삼켰다.

료는 펼친 책에 시선을 떨군 채 다시 한번 "하아…" 하고 가엾을 만큼 깊은 한숨을 쉬었다.

키리코 씨는 흔들의자에서 힐끔 시선을 보냈을 뿐, 자기와는 상관없다는 얼굴로 눈을 감아버렸다. 책도 맥주도 손에 들지 않은 것을 보니 캔디즈의 노래를 가만히 감상하는 모양이었다.

료와 똑같은 커피를 한 잔 더 만든 나는 미워할 수 없는 술집 아가씨에게도 치카의 쿠키를 서비스로 줬다.

"와, 캇키가 쿠키를 줬다."

말장난일까.

"내 친구가 구운 거야."

"수제구나. 맛있겠다. 고마워."

싱긋 웃으며 쿠키를 베어 무는 오늘의 키라라는 평소보다 더 밉지 않은 한편, 평소보다 더 료에게 적극적이었다.

"있잖아, 달링" 귓가에 달콤하게 속삭이면서 료의 허벅지를 관능적으로 쓰다듬거나 팔을 껴안으며 료의 팔꿈치를 자신의 큰 가슴에 대고 눌렀다. 료는 "그만해", "난 싫어", "없는데", "귀찮아", "하지 마", "글쎄다", "흐으음", "모르지"라고 세 글자로만 답하며 책에서 눈을 떼지 않았다. 료도 평소보다 강경하게 방어했다.

그런 료를 참다못한 키라라는 결국 펼친 책 위에 왼손을 올려 페이지를 가렸다.

"달링, 이런 어려운 거 보지 말고 나를 봐. 달링은 키라라를 전부다 봐도 된단 말이야아."

키라라가 말하면서 왼손을 끌어당기자, 책이 카운터에서 떨어져 툭 소리를 냈다.

"아…."

료가 발치를 내려다보았다.

"와아, 드디어 이쪽을 봐줬어."

키라라가 료의 뺨을 양손으로 붙들려 한 찰나—, 그 손이 안쪽에서 확 뿌리쳐졌다.

"적당히 해."

료가 전에 없이 강한 어조로 말하며 의자에서 일어나 발치에 떨어진 책을 주웠다. 앞뒤로 뒤집으며 더러워졌는지 확인하고 뒤쪽을 가볍게 손으로 털었다.

"캇키, 미안."

"아, 아니야. 괜찮아."

그 책은 내가 빌려준 것이었다.

료는 탁 소리가 나도록 책을 카운터 위에 놓았다. 그리고 양손이 거칠게 내쳐져서 얼이 빠진 키라라에게 돌아섰다.

"난 무슨 일이 있어도 너한테 빠지지 않아."

잘생긴 청년이 매우 진지한 표정을 지었지만, 수많은 실전으로 단련된 술집 아가씨는 금방 평정을 되찾았다.

"꺅, 무서워어. 하지만 화난 달링도 좋아. 우후후."

"나는 너를 좋아하지 않을 거야. 무슨 일이 있어도."

"으응? 왜애? 제대로 설명해주지 않으면 키라라는 슬퍼서 울어버릴 거야."

절대 울 것 같지 않았지만, 보란 듯이 자신의 큰 가슴을 부둥켜안은 키라라에게 료는 성실하게 설명을 시작했다.

"나는…, 이번 생에 반드시 해야 할 일이 있어. 그러니까 그것만은 방해하지 말아 줬으면 좋겠어."

"응? 그게 뭔데?"

"말 못 해. 아무튼 나는 지금 여자랑 노닥거릴 때가 아니야."

"응…? 설마 달링, 그쪽이었어?"

키라라는 오른쪽 손등을 왼쪽 뺨에 대고 게이? 라고 물었다. 그 말에 과연 나와 키리코 씨는 웃음을 터뜨리고 말았다. 웬일로 진지하게 이야기하던 료는 아주아주 깊고 서글프게 긴 한숨을 쉬고 "그쪽은 아니야…" 하며 작게 고개를 저었다.

"아, 다행이다. 그쪽 아니면 나랑 조금만 놀자아."

"싫어."

"대체 싫은 이유가 뭔데에?"

"말 안 해."

"왜? 왜애?"

"너도 뭔가 이유가 있어서 모던바에서 일하는 거잖아."

"응? 나?"

"그래. 너 사실은 꽤 야무진 사람이잖아?"

갑작스레 예상치 못한 말을 들은 키라라는 고개를 살짝 기울인 채 잠시 할 말을 찾았다.

"으음…, 달링, 왜 그렇게 생각해?"

"이거."

료는 자신의 허벅지를 쓰다듬던 키라라의 손을 잡아서 카운터 위에 살포시 올렸다.

"바에서 일하는 아가씨치고는 손톱이 짧고 손등이 거칠잖아."

"어…."

"이건 야무지게 집안일 하는 사람의 손이야."

료가 부드러운 목소리로 말하며 바라보자, 키라라는 카운터 위에 놓인 손을 슬쩍 물렸다. 그리고 양손을 쥐어, 바에서 일하는 아가씨치고는 확실히 짧은 손톱을 감췄다.

그 동작을 본 나는 어라? 했다. 지금까지 본 키라라와는 어쩐지 조금 달랐다. 분위기나 표정, 촉촉한 눈 같은 게―.

확실하다. 여자라서 직감으로 안다.

료가 아니라 키라라가 빠져버렸다.

물론 진짜 사랑에.

"나는 딱히 술집 아가씨가 싫은 것도 아니고 오히려 집안일을 야무지게 하는 가정적인 여자를 좋게 생각해."

"…."

"하지만 알잖아. 사람들은 저마다 사연이 있는 거야."

료가 키라라에게 던진 말인데, 그 말이 나도 모르게 가슴에 박혔다.

그래.

사연이 있다.

나한테도.

키리코 씨만 아는 사연이.

그 사연 덕분에 나는 지금 이렇게 카운터 안쪽에 서 있을 수 있다.

분명히 키리코 씨에게도 사연 한두 개쯤은 있을 것이다. 어쩌다 가끔 키리코 씨의 검은자위 속에 슬픈 빛이 어리는 이유는 남에게 말할 수 없는 심각한 사연을 감추고 있기 때문일 것이다. 하지만 키리코 씨는 무척 강한 사람이라서 묻어두고 아무렇지 않게 살아갈 수 있는 것이리라.

"나랑 시오리가—." 키라라가 양손을 꼭 쥐고 살짝 고개를 떨군 채 이야기를 시작했다. "아주 어렸을 때 부모님이 이혼했어."

"……."

뜻밖의 고백에 료도, 나도, 키리코 씨도 그저 조용히 뒷말을 기다렸다.

"아빠가 없어지고 한동안은 엄마랑 셋이서 살았는데, 엄마도 무책임한 여자라서 새로운 남자랑 어딘가로 떠나 버렸어. 그 뒤로 나랑 시오리는 친척 아주머니네 집에 맡겨졌지만, 그 집은 왠지 너무 불편해서…."

"그 집에서 나왔어?"

료가 부드러운 목소리로 물었다.

"응. 나왔어. 내가 고등학교 졸업하고 얼마 안 돼서. 아니, 모던바에서 일하면서 돈을 어느 정도 벌게 되고 나서. 그 뒤로는 시오리랑 둘이 살고 있어."

그랬구나. 몰랐다. 시오리는 항상 무던하고 착하고 예의 바르고 야무진 아이라서 오히려 좋은 환경에서 곱게 자란 줄 알았다.

"그러니까 자연스럽게 내가 집안일을 하게 되잖아?"

"그랬구나."

"시오리도 도와주지만, 걔는 아직 고등학생이니까."

거기까지 말하다가 키라라는 퍼뜩 떠올랐다는 듯 싱긋 웃어 보였다. 하지만 '웃는다'기보다는 '얼굴 근육을 움직여서 웃는 표정을 만든' 것 같은 조금 애처로운 미소였다.

"으아, 어두운 얘기를 해버렸네. 나 청승맞지?"

료는 표정을 바꾸지 않고 작게 고개를 흔들었다.

"나랑 비슷했구나."

"어?"

키라라가 고개를 살짝 기울일 때, 나도 속으로 "어?" 했다. 비슷하다니, 무슨 말일까. 그러고 보니 료는 자신의 어린 시절을 아무에게도 이야기한 적이 없는 것 같다.

"나도 부모님이 없어."

료가 가볍게 말했을 때, 그때까지 끼익, 끼익, 하던 흔들의자 소리가 멈췄다.

"달링…."

중얼거린 키라라의 눈에서 연정보다 더 깊은 감정이 요동쳤다.

"뭐, 나는 부모님이 없어도 딱히 아무렇지도 않지만."

숙연한 분위기를 날리려고 일부러 쿨하게 말한 료는 이미 식어버린 커피를 입에 댔다. 그리고 키라라는 그 옆얼굴을 바라보며 절절히 말했다.

"나…, 달링을 진심으로 좋아하는 것 같아."

"…."

료는 커피잔을 입에 댄 채 순간 굳었다. 그러나 키라라는 개의치 않고 말을 이었다.

"있잖아, 달링. 나는 안 될까? 물론 돈은 필요 없고, 아니, 한 푼도 안 줘도 돼."

"……"

"그냥 같이 있어 줘."

료는 커피잔을 조용히 카운터에 내려놓았다.

"그러니까 아까부터 안 된다고 했ㅡ."

"제발. 키리코 사장님이랑 내기해서 이러는 게 아니야. 나 이래 봬도 꽤 잘 벌어. 돈이 있으면 달링의 꿈을 이루는 데 도움이 될지도 모르잖아."

"안 돼. 내가 하려는 일은 나밖에 못 해."

료는 냉랭하게 말하고 자리에서 일어났다. 주머니에 있던 동전 지갑에서 찻값을 꺼내 내게 내밀고는 "이거 며칠 더 빌릴게" 하면서 책을 작은 숄더백에 넣었다.

"앗, 잠깐만, 달링."

안 되는 건 안 되는 거야ㅡ.

그렇게 말하며 료는 옆에 있던 헬멧을 집어 들고 빠른 걸음으로 가게 안을 성큼성큼 가로질렀다.

딸랑, 딸랑.

기세 좋게 열린 문에서 카우벨이 두 번 울렸다.

훤칠하게 뻗은 등이 문 너머로 사라졌다.

부웅, 부웅, 하며 오토바이 배기음이 들리더니, 그 소리가 부우우우우웅, 부우우우우웅, 하고 긴 소리가 되어 밤거리로 사라졌다.

나는 카운터 너머로 키라라를 보았다.

아마 태어나 처음 사랑에 빠졌을 소녀는 눈 속에 하트를 띄운 채 문 쪽을 멍하니 바라보았다. 짧은 손톱과 거친 피부—. '엄마 역할을 하는 손'을 아직도 꼭 붙든 채였다.

"하아…. 저기, 캇키?"

키라라가 문을 응시하면서 말했다.

"나도 이 가게 단골 될래."

"어? 응…. 고마워."

나는 로맨스 드라마의 애절한 장면을 봤을 때처럼 가슴이 두근거리는 나 자신을 느꼈다. 그리고 문득 며칠 전 키리코 씨가 흥얼거리던 'SOMEDAY'의 한 소절을 떠올렸다.

언젠가는 누구나 사랑의 수수께끼가 풀려

혼자 있을 수 없게 되지♪

이 가게에 특이하고 사랑스러운 단골이 또 한 명 늘었다.

물론 키라라의 목적은 내가 탄 커피나 홍차가 아니라 조금 비밀이 많은 청년이지만.

아무튼 키라라는 이제 사랑의 수수께끼가 풀려서 혼자 있을 수 없게 되어 버렸다.

좋겠다. 이런 순수한 연애. 처지가 이런 내게도 언젠가 사랑의 수수께끼가 풀리는 순간이 올까. 오지 않겠지….

나는 내 가슴속에 생긴 작은 바늘 같은 아픔을 모른 체하며 키라라에게 말했다.

"단골이 되면 료가 없을 때도 '늘 마시던 거' 달라고 할 거지? 그럴 때 뭘 줄까?"

키라라는 나를 보고 키드득 웃었다.

"난 사실 커피보다 코코아가 좋아."

"아하하. 역시."

"역시?"

"그럴 것 같았어. 내가 만든 커피에 설탕하고 우유를 그렇게 많이 넣는 사람은 키라라밖에 없거든."

"헉. 캇키한테 벌써 들켰구나."

"응. 다 들켰어. 그럼 네가 '늘 마시던 거'라고 하면 앞으로는—."

"코코아로 줘."

"알겠습니다."

내가 과장되게 군인처럼 경례했을 때—.

뻐꾹~♪

뒤편에 걸린 벽시계에서 뻐꾸기가 튀어나와서 우리는 키득거렸다.

"어때? 사랑에 빠져보는 것도 나쁘지 않지?"

상석에서 나른한 목소리가 날아왔다.

"네. 나쁘지 않네요. 가슴은 조금 답답하지만."

한숨 쉬듯 대답한 키라라의 뒤에 키리코 씨가 어느새 망령처럼 서 있었다.

"아아, 맞다. 키라라한테 얘기하는 걸 잊었네."

"네?"

"우리가 모시는 신은 말이야." 키리코 씨는 뒤에 있는 감실을 가리켰다. "사실 인연을 맺어주는 신이야."

"뭐라고요? 그럴 리가."

그렇게 말한 사람은 키라라가 아니라 나였다. 그도 그럴 것이, 그런 이야기는 지금껏 한 번도 못 들어 봤다.

"어, 캇키도 몰랐어?"

나는 말없이 고개를 끄덕였다.

"그럼 가르쳐줄게. 이 신에게 인연을 맺어달라고 빈 사람은 90퍼센트 확률로 커플이 됐어."

"네에에에? 정말요?" 키라라가 천진난만하게 웃었다.

"정말이고말고. 내가 한 번이라도 거짓말한 적 있어?"

"으음⋯." 키라라는 고분고분 기억을 더듬었다. "없⋯나?"

당연하다. 키리코 씨와 키라라는 만난 지 얼마 되지도 않았다. 아니, 그보다 저 신이 인연을 맺어주는 신이라는 말은 사실일까?

"키라라, 너 그동안 정말 열심히 살아왔지?"

"네?"

"나랑 하던 대결은 끝내자. 내기에 건 새전은 없던 걸로 쳐줄게."

"네?!"

이번에도 목소리를 높인 사람은 나였다. 새전을 포기하는 키리코 씨는 처음 봤다.

역시 마음속 깊은 곳에는 사랑이 넘치는 사람이구나, 하며 내가 부드러운 한숨을 쉰 찰나, 약간 거북할 정도로 다정한 표정을 지은 키리코 씨가 키라라의 어깨를 살며시 감싸 안았다. 그리고 새전함 앞으로 끌고 갔다.

"키라라, 나도 같이 연애 성취를 빌어줄게."

"네? 왜요, 왜요?"

"인연 맺기에 엄~청 효과 좋은 숨겨진 기도법을 알려주고 싶어서."

"말도 안 돼. 그런 게 있어요?"

"있지, 당연히. 들어봐. 우선 여기에 새전을 넣는 것부터 시작돼."

"…."

"걱정 안 해도 돼. 자, 잘 생각해 봐. 어차피 나랑 한 내기에 져서 다 날렸어야 하는 돈을 네 연애 성취를 위해서 쓰는 건데 얼마나 좋아? 단순한 벌칙 게임으로 증발했을 돈이 네 행복을 빌기 위한 새전이 됐으니까. 계산하지 않고 순수한 마음으로 헌납할 수 있다는 건 아주 행복한 일이잖아? 돈의 입장에서도 그렇게 쓰이는 게 훨씬 기쁠 거야. 그 덕분에 네가 행복해질 테니까."

"으음, 그런가아?"

"그래, 이해되지? 역시 키라라는 현명해. 내 말을 금방 이해하고 행복한 길로 나아갈 줄 아는 사람이라니까. 내기로 날렸을 돈을 행복을 위해 쓸 수 있다니, 정말 멋지지 않아? 버리는 돈을 자신의 행복에 투자하게 된 거니까."

"그렇구나…. 듣고 보니, 네, 그렇네요."

"그렇지? 자, 어서. 꾸물거리면 때를 놓쳐. 사랑은 갓 태어났을 때가 가장 순수해서 신께 기도가 금방 닿거든."

"네? 진짜요오?"

"당연히 진짜지."

시작되고 말았다. 익숙한 작업이….

역시 키리코 씨가 새전을 포기할 리가.

하아….

나는 두 사람의 대화를 한 귀로 흘려들으며 가게 싱크대를 닦았다.

가엾은 료의 수난 시대는 당분간 계속될 것 같다.

제3장

행복을 누군가가 반드시 가져다줄 거라 믿고 있네.

추억이 가득 / H$_2$O

제3장

"도둑질을 해요. 저희, 엄마가…."

처음 보는 고등학생이 충격적인 말을 입에 담았다.

빳빳하게 다린 교복에 매끈한 흰 피부. 안경테는 은색이었고 양쪽 무릎을 가지런히 모으고 앉아서 두 손은 허벅지 위에. 어디를 어떻게 봐도 우등생 같은 분위기를 풍기는 소년이었다.

"너희 어머니가 도둑질을?"

"세상에. 진짜? 원래 일진이었나? 맙소사."

뉴도 씨와 키라라가 새전함 옆 테이블석에 앉아 몸을 앞으로 기울였다. 유일하게 묘만 평소처럼 쿨한 표정을 유지하며 다즐링 잔을 입으로 가져갔다.

"역 앞 마트에서 우연히 봤어요…."

쇼와당에서 일한 지 1년이 넘었지만, 고등학생 남자아이가 '치유' 의뢰인으로 찾아온 적은 처음이었다.

"나 참, 이런 꼬맹이가 왜 우리 가게에 와?"

께느른한 목소리가 상석에서 들려오고, 키리코 씨가 살짝 휘청이며 말석으로 내려왔다. 대낮부터 맥주를 퍼부은 탓에 다리가 풀리는 모양이다. 4인 테이블은 자리가 다 차서 키리코 씨는 카운터석에 앉았다. 그리고 뒤돌아서 나를 등지며 소년 쪽을 바라보았다.

"아가, 이름이 뭐야?"

늘어지는 말투만 봐도 만취 상태였다.

"야, 야지마 료타로예요. 긴난고등학교 2학년 F반, 탁구부예요."

"그렇구나. 그래서, 왜 우리 가게에 상담하러 왔어?"

"그게, 쇼와당에서 고민 상담을 하면 뭐든 해결되고 치유된다는 소문을 저희 반 친구한테 들어서…, 그래서 왔어요."

"어머, 우리 가게도 꽤 유명하구나아." 그렇게 말하며 키리코 씨는 "아하하" 하고 푼수처럼 웃었다.

"저기…, 제 의뢰도 들어주실 수 있나요?"

"우리는 심부름센터가 아니야. 그런데 사실, 신께 기도하는 소년을 보면 나도 모르게 돕게 될 때가 있어."

키리코 씨는 그렇게 말하며 료타로에게 이리 오라고 손짓했다. 고분고분한 료타로는 시키는 대로 키리코 씨 앞에 섰다. 고등학생치고 몸집이 작고 사랑스러운 소년이었다.

"자, 거기서 우향우. 그래. 앞에 뭐가 있지?"

"감실이랑 새전함이요."

"정답. 잘 들으렴. 신은 말이야, 새전을 많이 넣는 사람에게 그 나름의 보상을 해준단다. 그런 거 학교에서 안 배웠니?"

으아, 시작됐다. 익숙한 작업이. 키리코 씨는 고등학생에게도 가차없구나…. 나도 모르게 탄식이 새어 나오려는데, 뉴도 씨가 굵은 목소리로 나무랐다.

"키리코 씨, 아무리 그래도 고등학생한테 돈을 뜯으면 안 되지. 그렇지, 료?"

"아무래도 그렇죠, 그건."

"꺅, 달링 다정해! 고등학생이면 적어도 학생 할인은 해줘야죠!"

말석 테이블에서 떠들썩하게 비난이 쏟아지자, 키리코 씨는 카운터에 오른쪽 팔꿈치를 대고 다리를 꼬았다. 거드름피우듯 몸을 젖히고 "흐음" 하며 눈을 가늘게 떴다. 바로 내 앞에 있는 키리코 씨의 뒷모습을 가만히 보니, 어깨 쪽에서 검은 기운이 일렁일렁 피어오르는 것 같았다.

"당신들, 조수 주제에 너무 착한 척하는 거 아니야?"

키리코 씨가 요염함 속에 '카리스마'를 가득 채워 넣은 말투로 말하자, 그 자리가 순식간에 고요해졌다. 뉴도 씨가 꿀꺽 하고 침 삼키는 소리가 들렸을 정도다. 흘러나오는 쇼와 가요는 후지 케이코의 엔카였다. 식은땀이 흐르도록 무거운 긴장감이 가게 안에 퍼졌다. 이럴 때 벽시계에서 뻐꾸기가 튀어나와 분위기를 풀어주면 좋으련만. 나는 그렇게 바랐지만, 현실은 녹록지 않았다.

"그렇게 착하면," 키리코 씨가 낮은 목소리로 말하고 숨을 훅 들이쉬었다. 그리고 별안간 위압적인 목소리로 외쳤다. "너희가 얘 대신 새전을 넣어!"

넘치는 박력에 이쪽을 등지고 있던 료타로의 등이 움찔했다.

"자, 뉴도 씨. 우선 당신부터."

"어…, 어…."

"어어 하지 말고 빨리."

뉴도 씨는 마지못해 가사 같은 옷에서 지갑을 꺼내며 일어나서 커다란 등을 작게 말고 새전을 넣었다.

"어머~, 밑천도 안 들이고 돈 버는 짝퉁 영능력자면서 쩨쩨하네. 봐, 그런 잔돈이 아니라 이걸 넣어야지."

키리코 씨는 옆에서 손을 획 뻗어 뉴도 씨의 지갑에서 지폐를 끄집어냈다.

"아, 뭐야, 잠깐."

뉴도 씨가 허둥대는 사이, 지폐는 곧장 새전함으로 빨려 들어갔다.

"자, 다음. 료."

"진짜 내라고요…? 아직 월급날도 안 됐는데."

"아아, 안쓰러워. 달링 대신 내가 낼래애."

"어머, 키라라, 너 훌륭한 여자구나. 신께 사랑받을 거야."

"내 건 내가 낼 거야."

"꺅, 달링 남자다워."

그리하여 세 사람의 지갑은 몹시 빈약해졌다. 하아, 가엾다…. 그렇게 생각하는데, 키리코 씨가 뒤를 돌아 나를 똑바로 쳐다보았다.

"캇키는 어떡할 거야?"

"네? 뭘요?"

"새전."

"네? 저, 저도요?"

"당연하지. 너 혼자만 애를 안 도울 셈이야?"

이, 이럴 수가…. 어째서 그렇게 되는 거지?

"어머? 캇키, 지금 한숨 쉬었어? 혹시 우리 월급에 불만 있어?"

"그게, 아니라…."

불만은 없지만 월급이 적은 것은 사실이다. 하지만 여기서 나만 새전을 헌납하지 않으면 다른 사람들에게 평생 들볶일 듯했고, 무엇보다 양심의 가책이라는 녀석에게 시달릴 것 같았다.

"알겠습니다. 삼가 헌납하겠습니다."

"좋아. 역시 우리 점장이야."

아아, 이번 달에는 봄 스웨터를 사려고 했는데…, 다음 달까지 기다려야겠구나…, 라고 속으로 투덜거리면서 지갑 지퍼를 열었다.

그리하여 그 자리에 있는 성인 전원에게서 새전을 강탈한 키리코 씨는 드디어 료타로에게 하소연을 늘어놓으라고 했다.

"자, 아가, 네 고민을 신에게 털어놔."

"알, 알겠어요…."

료타로네 어머니의 이름은 마사코라고 했다. 료타로는 마사코 씨가 역 앞 마트에서 물건 훔치는 모습을 우연히 목격했지만, 아무래도 자신의 엄마라서 경찰에 신고할 수 없었고 비난하기도 조심스러웠다. 그런데 마사코 씨의 도둑질은 한 번으로 끝나지 않았다고 한다.

"그래? 여러 번 훔치던?"

뉴도 씨가 묻자, 료타로는 "네…"라고 가냘프게 대답하며 어깨를 늘어뜨렸다.

"다시 말해 훔치는 현장을 여러 번 봤다는 거지?"라고 료가 물었다.

"딱 두 번이지만요. 저녁에 엄마가 마트에 간다길래 불길한 예감이 들어서 살짝 뒤를 밟아보니…."

"역시 슬쩍하고 있었구나"라고 키라라가 말했다.

"네…."

도둑질은 대부분 상습적이라고 들었는데, 료타로의 어머니도 상습범인가 보다.

"아가~, 착하지, 사진 보내자~♪"

키리코 씨가 느닷없이 '만화 일본 옛이야기'의 주제곡 가사를 우스꽝스럽게 바꿔 불렀다.

"네?" 하며 료타로가 고개를 갸우뚱했다.

"너희 엄마 사진을 휴대전화로 찍어서 오늘 밤까지 캇키한테 보내."

"네? 저한테요?"

갑자기 언급된 나는 어리둥절했다.

료타로도 당황해서 눈을 끔뻑거렸다.

키리코 씨는 그런 우리를 보고 장난스럽게 웃었다.

"캇키는 내일부터 도둑 검거반이야. 한가한 조수 아무나 데리고 가서 역 앞 마트에서 잠복해줘."

"네? 그럼 이 가게는요?"

"내가 있잖아."

"…."

내일부터 맛없는 커피와 홍차를 마시게 될 손님들을 생각하니 조금 마음이 아팠지만, 3월 들어 추위가 돌아온 탓인지 요 며칠 손님들 발길이 뜸했고, 솔직히 도둑 검거반이라는 단어에 마음이 동했다. 이제 와 감춰서 무엇 하리. 초등학생 때 내 꿈은 형사였다.

"하아. 네, 알겠습니다…."

나는 마지못해 응하는 투로 대답했지만, 키리코 씨는 의미심장하게 히죽였다. 왠지 다 들킨 것 같아서 나도 모르게 눈을 피해 버렸다.

※

이튿날은 한겨울만큼 추웠지만, 하늘은 쾌청하니 맑았다.

나는 충실한 도둑 검거반이 되어 잠복 중이었다.

사실 충실해봤자 아마추어다. 아침부터 밤까지 마트 안을 어슬렁거리면 오히려 내가 점원들에게 의심받을 것이 뻔했다. 그래서 나는 료타로네 집과 마트 사이에 있는 카페에서 잠복하기로 했다. 운 좋게도 도로와 인접한 카운터석 앞쪽이 통유리라서 지나가는 사람들이 잘 보였다.

잠복을 시작한 것은 오후 두 시경. 료타로가 말하길 어머니 마사코 씨는 대개 오전에 청소나 빨래 같은 집안일을 하고 점심을 먹은 뒤에는 낮 드라마를 본다고 했다. 다시 말해 마트에 장을 보러 갈 기회는 낮 드라마를 보고 나서 저녁 준비를 시작하기 전 몇 시간뿐이라는 뜻이었다.

잠복에는 파트너가 필요했다. 한 명이 화장실에 가면 다른 한 명이 남아서 망을 봐야 하기 때문이다. 초등학생 때 본 형사 드라마에서 얻은 지식이지만, 어른이 된 지금 생각해도 설득력이 있었다.

그리고 바로 지금, 내 파트너가 화장실에서 돌아와 내 옆자리에 기운 넘치게 앉았다.

"이야, 오늘도 쾌변했네, 쾌변했어."

10년에 한 번 감기에 걸릴까 말까라는 세이스케 씨는 자신의 훌륭한 장내 환경을 자랑하며 음식점에서 금기에 가까운 말을 뱉었다.

"여기 음식점이에요. 그런 얘기는 좀⋯."

"오케이. 미안합니다."

입으로는 사과하면서도 엄지를 세우며 활짝 웃는 세이스케 씨를 오늘의 파트너로 정한 사람은 나였다. 사실 가장 믿음직한 료는 퀵서비스 일이 있어서, 뉴도 씨는 수도자 같은 수상한 차림새가 너무 튀어서 잠복에 적합하지 않았다. 키라라는 주의가 산만한 탓에 지루한 잠복에 금방 질려 버릴 테니 제외했다. 그리하여 소거법으로 세이스케 씨가 발탁되었다.

"오, 저 아줌마 아니야?"

파트너가 유리창 너머로 도로를 가리켰다.

"네? 어디요, 어디? 아, 완전히 다른데요. 전혀 안 닮았잖아요. 이 사진 속 얼굴을 제대로 기억해주세요."

"아깝다. 아니구나. 사실 나는 미인이 아니면 얼굴을 잘 기억하지 못해."

그럼 모처럼 파트너를 구했는데도 나는 화장실에 못 가는 건가⋯.

하지만 고맙게도 그런 걱정은 기우로 끝났다.

"흐음, 저 아줌마는⋯, 조금 다르네."

세이스케 씨가 건성으로 중얼거렸을 때, 내 머릿속에서 무언가가 불꽃을 튀겼다.

"다, 다르지 않아요. 저 사람이에요!"

약간 길고 웨이브 진 검은 머리. 아래로 처진 자그마한 눈. 통통한 볼. 얇은 입술. 죽 뻗은 팔자주름. 틀림없었다.

"세이스케 씨, 뒤를 밟으러 가요."

"오, 오케이."

우리는 자리에서 일어나 곧장 카페를 나왔다.

밖으로 나오니 3월의 맑은 하늘이 눈부셔서 나는 눈을 가늘게 떴다.

짙은 갈색 코트를 입은 마사코 씨의 뒷모습은 내가 상상한 것보다 훨씬 작았다. 료타로가 몸집이 작은 이유는 엄마를 닮아서일지도 모르겠다. 마사코 씨는 나일론으로 된 평범한 검은 토트백을 왼팔에 걸고 어딘가 공허한 걸음걸이로 역 앞 로터리를 향해 갔다.

"세이스케 씨, 마트에 들어가면 티 나지 않게 행동해주세요."

"오케이."

"훔치는 현장을 봐도 못 본 척해주세요. 마사코 씨가 밖으로 나가고 나서 잠시 후에 말을 걸게요."

"오케이. 그보다 오늘 나는 뭐 때문에 부른 거야?"

내가 화장실에 갔을 때를 대비한 교대 요원이라는 말은 차마 못 하고 이렇게 대답했다.

"만약 마사코 씨가 난동을 피우거나 마사코 씨한테 나쁜 남자 동료가 있으면 저를 지켜달라고요."

"어허허. 실력 발휘 좀 해야겠군."

세이스케 씨는 무척 기쁜 듯 오른팔을 휘휘 돌리며 어깨를 풀었다.

"세이스케 씨, 눈에 띄는 행동은 하지 마세요."

"오, 오케이."

세이스케 씨가 엄지를 세웠을 때, 마사코 씨의 등이 역 앞 마트 입구로 사라졌다. 우리는 서둘러 그 뒤를 쫓았다.

나와 세이스케 씨는 가게 안에서 두 편으로 갈라졌다.

이 마트는 고가 밑에 세워진 작은 가게로, 천장 모퉁이 네 군데에 방범용 거울이 설치되어 있었다. 나는 그 거울로 티 나지 않게 마사코 씨를 감시하기로 했다.

처음에는 딱히 별다른 낌새도 없었고 손에 든 장바구니에 고기와 채소를 넣을 뿐이었다. 그런데 가게 중앙에 있는 과자 매대에 다다르자, 마사코 씨의 거동이 갑자기 수상해졌다. 주변을 슬쩍슬쩍 살피며 눈치를 봤다. 나도 모르게 숨을 멈추고 거울을 올려다보았다. 내가 훔치는 것도 아닌데 심장이 별개의 생명체처럼 쿵쾅거렸다.

거울 속 마사코 씨의 손이 선반으로 조용히 뻗어 나갔다.

아. 훔친다.

내가 그렇게 확신한 찰나, 맙소사, 세이스케 씨가 마사코 씨 뒤를 대놓고 지나갔다.

마사코 씨는 깜짝 놀라서 선반으로 뻗던 손을 물렸다.

보고도 믿기지가 않는다.

왜 하필 이 타이밍에 마사코 씨의 시야에 들어간단 말인가.

무심코 내 머리를 쥐어뜯을 뻔했지만, 나는 거울에서 시선을 떼지 않았다. 어설프기 그지없는 세이스케 씨가 부리나케 과자 선반 왼쪽으로 꺾어 들어갔다. 그 순간이었다. 마사코 씨는 잠시 물린 손을 다시 선반으로 뻗어 작은 과자를 집고는 마트 장바구니가 아니라 팔에 걸린 검은 나일론 가방에 잽싸게 넣었다.

훔쳤다. 정말로.

놀라서 어안이 벙벙한데, 마사코 씨는 대담하게도 물건을 하나 더 집어서 좌우를 슬쩍 살피며 그대로 가방 안에 넣었다.

이제 충분하다. 나는 모퉁이를 돌아서 과자 선반 쪽으로 걸어갔다. 내 기척을 느낀 마사코 씨는 장바구니를 손에 든 채 태연히 계산대에 줄을 섰다.

누군가가 뒤에서 내 어깨를 쿡 찔렀다. 돌아보니 세이스케 씨였다.

"어떻게 됐어?"

"역시 훔쳤어요. 저 검은 나일론 가방 안에 과자 두 개가 들어 있어요."

"정말? 그래서 어떻게 할 거야?"

"먼저 밖에 나가서 기다리죠."

"오케이."

우리는 가게 밖으로 나가서 계산을 마친 마사코 씨가 나오기를 기다렸다. 가게 앞에 할인 판매 하는 음료수와 채소 따위가 손수레에 쌓여 있어서 그쪽을 둘러보는 척했다.

"저 아줌마 가난해 보이지는 않는데 왜 과자 같은 걸 훔치는 거지?"

세이스케 씨가 손에 든 브로콜리를 바라보면서 언짢은 표정을 지었다.

"역시 스트레스 때문일까요?"

"그럴지도 모르지. 하지만 스트레스를 해소할 방법은 이런 거 말고도 많이 있잖아."

대화하면서 브로콜리를 손수레에 도로 올려놓았을 때, 마사코 씨가 다른 손님들 틈에 섞여 나왔다. 오른손에는 마트 로고가 박힌 하얀색 비닐봉지가 들려 있었고, 왼팔에는 검은 가방이 걸려 있었다. 나와 세이스케 씨는 작게 고개를 끄덕이고 약간 거리를 둔 채 마사코 씨 뒤를 쫓았다.

걸음을 떼자마자 한 가지 사실을 깨달았다. 마사코 씨의 보폭이 마트로 향할 때보다 넓었다. 조금 전에는 어딘가 공허한 느낌으로 천천히 걸었다면, 이제는 자세도 곧고 걸음걸이가 거침없었다. 성공적으로 '일'을 마쳐서 스트레스가 해소된 것일까.

역 앞 로터리를 빠져나온 마사코 씨는 왔던 길과 똑같은 전철 선로를 따라 돌아갔다. 우리가 잠복하던 찻집과 산부인과 앞을 지나 오래된 미용실 근처까지 가자, 한적한 주택가가 나와서 역 앞의 소란스러움은 느껴지지 않았다.

"이제 말을 걸까?"

세이스케 씨가 작은 목소리로 말했다. 나는 말없이 고개를 끄덕였다. 우리는 곧바로 걷는 속도를 높여 마사코 씨의 등을 쫓았다.

앞서 걷는 여자는 몸집이 아주 작았다. 이렇게 평범한 사람이 그렇게 대담한 짓을 하다니—.

"안녕하세요."

세이스케 씨가 말을 걸었다. 뒤돌아본 마사코 씨는 살짝 경계하는 표정이었다.

"저기, 제가 봤어요."

이번에는 내가 말했다.

"네…?"

눈을 동그랗게 뜬 마사코 씨는 가까이서 보니 이목구비가 사랑스러웠다. 미인까지는 아니어도 젊었을 때는 틀림없이 귀여웠을 것이다.

"그 검은 가방 안에 과자가 들었죠?"

나는 최대한 부드럽게 말했다.

"뭐, 뭐죠, 갑자기?"

"과자 두 개가 들어 있죠? 저 두 번 다 봤어요."

마사코 씨는 내게서 눈을 떼고 세이스케 씨를 올려다보았다.

"훔쳤죠?"

"…"

마사코 씨의 눈빛이 흔들렸다. 동요하는 것이다. 왼팔에 걸린 가방을 살짝 뒤로 빼는 이유는 무의식중에 우리에게 감추기 위해서였다.

"저희는 가게나 경찰에 알릴 생각이 없어요. 하지만 범죄의 순간을 목격한 건 사실이죠."

길가에 멈춰 서서 대화하는 우리 옆을 행인들이 언짢은 표정으로 지나갔다. 마사코 씨는 그 시선 때문에 더 안절부절못하는 것 같았다. 이 사람은 나와 별반 다르지 않은 마음 약한 사람이 분명했다.

"두 번 다시 훔치지 않겠다고 맹세해요."

세이스케 씨는 악의 없는 목소리로 말했다. 나도 덧붙였다.

"저희는 당신의 얼굴을 알아요. 4가 야지마 씨 댁에 사시죠?"

"그걸 어, 어떻게…"

"우리가 의외로 가까이 살거든요."

세이스케 씨가 팔짱을 끼자, 마사코 씨의 두 어깨에서 힘이 쭉 빠졌다.

"잘, 잘못했습니다…."

마사코 씨는 순순히 인정했다. 역시 천성이 나쁜 사람은 아니었다. 그렇게 확신한 나는 최대한 부드럽게 이야기했다.

"본인도 모르게 우발적으로 그러신 거예요?"

"…네."

"우리한테 들켰으니까 이제 절대 안 그럴 거죠?"

"죄송합니다. 이제 안 그러겠습니다. 그러니까 제발 이번 일은—."

"알겠어요. 아무한테도 말하지 않을게요."

"하지만 혹시 또 그런 모습이 보이면 그때는 신고할 겁니다."

"네…."

"이런저런 일이 있죠."

"네?"

"살다 보면요."

왜일까. 갑자기 이 사람이 안쓰러워 보여서 두둔해 주고 싶어졌다. 그래서 핑곗거리 하나쯤은 만들어주고 싶었다.

"제 인생에도 이런저런 일이 있어요. 힘든 일, 슬픈 일, 어찌할 수 없는 일…."

"…."

"하지만 범죄는요, 그렇잖아요, 들키면 가족들까지 괴로워져요."

"네…. 죄송, 합니다…."

마사코 씨의 아래 눈꺼풀 위로 투명한 눈물이 차오르다가 깜빡임과 동시에 뺨을 타고 떨어졌다. 얇은 입술에 힘이 들어갔다. 마사코 씨는 젖은 뺨을 검지로 닦고 고개를 떨구며 "정말 죄송합니다"라고 갈라진 목소리로 말했다.

나는 세이스케 씨를 보았다. 세이스케 씨는 후련하게 미소 지으면서 작게 두 번 고개를 끄덕였다. 나도 입술에 미소를 머금으며 고개를 주억거렸다. 그리고 머리 숙인 마사코 씨에게 말했다.

"그럼 저희는 이만 가볼게요."

천천히 고개를 든 마사코 씨의 젖은 눈에 슬픈 빛이 떠올랐다. 이제 말은 필요 없다.

세이스케 씨와 나는 발길을 돌려 지나온 길을 되돌아갔다.

죽 뻗은 선로를 따라 이어지는 길.

살짝 위를 올려다보자, 푸른 하늘이 펼쳐졌다.

아주 좋은 일을 했을 때처럼 마음이 매우 상쾌했다.

"마사코 씨가 제대로 뉘우쳐 주셨네요."

"응. 이제 절대 안 그럴 얼굴이었어. 그나저나 오늘 좋은 일을 했군. 나 키리코 씨한테 칭찬받는 거 아니야? 크하하하."

세이스케 씨도 상쾌한 표정이었다.

"그야말로 치유사다운 일이었네요."

"그렇지? 조수치고 훌륭했어."

우리는 걸으면서 작게 하이파이브를 했다.

＊

"엄마가 또 훔쳤어요⋯."

그런 충격적인 말이 들려온 것은 나와 세이스케 씨가 도둑 검거반으로 활약하고 딱 일주일이 지났을 때였다.

"뭐? 농담이지?"

"그럴 리가!"

놀란 나와 세이스케 씨의 목소리가 겹쳤다.

반사적으로 눈이 마주쳤다. 그대로 우리의 시선은 상석 쪽으로 천천히 방향을 바꿨다.

끼익, 끼익….

흔들의자가 흔들리는 소리와 함께 나른한 음성이 우리에게 내려왔다.

"이번에 치유사로서 최고의 일을 해냈다고 한 게 누구였더라?"

키리코 씨가 말하며 키득거렸다.

"아니, 그런데, 정말 울면서 뉘우쳤단 말이에요. 그렇지, 캇키?"

"네, 정말이에요. 눈물지으면서 길가에서 고개를 깊이 숙이고—."

"무르다, 물러."

키리코 씨는 내 목소리를 누르듯 말하고 또다시 키득거렸다. 웃으며 천천히 일어나서 커다란 다루마가 있는 레코드판 선반을 뒤졌다. 키리코 씨가 손에 든 것은 소형 레코드판이었다. 일명 싱글 레코드판이다.

최근에 새것으로 교체한 다이아몬드 바늘이 레코드판 위에 살짝 닿자, 보스 스피커에서 지지직 하며 작은 소리가 났다. 다음 순간, 청량한 키보드 전주가 흘러나오고 포크 기타의 스트로크가 이어졌다.

이 곡은 나도 안다.

H_2O의 '추억이 가득'이다.

키리코 씨는 상석에서 요염하게 골반을 흔들며 걸어와서 세이스케 씨 옆 카운터석에 앉았다. 그리고 옛 추억에 잠긴 표정을 지으며,

행복을 누군가가 반드시

가져다줄 거라 믿고 있네♪

그 소절을 흥얼거렸다.

"으음, 거기 멀뚱히 서 있는 돈 없는 아가."

"네…."

료타로는 감실 앞에 서서 대답했다.

"너 이름이 뭐랬지?"

아직도 의뢰인의 이름을 모르다니 역시 키리코 씨다.

"야지마… 료타로요…."

"계속 그렇게 멀뚱멀뚱 서 있지 말고 여기 앉아."

네, 라고 짧게 대답하며 옆자리에 앉은 료타로에게 키리코 씨는 곧
바로 무례한 질문을 던졌다.

"아가, 마마보이니?"

"네?"

료타로는 눈을 휘둥그레 떴다.

"한마디로 엄마한테 사랑을 듬뿍 받고 자랐냐고."

그럼 처음부터 그렇게 물을 것을. 한소리 하고 싶었지만, 지금은 입
을 다물어야 할 때였다.

"사랑은…, 네, 받은 편인 것 같아요."

"어머, 그래? 아빠는 뭐 하시고?"

"아버지는 2년 전부터 병으로 입원과 퇴원을 반복하고 있어요."

"그래?"

심드렁한 대답과는 달리 키리코 씨의 눈이 순간 번쩍인 것 같았다.

키리코 씨는 료타로의 가정환경을 조금씩 파고들면서 질문을 거듭했다. 료타로는 모든 질문에 성실히 대답했다. 무척 성실한 아이다. 이렇게 착한 아이를 키워낸 엄마가 도둑질을 자제하지 못하다니, 나는 도무지 이해할 수 없었다. 하지만 키리코 씨의 질문 공세가 료타로의 가정환경을 낱낱이 들춰내자, 그 이유가 조금씩 드러났다.

"요약하면, 아가의 아빠는 근면한 사람이고, 엄마는 전업주부고, 부부 사이는 좋아. 그런데 작년에 교통사고로 아가의 여동생이 죽었다는 거지?"

"네."

"심지어 아빠는 예전부터 병치레가 잦아서 병원에 있는 기간이 길었고."

"네."

"그래서 딸은 죽고 설상가상으로 남편은 아파서 아가의 엄마가 우울해하는 거지?"

료타로는 거기서 한 박자 쉬었다. 말을 고르는 것 같았다.

"우울해하는 시기는 끝난 것 같아요. 요즘은… 뭐랄까, 자꾸 푸념을 한다고 할까요…?"

"그래? 아가 앞에서 푸념을 해?"

"가끔이지만요. 그런데 예전에는 전혀 안 그랬거든요. 요즘은 맥주도 매일 밤 마셔요."

"오. 그렇다면 냉장고에 항상 맥주가 있겠네?"

남의 집 맥주에 반응하는 키리코 씨를 보자, 나도 모르게 탄식이 나왔다.

"있…는데요…."

"아니, 맥주는 됐다. 아무튼 아가한테 뭐라고 푸념을 해?"

"예를 들면—." 료타로는 기억을 더듬듯 대각선 위를 올려다보며 말했다. "왜 나만 이렇게 불행한 일을 겪어야 하냐, 살아봤자 좋은 일이 하나도 없다, 그런 식으로 이런저런 넋두리를 해요."

"한마디로 자기 상황을 한탄하는 거네."

"그런… 것 같아요."

료타로는 어정쩡하게 고개를 끄덕이고 작게 탄식했다.

나는 아직 어른이 되지 못한 소년의 가녀린 어깨를 바라보며 생각했다. 가장 불행한 사람은 료타로가 아닐까. 아버지는 병치레가 잦고, 동생은 교통사고로 세상을 떠났으며, 어머니는 도둑질을 한다. 그렇게 생각하니 카운터석에 앉아서 성실하게 질문에 답하는 자그마한 소년이 너무 대견해서 어떻게든 도와주고 싶어졌다.

"아가, 중요한 걸 하나 물을게."

"네."

"이게 제일 중요하니까 절대 부풀리거나 축소해서 대답하면 안 돼."

"알겠어요."

키리코 씨의 검은 눈에 전에 없이 진지한 빛이 감돌았다.

"너희 집 가난해?"

제일 중요한 질문이 그거라고?!

나도 모르게 소리를 높일 뻔했지만, 꾹 참고 세이스케 씨를 보았다. 세이스케 씨도 카운터에 왼쪽 팔꿈치를 댄 채 어리둥절한 표정을 짓고 있었다.

그러나 료타로는 그런 질문에도 성실히 대답했다.

"저희 아버지는 일단 회사 경영자예요. 중소기업이지만 실적은 나쁘지 않아요. 그래서 저희 집은 가난한 편은 아니에요."

그 말을 들은 키리코 씨의 검은자위에 이번에는 '¥' 마크가 번쩍였다.

"어머, 그랬구나? 어휴, 나도 참. 료타로 군, 얘기하기 힘든 걸 자꾸 물어봐서 미안해."

지금껏 한결같이 '아가'라고 부르더니, 갑자기 '료타로 군'이라고 이름으로 불렀다.

"아니에요…."

그 노골적인 변화에 료타로도 당황스러움을 감추지 못했다.

"저기, 료타로 군. 너희 집 차는 뭐야?"

"메르세데스 벤츠이긴 한데…."

"어머머, 멋있다~."

"아, 하지만 메르세데스도 등급이 여러 가지라…."

"괜찮아, 메르세데스면 뭐든. 아, 그보다 역시 사장쯤 되면 은행에 보통…, 크흐흐흐. 1억 엔? 2억 엔? 그 정도는 넣어놓지?"

몸을 앞으로 뺀 키리코 씨가 구체적인 숫자까지 꺼내자, 여태 잘 견디던 료타로도 슬슬 뒤로 물러나기 시작했다. 솔직히 제삼자인 나조차 그 강렬한 에너지에 기가 눌렸다.

"전 예금액까지는 잘… 몰라요…."

"어머, 미안. 그렇지. 모르겠지. 아직 고등학생이니까. 어른들의 세계는 몰라도 괜찮아. 크흐흐흐. 아, 잠깐만, 캇키."

"네, 넵?"

갑자기 호명되는 바람에 우스꽝스럽게 목소리가 뒤집혔다. 하지만 키리코 씨는 전혀 개의치 않고 상사 같은 어투로 말했다.

"여기 료타로 군이 이야기하는데 차 한 잔도 안 내놓다니 어떻게 된 거야? 커피 우유 정도는 만들어줘야지."

"네…?"

"아, 저는 그냥 커피로…."

"어머, 몸집은 쪼그마한데 어른이네."

키리코 씨는 무례한 말을 매우 요염하게 하면서 료타로의 코끝을 톡 건드렸다. 료타로는 뺨을 붉히며 살짝 고개를 숙였다.

키리코 씨는 히죽거리며 팔짱을 끼더니, 그 어느 때보다 박력 있는 목소리로 말했다.

"캇키, 세이, 내일 당장 사냥감의 집에 쳐들어간다."

"엥? 사냥감?"

세이스케 씨가 참지 못하고 꼬집자, 키리코 씨는 여유롭게 고개를 끄덕였다.

"물론 치유할 사냥감이지. 내가 진지하게 노리면 절대 도망 못 가. 붙잡아서 골수까지 빨아먹…, 치유해줄 거야. 다시는 도둑질 따위 못 하게 해야지."

방금 분명히 '빨아먹겠다'고 말하려고 했다. 확실하다. 내 내면의 양심이 "료타로, 도망가!"라고 외치려 할 때, 고등학생 소년은 양손을 무릎에 대고 고개를 꾸벅 숙였다.

"감사합니다. 저희 엄마를 잘 부탁드립니다."

료타로의 목소리는 내 가슴이 아릴 정도로 간절했다.

"크흐…, 나한테 맡기면 다 괜찮아질 거야. 크흐흐흐."

하다못해 '우-후후'라고 웃어주면 좋겠는데….

나는 한숨을 삼키며 최대한 부드럽고 맛있는 커피를 '사냥감'의 아들에게 타주었다.

키리코 씨는 아직 아무 짓도 하지 않았지만, 최소한의 보상으로.

✳

이튿날 저녁.

우리는 료타로의 집으로 걸어갔다.

도착 예정 시각은 마사코 씨가 저녁 준비를 시작하기 직전인 오후 다섯 시 반. 오늘은 상점가 청년부 모임이 있어서 못 온다는 세이스케 씨 대신 일을 막 마친 료가 함께 했다.

동쪽 하늘은 이미 짙은 쪽빛으로 덮였고 샛별이 반짝였다. 서쪽 하늘은 가까스로 붉은빛을 남겨두었지만, 3분도 안 되어 어둠의 뚜껑이 보석함처럼 굳게 닫힐 것이다.

키리코 씨는 검은 코트 주머니에 양손을 찔러 넣고 걸으면서 지금까지 있었던 일을 료에게 대충 설명했다. 하지만 늘 그렇듯 너무 대충이라 오히려 료의 머릿속에는 '?'만 들어차는 것 같았다.

"대충 그렇게 된 거야. 그래서 료타로 군한테는 내가 메시지로 부를 때까지 2층 자기 방에서 나오지 말라고 해뒀어."

"흐음, 대강 알겠는데, 그래서 저는 뭘 하면 되는 거죠?"

키리코 씨와 료가 내뱉는 숨이 하얗다. 추위를 싫어하는 나는 산지 얼마 안 된 아끼는 스카프를 코 밑까지 둘둘 말았다.

"너는 그냥 보고 있으면 돼. 내 사냥감이니까."

"사냥감?" 하며 료가 고개를 갸웃했다.

"사장님이 절대 놓치지 않고 확실히 치유하고 싶은 사냥감이래."

내가 부연 설명 했지만, 료는 "뭐야, 그게" 하며 쓴웃음을 지을 뿐이었다. 우리가 료타로의 집 앞에 도착했을 때, 료는 '사냥감'이 '사냥감'인 까닭을 확실히 이해한 모양이었다.

"흐음, 그렇구나. 저택에 벤츠. 사냥감이네, 확실히."

키리코 씨는 빈정거리는 료의 목소리가 들리지 않는다는 듯 혼자 들뜬 기색으로 인터폰을 눌렀다.

곧바로 마사코 씨의 목소리가 들려왔다.

"네."

"택배 왔습니다아." 키리코 씨는 활기차게 말한 뒤 작은 소리로 "치유의 택배"라고 덧붙였다.

잠시 후 현관문이 열렸다. 안에서 얼굴을 내민 마사코 씨는 우리를 본 순간, 경계하는 표정을 지었다. 당연하다. 어느 모로 보나 택배 기사 같지 않으니까.

"안녕하세요. 저번에도 뵀죠?"

나는 최대한 부드러운 말투로 인사했다.

"어…, 당신이 왜…."

내 얼굴을 알아봤는지 마사코 씨는 뺨 근육이 굳었다.

마사코 씨의 질문에 대답힌 사람은 키리코 씨였다.

"돈 얘기를 좀 하러 왔어요."

"네?"

그렇게 말한 사람은 나와 료였다. 이런 식으로 나가면 처음부터 사냥감과 사냥꾼의 관계가 대놓고 드러나지 않나.

"아, 물론 당신이 하는 장난질에 대해서는 여기 있는 캇키에게 들었어요."

키리코 씨는 나를 가리킨 뒤 말을 이었다.

"한마디로 나는 당신의 약점을 쥐고 있는 거죠. 하지만 협박하지는 않을 테니 안심해요. 기본적으로 우리는 착한 사람들이거든요. 그러니까 실례 좀 할게요."

"네? 자, 잠깐만요."

"거실은 이쪽인가?"

키리코 씨는 어찌할 바를 몰라 돌처럼 굳은 자그마한 마사코 씨를 휙 밀어내고 멋대로 집 안에 들어갔다.

"느닷없이 죄송합니다. 하지만 절대 해코지는 안 할 거예요."

내가 말했다.

"저랑 이 사람은 오히려 당신 편이에요. 안심하세요."

료가 나를 가리키면서 싱긋 미소 지었다. 성실해 보이는 미남의 미소는 여기서도 효력을 발휘한 듯, 마사코 씨의 긴장이 아주 조금 풀린 것 같았다.

"하, 하지만…."

"정말 걱정하지 마세요. 저 사람, 키리코 씨라고 하는데요, 저래 봬도 천성이 나쁜 사람은 아니에요."

나는 속으로 '아마도…'라고 덧붙이면서 마사코 씨의 등을 살짝 밀며 집 안으로 함께 들어갔다. 어쩐지 집 털이범의 조수가 된 것 같아

죄책감이 들었지만, 다른 선택지가 없었다.

거실은 과연 사장 자택답게 널찍했다. 게다가 구석구석 깔끔하게 정돈되어 있었다. 거실만 해도 대충 열 평은 될 듯했다. 문외한인 나도 알아볼 만큼 가재도구가 고급이라, 그것들을 훑어본 키리코 씨는 무척이나, 무척이나, 무척이나 기쁘게 눈을 반짝였다.

"그럼 일단 자리에 앉아볼까."

눈 속에 '¥' 마크를 띄운 키리코 씨가 윗사람처럼 말했다. 6인 테이블에 키리코 씨와 마사코 씨가 마주 보고 앉았다. 키리코 씨 옆에 료, 마사코 씨 옆에 내가 앉았다.

"아까도 말했지만." 키리코 씨가 테이블 쪽으로 몸을 약간 기울이며 이글거리는 눈으로 마사코 씨를 노려보았다. "나는 당신의 약점을 쥐고 있어요. 하지만 료타로 군에게는 아직 말하지 않았어요."

"저, 저기―."

"쉿. 당신한테 발언권은 없어요. 질문도 금지예요. 약점을 쥔 사람은 나라는 걸 잊지 말아요."

"…."

마사코 씨는 겁 먹은 눈으로 료를 보았다. 료는 성실한 얼굴로 고개를 끄덕여 보였다. 표정만으로 "괜찮아요"라고 말하는 듯했다.

"내가 지금부터 당신한테 몇 가지 질문을 할 테니까 똑바로 대답해요."

"질문, 이요?"

"그래요. 만약 당신이 솔직하게 대답하지 않으면 이런저런 소문을 마구 퍼뜨릴 거예요. 크흐흐흐. 물론 료타로 군에게도요. 우리는 증거 사진도 갖고 있으니까."

마지막 말은 새빨간 거짓말이다. 사진은 찍지 않았다. 그런데 그 말에 마사코 씨의 얼굴이 순식간에 굳었다. 나는 왠지 정말로 공갈하는 느낌이라 찜찜했다.

"…."

"어라? 대답이 없다는 건 소문내도 된다는 뜻인가?"

거만하게 윗사람처럼 말하는 키리코 씨와, 이미 울 것 같은 마사코 씨. 어느 쪽이 도둑질하는 사람인지 슬슬 헷갈렸다.

"그것만은…, 아, 안 돼요."

"그럼 질문에 답해요. 아주 솔직하게."

키리코 씨는 냉담하게 말하고 팔짱을 꼈다. 그러다가 갑자기 분위기에 맞지 않는 활기찬 목소리로 말했다.

"아, 그렇지. 우선 맥주부터 마셔야겠다아."

"네?" 나도 모르게 목소리를 높였다. 하지만 그런 것은 가뿐히 무시하며 키리코 씨는 다시 한번 똑같은 말을 입에 담았다. 마사코 씨의 눈을 응시하면서.

"맥주부터 마셔야겠다아."

"알, 알겠어요."

새파랗게 질린 마사코 씨는 벌벌 떨면서 자리에서 일어나 거실과 이어진 부엌 냉장고에서 프리미엄 맥주 세 캔을 들고 왔다. 키리코 씨, 나, 료 앞에 하나씩 놓고 "지금 잔을…" 하는데, 키리코 씨가 막았다.

"잔은 됐어요. 너무 신경 쓰지 말아요."

이제 와서 '신경 쓰지 말아요'라니—. 키리코 씨의 기행에 익숙한 나조차 경악했다.

"캇키는 추운 걸 싫어하니까 지금은 맥주 안 마시지? 료는 미성년
자고."

키리코 씨는 그렇게 말하면서 맥주 세 캔을 전부 자기 앞으로 끌어
당기고 그중 하나를 땄다. 치익 하고 경쾌한 소리가 나자, "그럼 잘 먹
겠습니다~"하면서 흡족하게 꿀꺽꿀꺽 목을 울렸다.

"캬아~, 시원해서 맛있다. 역시 부자는 프리미엄이지. 으흐흐. 그럼
이제 어느 정도 분위기가 정돈됐으니 눈가리개를 좀 해줘야겠어요."

"네?"

"알아들었잖아요. 자, 캇키, 네 목에 두른 스카프로 눈을 가려 드려."

"네? 이걸로요?"

"그래. 얼른 해."

새로 산 아끼는 스카프를 이런 협박 같은 짓에 쓰게 될 줄이야….
나는 키리코 씨가 눈치채지 못하도록 작게 탄식하며 천천히 일어났다.

"마사코 씨, 죄송합니다. 무서워하지 않으셔도 돼요. 그리고 아프면
말씀해주세요."

최대한 다정한 목소리로 말하고 마사코 씨 뒤에서 스카프로 눈을
가렸다.

내가 자리에 앉자, 키리코 씨는 다시 꿀꺽꿀꺽 목을 울리고 "크으
~"하며 만족에 찬 소리를 흘렸다. 그리고 마침내 질문을 시작했다.

"당신 남편이 병 때문에 입원과 퇴원을 반복한다면서요?"

"네…? 그걸 누구한테…. 료타로가… 말했나요?"

"이봐요, 질문하면 안 된다고요. 당신은 그냥 솔직하게 대답만 해
요. 알겠어요?"

키리코 씨의 부당한 말에 잠깐 입을 다문 마사코 씨였지만, 결국 받아들일 수밖에 없었다.

"네…."

"크흐흐. 대답 좋네요. 그럼 다음 질문. 딸을 교통사고로 먼저 보냈다는 게 사실이에요?"

"네…?"

"내가 질문하잖아요. 제대로 대답할 거예요, 말 거예요?"

키리코 씨가 위압적인 목소리로 말하자, 마사코 씨는 쉰 목소리로 "네" 하며 고개를 끄덕였다.

"어떤 딸이었어요?"

"착하고…, 잘 웃는, 밝은 아이였어요."

눈을 가린 마사코 씨의 머리가 조금 수그러졌다.

"울었어요?"

"…?"

"딸을 잃고 실컷 울었냐고요."

"실컷…은 아닌 것 같아요. 하지만 울었어요."

"흐음. 혼자 울었어요?"

"보통은…, 혼자였죠."

"어라, 왜요? 료타로 군이랑 남편 앞에서는 못 울어요?"

순간 마사코 씨는 말문이 막힌 듯했지만, 한 차례 숨을 들이마시고 젖은 한숨을 뱉듯 대답했다.

"남편은 투병 중이고, 료타로는 아직 어리니까요."

"흐으음." 키리코 씨는 태연한 얼굴로 맥주를 들이켜고 말했다. "내

년에 료타로 군이 수험생이 되니까 걱정이죠?"

"네…."

"남편은 나을 수 있는 병이에요?"

"기증자를 찾으면요. 하지만…."

"아직 못 찾았군요."

"네…."

"노후도 여러모로 불안하고요?"

"불안…하죠."

키리코 씨는 그런 식으로 마사코 씨가 마주한 힘든 상황을 담담하게 물었다. 료타로에게 들은 말이 사실인지 확인하는 것 같았다. 상황을 거의 다 확인했을 때쯤, 갑자기 이런 질문을 던졌다.

"그렇군요. 그럼 당신은 자기가 불행하다고 생각하죠?"

"네…?"

"왜 나만 이렇게 불행한 일을 겪어야 하나, 그렇게 생각하죠?"

"…."

"솔직하게 대답해요." 키리코 씨의 무자비하고도 단호한 말투에 마사코 씨는 어깨를 늘어뜨렸다.

"가끔은, 그렇죠…."

"자기 혼자 외톨이인 것 같아서 고독하죠?"

마사코 씨는 잠시 생각한 끝에 "항상 그렇지는 않지만 그런 느낌이 들 때가 있어요…"라고 모깃소리로 말했다.

"역시." 키리코 씨는 빈정대듯 코웃음을 쳤다.

그 한마디에 마사코 씨가 반응했다.

"역시라니…. 누구든 그렇지 않겠어요? 남편은 아프고 딸은 사고로 죽고. 나도…."

"오케이, 거기까지. 규칙 잊었어요? 당신은 내 질문에 대답만 해요. 나는 당신의 약점을 쥐고 있으니까."

"하지만—."

키리코 씨는 눈을 가린 채 테이블 쪽으로 몸을 기울인 마사코 씨를 또다시 말로 제지했다. 그것도 갑자기 자애로운 목소리로.

"알아요, 당신 마음. 너무 잘 이해해요."

응?

키리코 씨가 돌변해서 나와 료는 시선을 교환했다.

"마사코 씨, 정말 고생 많았어요."

"어…."

"솔직히 대단하다고 생각해요. 그런 상황인데도 지금까지 계속 혼자 애써 왔잖아요."

"…."

"필사적으로 견뎠죠? 슬퍼도, 괴로워도, 현실에서 도망치지 않았잖아요. 정말, 잘해왔어요. 다른 사람이었으면 중간에 무너졌을 거예요."

"…."

"만약 제가 마사코 씨의 남편이었으면…."

키리코 씨의 목소리에 더 짙게 따스함이 배었다.

"…."

"그런 당신이 진심으로 자랑스럽고, 당신과 결혼해서 다행이라고 생각했을 거예요. 다음 생에도 반드시 당신을 알아보고 당신과 결혼해서, 그때야말로 건강한 몸으로 온 힘을 다해 행복하게 해주고 싶었을 거예요."

마사코 씨는 양손으로 입을 가리고 고개를 떨구었다. 눈물을 참는 것 같았다.

키리코 씨는 더 자애로운 목소리로 덧붙였다.

"만약 제가 료타로 군이었으면, 애지중지 키워준 당신에게 언젠가 꼭 효도하고 싶었을 거예요."

"…"

"만약 제가 돌아가신 따님이었으면, 당신이 남은 인생을 행복하게 살기를 진심으로 기도했을 거예요. 천국에서 조용히 지켜보면서요."

마사코 씨의 두 손 사이로 작은 오열이 새어 나왔다.

나도 모르게 덩달아 울음이 복받쳐서 키리코 씨를 보았다.

그런데 테이블 너머 키리코 씨는 몹시 맛있다는 듯 여유롭게 맥주를 마시고 있었다.

말도 안 돼. 이거 혹시 사장님의 연기인가?

내가 의심에 사로잡힐 즈음, 드디어 키리코 씨의 능력이 발휘되었다. 사냥감을 잡으려는 사냥꾼의 진짜 활동은 이때부터 시작된 것이다.

"마사코 씨, 질문을 조금만 더 해도 될까요?"

"그, 그러세요…." 마사코 씨가 울음 섞인 목소리로 대답했다.

"그럼 물을게요. 만약 당신의 약점을 쥔 내가 당신의 오른팔을 잘라내라고 하면 어떡할 기예요?"

"네…?"

갑작스럽고 섬뜩한 전개에 모두가 당황했다.

"당연히 싫다고 하겠죠?"

"그, 그렇죠….'

"그런데 싫으면 돈으로 해결하는 수밖에 없어요. 세상은 그런 곳이니까. 이쯤에서 질문을 바꿀게요. 마사코 씨, 그 오른팔 대신 나한테 얼마나 줄 수 있어요?"

말도 안 되는 질문에 다들 입을 벌리고 굳어버렸다.

"한마디로 마사코 씨의 오른팔 가격을 묻는 거예요."

"도, 돈으로 바꿀 수 없어요."

그때 갑자기 키리코 씨의 말투가 단호해졌다.

"그렇게 어설픈 대답은 안 통해요. 금액을 정하면 얼마일지 정확한 가격을 말해요."

어깨를 움찔한 마사코 씨는 잠시 생각하다가 들릴 듯 말 듯한 목소리로 말했다. "10억 엔…이면 괜찮을까요?"

"흐음, 팔 한쪽에 10억 엔이라." 키리코 씨는 그렇게 말하며 들고 있던 가방에서 계산기를 꺼냈다. 그걸 료에게 내밀었다.

"이걸 왜요?"

"마사코 씨가 말하는 금액을 더해줘."

키리코 씨는 료에게 말한 뒤, 눈을 가린 마사코 씨를 다시 돌아보았다. "오른팔이 10억 엔. 그럼 왼팔은요?"

"똑같…아요….'

"양팔이 20억 엔. 뭐, 그렇겠죠. 그럼 오른 다리는 얼마예요?"

"10…, 아니, 20억 엔, 이에요….'

"어머, 다리가 더 비싸구나. 왼 다리는요?"

키리코 씨는 그런 식으로 마사코 씨의 신체 부위 곳곳에 가격을 매기게 했다. 머리카락, 입술, 유방, 귀, 혀, 치아, 코….

"그럼 마지막은 두 눈이에요. 도려내기 싫으면 나한테 얼마나 줄래요?"

"음….'

"두 눈을 도려내면 두 번 다시 료타로 군과 남편의 얼굴도 못 봐요."

마사코 씨는 "100조 엔…이에요"라고 답했다.

"갑자기 단위가 바뀌었네."

키리코 씨는 픽 웃고 두 번째 맥주를 시원스레 들이켰다.

캬아, 하고는 심지어 부끄러운 기색도 없이 트림을 했다.

"마사코 씨, 아까 자기가 불행하다고 했죠?"

"네….'

"그럼 묻겠는데, 당신이 지금 이 순간 여기서 그냥 숨 쉬며 살아 있는 것의 가치가 돈으로 치면 얼마인 줄 알아요?"

"….'

"방금 자기 입으로 말했잖아요? 양쪽 팔이 합쳐서 20억 엔, 양쪽 다리가 합쳐서 40억 엔, 두 눈 가격이 100조 엔. 다른 데에도 상당히 높은 가격을 매겼죠. 가슴은 의외로 쌌지만."

키리코 씨는 농담처럼 말하면서 휴대전화로 몰래 메시지를 쳤다.

"료, 다 합쳐서 얼마였어?"

"음, 100조 히고도 135억 엔이요."

"으음, 꽤 비싸네. 마사코 씨, 알겠어요? 당신이, 지금, 그냥, 여기에, 이렇게 존재하는 데에 100조 하고도 135억 엔의 가치가 있다고 방금 자기 입으로 말했잖아요."

"…."

"스스로 불행한 사람이라고 해놓고 자기 자신에게 국가 예산만 한 가치를 매겼네요."

여전히 눈가리개를 한 마사코 씨는 생각지 못한 전개에 말을 잃은 듯했다.

그때 불쑥 료타로가 거실에 얼굴을 내밀었다. 2층 자기 방에서 발소리를 죽이며 내려온 것이다. 오른손에는 휴대전화가 들려 있었다. 키리코 씨에게 방금 메시지를 받은 모양이다.

키리코 씨는 소리 내지 않고 료타로를 손짓해 불러서 마사코 씨 옆에 슬쩍 세웠다. 그리고 조용한 목소리로 말했다. "마사코 씨, 질문은 끝이에요. 잠깐 의자에서 일어나요. 캇키, 도와드려."

나는 손을 내밀어 마사코 씨를 일으켜 세웠다. 그리고 어깨를 살짝 밀어 료타로 쪽을 바라보게 했다.

"지금부터 내가 열을 셀 테니까 캇키는 눈가리개를 풀어. 그러면 마사코 씨는 천천히 눈을 뜨세요."

키리코 씨는 곧장 10, 9, 8… 하며 숫자를 거꾸로 셌다. 나는 허둥지둥 마사코 씨 뒤로 가서 눈을 가린 스카프를 풀었다.

키리코 씨가 '0'이라고 말한 순간, 스카프를 떨어뜨렸다. 마사코 씨는 천천히 눈꺼풀을 들었다. 계속 눈을 가리고 있던 탓에 초점이 금방 맞지 않는 모양이었지만, 눈앞에 료타로가 서 있는 것을 깨닫고는 놀란 표정을 지었다.

"어때요? 마사코 씨가 100조 엔을 내서라도 보려고 한 풍경이 지금 눈앞에 있는 것 같은데요?"

키리코 씨가 조용히 말했다.

그러자 마사코 씨의 두 눈에서 눈물이 뚝뚝 떨어졌다.

"료타로…."

"마사코 씨, 당신의 삶은 그저 그렇게 살아 있기만 해도 최소 100조 하고도 135억 엔의 가치가 있잖아요? 생각해보면 엄청 행복한 일 아니에요?"

"…."

"불행하다고 스스로 단정 짓지 말아요."

"…."

"겨우 100엔짜리 과자 때문에 100조 하고도 135억 엔의 가치가 있는 삶을 망치는 실수를 저지르다니, 좀 바보 같지 않아요?"

마사코 씨는 울음소리를 삼키면서 몇 번이나 고개를 끄덕였다.

"돌아가신 따님이 마사코 씨에게 바라는 게 뭘까요? 행복해지기를 바라겠죠?"

"네…."

"이것만은 기억해요."

키리코 씨는 마사코 씨를 가만히 응시했다. 마사코 씨와 눈이 마주치기를 기다렸다가 뒷말을 이었다.

"행복은 말이죠, 얻는 게 아니라 깨닫는 거예요. 만약 불행하다는 생각이 들면 그때는 자기 몸의 가치를 떠올리고, 내친김에 주변에 있는 것들을 하나하나 값으로 환산해봐요. 물론 가족의 가치도 포함해서요. 그러면 당신이 얼마나 축복받았고 행복한지 기억날 거예요."

"네…."

마사코 씨가 작게 대답하며 코를 훌쩍였다.

"자, 앞에 있는 아가가 당신에게 있는 것 중에 가장 값진 보물이죠? 절대 잃어버리지 않도록 소중히 해요."

마사코 씨는 끝내 소리를 누르지 못하고 두 손에 얼굴을 묻으며 흐느껴 울었다.

어디선가 또 다른 울음소리가 들린다 했더니, 내 목구멍에서 새어 나오는 소리였다. 정말이지, 왜 나만 이렇게 눈물이 헤플까.

"엄마…."

쑥스러워하며 마사코 씨의 어깨에 손을 얹은 료타로의 눈에도 서서히 눈물이 고였다.

"료타로…."

이런 순간조차 부둥켜안지 못하는 게 사춘기 남자아이와 엄마지, 싶어서 미소가 새어 나오는 한편 당사자들보다 더 많은 눈물을 흘리는 나였다. 눈가리개로 사용된 스카프로 눈물을 닦는데, 문득 키리코 씨가 흥얼거리던 H$_2$O의 노래 한 소절이 떠올랐다.

행복을 누군가가 반드시
가져다줄 거라 믿고 있네♪

나는 새삼스레 눈이 뜨인 기분이었다.

조금 전 키리코 씨가 말했듯, 행복은 누군가가 가져다주는 것이 아니라 자신의 눈과 마음으로 이미 주변에 있는 자그마한 기쁨을 하나씩 발견하고 맛보는 것이다. 자신의 삶에서 부족한 것을 헤아리며 슬퍼해봤자 무슨 소용인가. 오히려 지금 있는 것을 꽉 붙들고 그것이 있음에 감사하며 웃으면서 살아가는 것. 그것이 바로 행복하게 사는 비결이다.

키리코 씨는 역시 대단하다.

스승님! 이라고 속으로 외치면서 키리코 씨를 보니, 정작 당사자는 누군가가 가져다준 행복(세 번째 맥주)을 따며 그야말로 행복하게 꿀꺽거렸다.

＊

그로부터 며칠이 지난 오후 다섯 시경.

새전함 옆 테이블은 색다른 열기에 휩싸였다.

항상 모이는 면면들이 내기 포커를 치고 있었다.

"허허허. 나는 풀하우스. 또 이겨서 미안하군."

독주하는 뉴도 씨를 비롯해 료, 키라라, 세이스케 씨까지. 계속 참패를 당한 키리코 씨가 괜한 트집을 잡았다.

"잠깐. 뉴도 씨, 짝퉁 영능력자 주제에 설마 영감으로 투시하는 거 아니야?"

짝퉁이면 영감으로 투시할 수가 없죠, 라고 카운터 안쪽에서 지적하고 싶었지만, 괜히 긁어 부스럼을 만들 필요는 없었다. 나는 애써 입을 다물었다.

"아니야. 반칙 안 했어. 그런데 짝퉁이라는 말은 너무하잖아…."

"그럼 왜 나만 지는 거야? 캇키, 이 트럼프 카드에 무슨 꼼수 쓴 거 아니야?"

아니, 그거 사장님이 백엔숍에서 사온 거잖아요! 라고 꼬집으려 할 때—.

딸랑.

약간 조심스러운 카우벨 소리가 났다.

"어서 오세요" 하며 돌아보니, 몸집이 작은 고등학생이 불쑥 나타나서 조금 멋쩍게 서 있었다.

"안녕하세요."

료타로는 관자놀이를 긁적이며 인사했다. 숫기 없는 미소가 전보다 조금 밝아 보였다.

"오, 아가. 일찍 왔네. 으음, 너 이름이 뭐였더라?"

키리코 씨가 나눠 받은 카드를 손에 든 채 말했다.

"네? 야지마… 료타로예요."

"아, 맞다. 료타로 군이었지. 어머니는 어때?"

"뭔가 개운해 하는 느낌이에요. 푸념도 안 하고요."

"마트에서 하던 장난질은?"

"이제 안 하는 것 같아요."

료타로는 키리코 씨에게 고개를 꾸벅 숙이며 감사하다고 인사했다.

"감사 인사는 됐어. 그보다 기특하다, 아가. 신께 답례 인사를 하러 성실하게 찾아왔구나."

"네?"

키리코 씨는 쓸모없는 패를 테이블에 휙 내던지고 료타로의 어깨를 감싸 안더니 언제나 그랬듯 감실 앞으로 끌고 갔다.

아, 위험한 전개다.

나는 반사적으로 끼어들었다.

"아, 사장님. 새전은 이번에도 저희가 다 같이 헌납할 테니까…."

"이머? 그래애?" 포커에 져서 조금 전까지 불쾌해 보이던 일굴이 싹 바뀌며, 키리코 씨의 입가에 평소 같은 요염한 미소가 걸렸다. "그럼 캇키부터 차례대로 내."

"차례대로라니…. 응? 나, 나도야?" 뉴도 씨가 말했다.

"뉴도 씨는 짝퉁 능력으로 돈을 쓸어 갔으니까 당연히 내야지."

"이 소년이랑 나는 생판 초면인데요?" 세이스케 씨가 말했다.

"세이, 캇키 말 못 들었어? 다 같이 헌납하겠다잖아."

"나 참…, 얼마나 내요?" 료가 말했다.

"당연히 있는 거 죄다 내야지."

"안 돼애. 내가 달링 것까지 낼래애." 키라라가 말했다.

"우후후. 키라라는 강직하고 착한 애구나. 정말 좋다."

"나는 달링이 정말 좋아."

이러저러하여 또다시 그 자리에 있는 모든 사람의 지갑이 매우 빈약해지고 말았다. 무심코 실언해 버린 내 탓이지만….

수중에 있는 돈을 탈탈 털려 가난해진 (키라라를 제외한) 모든 이들이 제각기 한숨을 쉬는데, 료가 갑자기 "아, 그러고 보니" 하며 쿨한 목소리로 말했다. "아까 쇼와당 앞에서 이런 걸 받았어요. 드린다는 걸 깜빡했네요."

료는 평소 오토바이를 탈 때 사용하는 힙색에서 흰 봉투를 꺼내 키리코 씨에게 내밀었다.

"그거 누구한테 받았어?" 내가 즉시 물었다. 불길한 예감이 들었다.

"응? 누구였냐고? 음, 검은 옷을 입은 여자였는데. 서른 살쯤이었으려나? 키리코 사장님한테 전해달라고 하더라고."

"왜 바로 주지 않았어?"

어쩐지 부자연스러운 느낌이라 파고들어 물었다.

"응? 아, 미안." 료는 내 질문에 오히려 의아한 얼굴로 대답했다. "이걸 받는데 갑자기 관리비를 입금하지 않은 게 떠올라서 저쪽 편의점에 잠깐 들렀어. 그때 가방에 넣어놓고 주는 걸 깜빡했는데…. 급한 일이었어?"

뭐야, 그렇게 된 거구나. "아, 아니야. 급한 일은 아니었어."

나와 료가 대화하는 동안 키리코 씨는 여유롭게 봉투를 열었다. 그리고 내용물을 보고 피식 웃었다. 전에도 본 적 있는 웃음이었다.

"사장님, 그거—"

"응. 참 한가한 녀석이야. 자."

키리코 씨는 카운터 위에 봉투를 툭 던졌다. 보낸 이의 이름은 역시나 도쿄 타로였다. 나는 쭈뼛거리며 봉투를 들고 안을 들여다보았다.

비명은 나오지 않았다.

안에 무엇이 있을지 어렴풋이 예상했기 때문이다.

그런데도 두 팔에 소름이 돋았다.

봉투 안에 든 것은 피 묻은 면도날과 그 피로 적은 듯한 '죽어'라는 내용의 편지였다.

굳은 내 얼굴을 보자, 단골손님들이 트럼프 카드를 내려놓고 모여들었다.

"캇키, 뭐야? 보여줘."

료가 봉투를 받아서 그 안에 든 것을 카운터 위에 꺼냈다.

"이건…" 하며 료가 놀란 얼굴로 키리코 씨를 봤다.

"경찰에 신고하자." 세이스케 씨가 말했다.

키라라는 양손으로 입을 가리며 비명을 삼켰고, 뉴도 씨는 미간에 깊은 주름을 새기고 팔짱을 긴 채 잠자코 있었다. 료타로는 눈이 휘둥그레져서는 귀신이라도 본 것 같은 얼굴이었다.

"나 참, 이런 어린애 같은 장난을 친다니까. 이왕이면 피 묻은 돈을 보낼 것이지."

키리코 씨는 혼자 태연한 얼굴로 "우후후" 웃더니, 봉투 안에 편지지와 면도날을 도로 집어넣고 그대로 쓰레기통에 내던졌다.

"키리코 씨, 내가 경찰에 전화할게요."

세이스케 씨가 청바지 뒷주머니에서 휴대전화를 꺼내자, 키리코 씨가 조금 강한 어조로 제지했다. "세이, 하지 마."

"네…?"

"이런 하찮은 일로 경찰을 부르다니, 웃기잖아. 경찰은 실제로 어떤 피해가 있어야 움직여. 스토커 사건도 대부분 그렇잖아?"

확실히 그렇다. 하지만….

"일단 밑져야 본전이니까 신고는 하는 게…."

"캇키, 걱정해줘서 고마워. 하지만 정말 괜찮아. 이거 진짜 내 친구가 장난치는 거야. 만에 하나 무슨 일이 생긴다 해도 세이가 키라라 때처럼 지켜주겠지. 그렇지?"

키리코 씨가 요염하게 웃으며 윙크를 날리자, 세이스케 씨의 등이 튀어 오른 용수철처럼 쭉 펴졌다.

"오, 오케이! 내가 반드시 지켜내겠습니다!"

"고, 마, 워. 세이."

키리코 씨가 설탕 과자처럼 달콤한 목소리로 말하자, 거기에 있던 모든 사람들이 침을 꿀꺽 삼켰다. 여자인 키라라와 나까지.

뻐꾹~♪

시계에서 뻐꾸기가 튀어나왔다.

이를 신호 삼아 키리코 씨가 밝게 말했다.

"나 뭐라니~. 자, 자. 포커 계속해야지. 다들 내가 이길 때까지 집에 못 갈 줄 알아. 음, 아가, 이름이 뭐였더라?"

"야, 야지마 료타로요."

"그래, 아가도 남자라면 한판 하고 가."

"키리코 씨, 안 돼요. 아무리 그래도 꼬맹이한테 돈을 뺏을 수는 없죠."

세이스케 씨가 말했다.

"그럼 료가 아가 몫까지 돈을 내."

"제가 왜요?"

"안 돼애. 달링 대신 내가 낼래애."

정말 키리코 씨의 친구가 친 장난일까.

경찰에 알리지 않아도 정말 괜찮을까.

나는 신나게 카드를 섞는 키리코 씨의 옆얼굴을 바라보면서 막연한 불안에 휩싸였다. 뉴도 씨와 세이스케 씨, 료, 키라라도 어영부영 포커를 재개했지만 어딘가 불안해 보였다.

도쿄 타로는 누구일까? 무엇을 위해 굳이 이런 편지를 보냈을까?

나는 고민하면서 물컵을 씻다가—.

쨍그랑.

나답지 않게 손이 미끄러져서 깨버렸다.

"오케이, 캇키 월급에서 깐다아."

키리코 씨가 나를 돌아보지도 않고 카드를 나눠주며 말했다.

"죄, 죄송합니다."

사과하면서 허둥지둥 싱크대 안에 떨어진 컵 파편을 집는데, 날카로운 아픔이 따끔하게 번졌다.

아야.

왼손 검지에서 새빨간 핏방울이 주르륵 흘렀다.

붉은 핏방울이 싱크대에 놓인 하얀 접시 위에 떨어지더니 물과 섞여서 꽃처럼 둥글게 퍼졌다.

피. 피. 피.

피가 피어났다. 내 눈앞이 순간 어른어른하며 명멸했다.

아, 위험하다—.

나는 예전처럼 플래시백에 사로잡히기 전에 베인 검지를 입에 집어넣었다. 짭짤한, 쇠 맛이 나는, 비릿한 피의 맛. 얼른 멈춰라, 멈춰라. 기도하는 심정으로 찬장 앞에 쪼그려 앉아 아래 서랍 문을 열고 구급상자를 꺼냈다.

서둘러 상처에 반창고를 붙였다.

다 붙이자, 문득 방금 본 피 묻은 면도날과 편지지가 떠올랐다.

그건 누구의 피일까? 나는 반창고 거즈 부분에 배어 나오는 내 피를 바라보다가 또다시 한기를 느끼고 몸을 떨었다.

제4장

못 이룬 꿈이라서 마음을 떠나지 않아.

첫사랑 / 무라시타 코조

제4장

"로큰롤 가수?!"

새전함 옆에 있는 '하소연용' 테이블석에서 뉴도 씨, 키라라, 료 세 사람의 목소리가 겹쳤다.

"아하하. 역시 놀라는군요."

흰머리가 70퍼센트를 점한 뒤통수를 긁적이면서 조금 멋쩍은 듯 어색하게 웃는 사람은 아오이 코헤이 씨였다. 코헤이 씨는 한 달에 두 번쯤 가게를 찾아오는, 몹시 조용하고 항상 웃는 얼굴인 회사원이었다.

"그야 놀라죠. 코헤이 씨 뒤에 있는 감실 속 신도 지금 틀림없이 놀랐을걸요."

뉴도 씨는 어안이 벙벙해서 말했다.

"아저씨, 진짜 진심이에요?"

웬만한 일에는 동요하지 않는 키라라마저 눈을 동그랗게 떴다.

"그게, 진심으로 시작해도 될지 망설이다가 여기에 상담하러 온 겁니다. 나 참, 어떻게 해야 할까요?"

코헤이 씨가 자연스럽게 되묻자, 테이블석에 앉은 세 사람은 "흐으음" 하며 고개를 비틀었다. 카운터 안쪽에 있는 나도 음료 네 잔을 준비하면서 어떻게 하면 좋을지 머리를 굴렸다.

코헤이 씨는 막 53세가 된 아주 평범한 회사원이다. 나이에 비해 흰머리가 많은 것 말고는 특징다운 특징이 없는 게 특징인 성실하고 온화한 사람이지만, 정년이 7년 남은 올겨울, 예고도 없이 정리해고를 당해버렸다. 왼손 약지에는 백금으로 된 가느다란 반지가 군살에 파묻혀 있었다. 20년간 함께한 아내와 고등학교 2학년인 아들, 중학교 2학년인 딸을 무엇보다 소중히 여기는 가정적인 아버지였다. 아파트 대출금은 아직 남았지만, 조기 퇴직금 제도로 퇴직금을 조금 더 받은 덕에 단번에 상환할 수 있다고 한다. 은행 정기 예금과 개인연금도 어느 정도 있다. 그러나 노후가 보장되지는 않았다.

이런 상황에서 백수가 된 코헤이 씨는 고민했다.

가족을 위해서 재취업해야 할까?

아니면 도리어 이 정리해고를 기회 삼아 젊은 시절에 포기한 로큰롤 가수라는 꿈을 좇아야 할까?

아니, 정확히 말하면 꿈을 좇고 싶은 것이 코헤이 씨의 진심일 것이다. 하지만 이를 가족에게 말하기는 역시 망설여진다. 그럼 어떻게 해야 할까. 그런 고민이었다.

당연히 보통은 'NO!'라고 대답할 것이다. 무엇보다 나이가 나이니까. 도무지 성공할 것 같지 않다. 성공은커녕, 푸근하게 배 나온 아저씨가 록을 연주하는 것 자체가 우스울 테니 특이한 콘셉트를 내세우지 않는 한 데뷔조차 어려울 것이다.

"하다못해 아저씨가 잘생긴 10대였으면 나도 응원해줬을 텐데."

키라라가 대놓고 그렇게 말했을 때, 나는 문득 떠올렸다. 잘생긴 10대 소년을.

"키라라, 잘생긴 10대라면, 최근에 역 앞에서 자주 길거리 공연을 하는 남자애가 있지 않아?"

"앗, 알아! 검은 어쿠스틱 기타 하나 들고 노래하는 애!" 키라라가 눈을 번뜩이며 열성적으로 대답했다. "한 반년 전에 관객이 아무도 없는 게 안쓰러워서 나 혼자 들어줬거든. 마지막에 CD도 샀는데, 가사가 엄청 좋은 곡이 있었어."

키라라는 겉보기에 화려해도 속은 다정한 사람이다.

나는 코코아를 내밀며 물었다.

"어떤 가사였는데?"

"으음, 뭔가, 네가 바뀌면 미래도 바뀌어. 그런 가사였나?"

"뭐야, 가사가 좋다고 해놓고 기억도 못 해? 키라라답네."

뉴도 씨가 껄껄껄 웃었다.

나도 피식하면서 키라라를 거들었다.

"나도 그런 긍정적인 가사 좋아. 요즘은 관객도 꽤 모이는 것 같던데. 료, 본 적 있어?"

"제대로 서서 들은 적은 없는데, 북쪽 출구 로터리에서 자주 노래하는 제법 키 큰 애 말하는 거지?"

맞아, 맞아, 하며 키라라와 내가 고개를 끄덕였다.

그리고 나는 고개를 끄덕이면서 생각했다. 아차. 코헤이 씨 일로 논의하고 있었는데 엉뚱한 이야기를 해버렸다.

그러나 다음 순간, 코헤이 씨의 입에서 전혀 예상치 못한 말이 튀어나왔다.

"그거 저희 아들이에요."

"…?"

"…?"

"…?"

모두 입을 모아 "네?!"라고 말하기까지 2.5초 정도 걸렸다.

"아저씨, 진짜예요?"

키라라가 또다시 눈을 동그랗게 떴다.

"진짜예요. 그 녀석이 치는 검은 기타도 제가 예전에 쓰던 깁슨이에요."

태연하게 말하는 것으로 보아 코헤이 씨도 기타를 잡으면 실력이 상당할 듯했다. 게다가 유심히 들어보니 코헤이 씨의 목소리는 약간 허스키한 저음이었고, 은테 안경을 벗으면 얼굴도 못생긴 편이 아니었다. 몸무게를 20킬로쯤 빼면 어찌어찌 되지 않을까…. 아니, 아니, 그래도 안 된다. 일단 나이가 너무 많다.

"코헤이 씨, 내가 냉정하게 생각해봤는데, 뮤지션이 되겠다는 꿈은 젊고 재능 있는 아들한테 맡기고 코헤이 씨는 재취업하는 게 낫지 않겠어요?"

뉴도 씨는 자상하게 타이르듯 말했다.

"나도 그렇게 생각해요. 왜냐하면 우리 부모님은 착실하지 않았거든요. 그래서 내 청춘이 엄청나게 캄캄했어요."

키라라는 밝게 말했지만, 실제 경험담이라 말에 무게가 있었다.

"그렇군요. 네, 보통은 그런 결론이 나오죠." 코헤이 씨는 수염이 덥수룩한 턱을 쓸더니 조금 철학적인 이야기를 시작했다. "하지만 보통의 길을 선택하는 게 정말 정답인지…. 정리해고를 당하고 나니 그런 생각이 들더라고요. 저는 지금까지 너무 보통으로 살아와서 후회하는 점도 많거든요."

"보통이라…."

뉴도 씨가 굵은 두 팔을 엇걸었다.

애초에 '보통'은 인생에서 무엇을 의미하는 것일까?

나는 카운터 안쪽으로 돌아가 생각해 보았다.

위험 부담이 적은 것? 정해진 길을 걷는 것? 꿈을 포기하는 것? 작은 행복으로 만족하는 것? 그저 그런 안정으로 타협하는 것? 불필요하게 에너지를 낭비하지 않고 사는 것? 가족이나 중요한 사람에게 걱정 끼치지 않는 것? 어쩐지 모두 틀린 것 같으면서도 전부 맞는 것 같았다.

아아, 이럴 때 키리코 씨가 있었으면 분명 여느 때처럼 나른한 목소리로 깜짝 놀랄 만한 답을 상석에서 던져 줬을 텐데…. 나는 그렇게 생각하면서 아무도 없는 흔들의자를 돌아보았다. 키리코 씨가 없는 상석은 빈 제비 둥지처럼 공허하고 메말라 보였다.

오늘 키리코 씨는 아침부터 어딘가에 외출한 뒤로 메시지 하나 없었다. 어디 가는지 알려주지도 않고 훌쩍 사라져서는 늦은 밤에 얼큰하게 취해서 돌아올 때가 종종 있었다. 그다음 날 내가 "대체 어디

갔다 오신 거예요?"라고 추궁하면, 항상 "내가 네 여자친구도 아닌데 어디면 뭐 어때?" 하며 어물쩍 넘어갔다.

문득 가게에 음악이 흐르지 않는 것을 깨달았다.

이런. 이래서는 '쇼와당'이 아니다.

나는 얼른 상석으로 가서 낡은 앨범을 골라 레코드판 먼지를 털어내고 턴테이블에 올렸다. 로큰롤 가수라는 꿈과 연관 지어 한때 야자와 에이키치가 리더로 있었다는 밴드 '캐롤'의 앨범 '루이지안나'를 골랐다.

신나는 일렉 기타 전주가 흘러나오자, 코헤이 씨가 눈을 반짝이며 나를 보았다.

"굿 올드 로큰롤. 이 곡 오랜만이군요. 캇키, 좋은 앨범을 틀었네요."

선곡을 칭찬받아서 조금 수줍게 웃는 나에게 코헤이 씨는 "그런데" 하며 말을 이었다.

"B면이에요, 이거."

"아! 죄송합니다." 급하게 틀어서 A면과 B면을 착각했다. 나는 항상 뒷마무리가 허술하다.

"괜찮아요, 괜찮아. 이 앨범은 B면이 더 좋으니까."

그렇게 말하며 푸근하게 웃는 코헤이 씨는 로큰롤 가수가 아닌 헤이안 시대의 귀족 같은 분위기를 자아냈다.

그 이후 얼마 동안 아무도 입을 열지 않았다. 저마다 무언가를 생각하면서 오래된 일본 록에 귀를 기울였다.

가장 먼저 생각을 정리한 사람은 뉴도 씨였다.

"코헤이 씨, 보통이냐 아니냐는 현시점에 별로 안 중요하잖아요? 음악은 취미로 계속할 수 있지만, 가족을 행복하게 하려면 역시 당장

할 수 있는 일이 필요해요."

"저도 그렇게 생각해요." 료가 오랜만에 입을 열었다. "로큰롤 가수를 지금 나이에 꿈꾸든 은퇴한 뒤에 꿈꾸든 큰 차이가 없을 것 같아요. 아니, 어중간한 나이보다 오히려 은퇴한 뒤에 할아버지 로큰롤 가수가 되는 게 더 멋있고 화제가 될 거예요."

그렇다. 료의 말에 일리가 있다. 오히려 은퇴한 뒤여야 레코드 회사가 더 흥미롭게 봐 줄 것이다. 다시 말해 데뷔 가능성이 그나마 커질 것이다.

"저도 뉴도 씨와 료의 의견에 동의해요. 역시 지금은 일단 다시 취업해서 가족들의 생활을 지키는 게 좋겠어요."

나는 솔직한 의견을 입 밖에 냈다.

"으음. 역시 그런가…."

팔짱을 끼고 작게 탄식하는 코헤이 씨에게 우리 셋은 연달아 말을 던지며 다시 취업하라고 설득했다.

이윽고 벽시계에서 하얀 뻐꾸기가 뻐꾹~♪ 하며 튀어나왔고, 캐롤의 앨범 B면은 끝이 났고, 뒤집은 A면에서 세 번째 곡이 흘러나오자, 키라라가 "앗. 나 이제 가게 가야 돼~" 하며 일어났다. 그때 코헤이 씨가 고개를 위아래로 흔들었다.

"알겠습니다. 역시 가족을 행복하게 하는 게 아빠이자 남편인 저의 삶이겠죠."

"맞아요. 수호령도 그렇게 말합니다."

뉴도 씨는 안심한 얼굴이었다.

"그럼 당장 내일부터 취업 준비를 해야겠구나."

코헤이 씨는 자신을 타이르듯 말하며 조금 쓸쓸하게 미소 지었다. 그 모습이 어쩐지 시들어가는 꽃 같아서 내 가슴이 욱신거렸다.

이루지 못할 꿈을 좇으면 안 되는 것일까?

애초에, 보통이라는 건 뭘까?

✳

6월에 들어서자 장마철다운 나날이 이어졌다.

긴난상점가 상공을 덮은 비구름이 묵직해서 세상과 내 마음에서 색채를 앗아간 듯했다. 다음 날도 그다음 날도 창밖이 모노톤이라 내 기분까지 우울해졌다.

나는 예전부터 장마를 그다지 좋아하지 않았다.

카운터 안쪽에서 따뜻한 우유를 마시며 가게 오픈 준비를 하는데, 갑자기 밖에서 새된 목소리가 들려왔다. 그 목소리에 돌아보니 창문 너머 알록달록한 우산이 눈에 띄었다. 가까운 초등학교에 다니는 아이들이 가로수 아래에 생긴 물웅덩이를 장화 신은 발로 찰박이며 놀고 있었다. 모노톤 속에서 발견한 약간의 색채였다.

오랜만이다, 저런 거.

나는 훈훈한 기분으로 토스터에 구운 피자 토스트를 카운터에 있는 키라라 앞에 두었다.

"잘 먹겠습니다아."

가녀린 몸에 비해 많이 먹는 키라라가 뜨거운 김을 뿜으며 피자 토스트를 먹었다. 쇼와당은 아직 오픈 전이지만 밤일을 마치고 들르는 키라라에게는 모닝 세트를 제공한다. 물론 이 VIP 대우에는 이유가 있다.

항상 새전을 넉넉히 내는 키라라에게 경의를 표하라며 키리코 씨가 특별 조치를 내린 덕분이다. 그래도 모닝 세트 비용은 확실히 받는다.

딸랑.

이런 시간에 카우벨이 울렸다.

카운터를 끼고 맞은편에 있던 나와 키라라는 동시에 얼굴을 입구 쪽으로 돌렸다.

"아직 오픈 전이죠?"

쭈뼛거리며 얼굴을 내민 사람은 코헤이 씨였다.

로큰롤 가수가 되겠다는 꿈을 포기하고 취업 준비에 힘을 쏟기로 한 그날 이후 거의 한 달이 지났다.

"오픈 전이지만 카운터석에 앉으시면 괜찮아요."

"감사합니다. 그럼 실례하겠습니다."

습한 바깥 공기를 몸에 두르고 가게에 들어온 코헤이 씨는 어쩐지 전보다 존재감이 흐릿해진 것 같았다.

괜찮으세요? 라고 무심코 물을 뻗했는데, 키라라가 먼저 술과 담배로 쉰 목소리를 던졌다.

"로커 아저씨, 오랜만이에요. 그나저나 얼굴이 우중충하네요."

"아, 그런가요?"

"네. 귀신 같아요. 하하하. 혹시 새 직장에서 힘들어요?"

조심성도 없고 악의도 없는 키라라의 말에 코헤이 씨는 금방 대답하지 못했다. 눈썹을 팔자로 늘어뜨리고 한숨과 심호흡의 중간쯤 되는 숨을 뱉고서 패기 없는 목소리를 흘렸다.

"아직 무직이에요. 그때 이후로 일곱 군데 정도 지원해봤는데 전부 면접에서 떨어졌어요. 한심하게."

코헤이 씨는 거기까지 말하고 "아하하…"하며 자조하듯 웃었다. 와이셔츠 위에 걸친 양복 재킷이 전체적으로 오른쪽으로 쏠린 탓에 무척 초라해 보였다.

"여기 앉아도 되나요?"

코헤이 씨가 키라라 옆자리를 보며 말했다.

나는 "앉으세요"라고 대답하며 냉수를 내놓았다.

의자에 앉은 코헤이 씨는 초라한 재킷을 벗고 말아서 빈자리에 두었다. 그리고 "후우" 하며 피로가 잔뜩 서린 숨을 내쉬었다.

체형만 보면 전과 다름없었지만, 몸무게는 반 이상 줄어든 듯 얼이 빠져 보였다. 키라라가 '귀신 같다'고 한 것도 수긍이 간다.

"저도 코코아 좀 주실래요? 장마라 추워서."

"조금 쌀쌀하네요. 오늘 아침은 특히."

나는 무난하게 대답하며 작게 고개를 끄덕였다.

"저기요, 아저씨. 이제 어떡할 거예요?"

키라라는 말에 악의가 없어서 이렇게 직설적으로 묻는데도 왠지 모르게 용납이 된다.

"어떻게 해야 할까요…."

"역시 로큰롤 가수가 되는 거예요?"

"아하하…. 보통의 회사원조차 못 되는 아재인데 될 수 있을까요?"

보통의 회사원조차….

나는 코코아에 넣을 우유를 데우면서 보통이란 무엇인지 재차 생각해 보았다. 키리코 씨에게 이미 코헤이 씨 일을 이야기했지만, 보통이 뭐냐는 질문을 던지지는 않았다.

나는 상석을 돌아보았다.

끼익, 끼익… 하고 평소보다 느릿한 소리가 들려왔다.

키리코 씨는 아침에 무척 약한 사람이다. 본인 말로는 '저혈압'이라지만, 진짜 원인은 그저 과음과 나태한 성격이다. 1년 넘게 함께 지냈으니 나도 그 정도는 안다.

키리코 씨는 흔들의자 등받이에 상체를 묻고 두 눈을 감은 채 크게 하품했다. 그리고 입을 벌린 김에 말한다는 듯 의견을 냈다.

"하아아암. 졸려…. 록을 하려면 연습이 필요하지 않아요? 태어나 처음 기타를 잡은 사람이 갑자기 칠 수는 없잖아요."

조금 뜬금없는 말이라 아무도 대답하지 않자, 키리코 씨는 "휴~, 영차"라고 노인 같은 감탄사를 뱉으며 흔들의자에서 일어났다. 그리고 몽유병 환자 같은 걸음걸이로 비틀비틀 카운터에 와서 코헤이 씨 옆에 앉았다.

날숨에서 짙은 술 냄새가 났다. 지난밤에도 꽤 마신 모양이다.

키리코 씨는 카운터 위에 널브러져 가슴을 기대고 오른뺨을 찰싹 붙인 자세로 코헤이 씨를 올려다보았다.

"아아, 어젯밤에 마신 술기운이 도무지 가시질 않아. 캇키, 물 좀 줘어. 그리고 그쪽, 면접 연습은 했어요?"

키리코 씨는 내게 물을 주문하고 그대로 코헤이 씨에게 질문했다.

"아니요. 그런 연습은…."

"역시, 안 했구나."

"네…."

"신께 합격 기원은 했어요?"

"그것도, 안 했습니다."

"어머나. 그럼 붙을 것도 안 붙죠. 모처럼 우리 가게에서 시험의 신을 모시고 있는데."

어머나. 키라라에게는 인연을 맺어주는 신이라고 했으면서.

"어어?! 사장님, 이 신은 사랑을 이어주는 신 아니었어요?"

키라라가 불평을 입에 담는 것도 당연했다. 인연이 맺어지기를 기원하며 지금껏 새전을 잔뜩 헌납했으니 말이다.

"물론 인연 맺기에도 좋지. 하지만 시험 합격에도 용해. 한마디로 우리 신은 다양한 분야에서 영험하다는 거지. 보통 그렇잖아."

"흐음. 보통 그런가?"

키라라의 표정을 보니 수긍하지 못하는 것 같았다.

"저, 저기…."

코헤이 씨가 둘의 개인적인 대화를 따라가지 못해 머뭇거릴 때, 나는 돕고자 하는 의미를 담아 웃는 얼굴로 "음료 나왔습니다"라며 따끈한 코코아를 내밀었다.

"고, 고맙습니다."

나는 기회를 놓치지 않고 선수를 쳤다.

"사장님, 무직인 사람한테 새전을 요구하는 건 너무해요."

"어머, 캇키도 참. 남들이 들으면 오해할 소리를 하는구나. 나는 언제나 약자의 편이야."

"그렇죠. 그러니까 당연히 이번에도 약자의 편이셔야죠."

키리코 씨는 카운터 위에 뺨을 댄 채 짧게 "우-우" 했다. 기력 없는 아침에만 하는 불만 표시였다.

"뭐, 됐어. 아무튼 면접에서 100% 합격하기 위한 특별 레슨을 내가 해줄게요."

"네? 특별 레슨이요?"

코헤이 씨는 코코아 잔을 손에 든 채 얼어붙었다.

"물론 새전은 성과에 따라서 내면 돼요. 떡하니 취직해서 월급을 받은 뒤에 제대로 감사 인사를 해도 충분해요."

역시 결국에는 돈을 뜯어낼 속셈이었다. 코헤이 씨가 정말 떡하니 취직하는 데 성공한다면 상관없겠지만.

"저기, 사장님, 진짜 100% 합격할 수 있어요?"

키라라가 의심 어린 눈빛으로 말하자, 키리코 씨는 상반신을 벌떡 일으켰다.

"할 수 있지. 내가 가능하다고 하면 무조건 가능해."

대체 저 자신감은 어디서 나오는 것일까. 그런데 키리코 씨가 말하면 왠지 완전히 거짓말 같지는 않아서 신기할 따름이었다.

"그럼 캇키."

"네?"

"화과자점 세이한테 가서 비디오카메라 좀 빌려 와 줘."

"비디오카메라…요?"

뜬금없는 요구에 나도 모르게 앵무새처럼 되뇌었다.

"그래. 면접 연습하는 모습을 똑똑히 찍어두고 나중에 보면서 고칠 점을 분석해야 돼. 자, 얼른 가~."

으으, 밖에 비가 오는데….

나는 푸념이 새어 나오려는 입술을 꾹 다물고 코헤이 씨를 보았다.

보통도 못 된다고 슬프게 말하던 가정적인 아빠가 미안한 얼굴로 나를 보고 있었다. 그 표정에 등을 떠밀린 나는 마음을 다잡고 바로 가게를 나섰다.

"으아, 진짜 장마철이라 춥네…."

세이스케 씨네 가게까지는 기껏해야 30초밖에 안 걸리지만, 나는 우산을 쓰고 상점가 거리를 종종걸음 쳤다.

맞다. 모처럼 밖에 나왔으니까….

나는 가로수로 다가가서 초등학생들이 찰박이며 놀던 물웅덩이를 내려다보았다. 잿빛 하늘을 비춘 거울 같은 수면에 수많은 빗방울이 떨어져 여기저기서 가벼운 파문이 일었다.

이런 광경을 보는 건 오랜만인 것 같다.

그래. 나쁘지 않네. 빗속을 걷는 것도, 누군가를 위해 약간의 쌀쌀함을 느끼는 것도.

✳

세이스케 씨에게 빌린 비디오카메라는 카운터 구석에 설치되었다.

나는 키리코 씨에게 '촬영 담당자'를 임명받았다.

면접관 역할은 키리코 씨와 키라라다.

화면 구도는 이런 느낌이 좋으려나….

액정 모니터와 눈싸움을 벌이면서 새전함 옆 테이블 쪽으로 렌즈를 돌렸다. 앞쪽에 키리코 씨와 키라라의 등이 나란히 보였고, 키리코 씨의 어깨너머로 코헤이 씨의 얼굴이 비쳤다.

그래. 느낌이 괜찮다.

"카메라 세팅 완료했습니다."

내가 말하자, 키리코 씨는 나를 돌아보며 작게 고개를 끄덕였다.

"그럼 시작하죠. 우선 미리 말해두겠는데, 면접에서 가장 하면 안 되는 건 거짓말이라는 걸 기억해요. 사람은 거짓말을 하면 반드시 눈동자가 흔들려서 불안해 보이거든요. 그러면 바로 인상이 나빠져요. 대답하기 힘든 짓궂은 질문을 받더라도 당당하게 진심을 말해야 해요. 알겠어요?"

키리코 씨의 서론에 "네에…"라고 자신 없이 대답한 코헤이 씨는 이어서 조심스럽게 질문했다. "저기, 반드시 정답을 말해야 하는 질문을 받았는데 그 답을 모를 때는 어떻게 해야…."

"있는 그대로 말해요. 죄송하지만 그 답은 제가 잘 몰라서 다음 면접 때까지 확실히 공부해 오겠습니다. 그런 식으로 대답하면 돼요. 아무튼 거짓말은 하지 말아요. 당당하게 진심을 드러내요. 으음, 당신 성씨가 뭐였죠?"

"아오이…입니다."

"그래요. 그럼 아오이 코헤이 씨, 거짓말은 절대 하지 마요. 알겠어요?"

"네에…."

"네! 라고 대답해야죠."

"네? 아, 네!"

뻐꾹~♪

맥없는 뻐꾸기 울음소리를 신호 삼아 마침내 키리코 씨의 100% 합격하는(?) 면접 특훈이 시작되었다.

내가 초반부터 놀란 이유는 면접관을 맡은 키리코 씨와 키라라가 실로 그 역할에 제격이라서였다. 키리코 씨는 코헤이 씨가 대답하기 어려운 짓궂은 질문을 가차 없이 던졌고, 키라라의 엉뚱한 질문도 코헤이 씨를 단련하기에 딱이었다.

"당신, 사실은 우리 회사에 들어오는 것보다 뮤지션이 되기를 원했죠? 그런 사람이 우리 회사에 들어오면 곤란합니다."

키리코 씨는 그렇게 거북한 질문을 했다. 소위 말하는 압박 면접이었다. 하지만 코헤이 씨는 무슨 일이 있어도 모든 질문에 솔직하게 대답해야 했다.

"어…, 네, 그런 시기도 있었습니다. 하지만 귀사에서 일하게 되면 전력을 다해 일할 겁니다."

"이제 음악에는 아무 미련 없어요?"

"으음…, 뭐, 없다고 하면…."

"어! 거짓말은 안 돼요!"

키리코 씨가 딱 잘라 말하자, 코헤이 씨의 등에 바짝 군기가 들어서 우스웠다.

"으, 으음, 미련은 있습니다. 하지만 그래도 일은 제대로 할 겁니다."

"흐음. 미련은 있군요. 음악을 하고 싶은데 왜 포기했어요? 일도 금방 포기하는 거 아닙니까?"

"아니요. 그렇지는…. 음악을 포기한 이유는 역시 가족을…, 뭐라고 할까, 제대로 먹여 살려야 하니까…."

"뭐예요, 그 자신 없는 대답은? 자, 가슴을 딱 펴고 당당하게 진심을 말해요."

"아, 네. 죄송합니다."

키리코 씨에게 혼난 코헤이 씨는 뒤통수를 긁적였다.

"다시 물을게요. 음악의 길을 왜 포기했죠?"

"한 집안의 가장으로서 내 꿈을 좇기보다는 가족의 행복을 우선해야 한다고 판단했기 때문이옵니다."

"아하하하. '이옵니다'래. 사극 같아."

키라라가 웃음을 터뜨렸다.

"아무리 그래도 '이옵니다'는 과해요. 긴장 풀어도 되니까 적당한 높임말을 써요."

"네에."

"네에, 가 아니라?"

"네!"

"좋아요."

"있잖아요, 아저씨. 근데 예전 회사에서는 왜 정리 해고 당했어요?"

나왔다. 키라라라서 던질 수 있는 폭탄 발언이었다.

"어, 그, 그건…. 왜지…." 이 질문에는 코헤이 씨도 쩔쩔맸다. "저도 잘은 모르지만, 여러 의미로 너무 솔직했던 게 오히려 정리 해고를 당한 원인이었을 것 같습니다."

"키라라, 그 질문 좋다."

키리코 씨는 히죽거렸다. 혹시 코헤이 씨를 괴롭히면서 즐기는 것 아닌가 싶을 만큼 장난스러운 미소였다.

"당신, 음악에는 얼마나 진심이었어요?"

"매우 진심이었습니다. 하지만 그 이상으로 귀사에서 진심을 다해 일할 생각입니다."

"진심 어린 꿈을 포기하면서까지 가족에게 돈을 갖다 바치는 역할을 하고 싶어요?"

코헤이 씨는 이제 이런 독한 질문에도 성의껏 답할 수 있게 되었다.

"돈을 갖다 바치는 역할이라고 생각하지는 않습니다만, 결과적으로는 그런 셈이고, 그래도 괜찮다고 생각합니다."

"한 번뿐인 인생인데 꿈을 포기해도 후회하지 않겠어요? 우리 회사는 월급이 적어요."

"후회하지 않습니다. 제가 결정한 일이니까요. 월급도 회사 내규에 맞게 주시면 됩니다."

"당신한테는 가족이 꽤나 중요한가 보네요."

"네. 중요합니다."

이 말이 지금까지 한 대답 중에 가장 자신 있게 들려서 나는 어쩐지 마음이 놓였다.

"저기요, 아저씨, 모던바 좋아해요?"

"네…? 모, 모던바…요? 딱히 싫지는… 않은 것 같은데, 사적으로 가본 적은 없습니다."

키라라의 입에서 튀어나온 뜻밖의 질문에 매번 쩔쩔매는 코헤이 씨였지만, 그것도 처음에만 그러다가 연습을 거듭하는 사이에 차분히 대답할 수 있게 되었다.

가만히 들어보니 키리코 씨는 코헤이 씨가 면접에서 솔직하게 대답하기 힘들 세 가지 주제를 위주로 질문하는 것 같았다.

첫 번째는 '솔직히 음악을 하고 싶은 마음이 어느 정도인가'로, 여기에 솔직하게 대답하면 채용되어도 회사를 금방 관둘 것처럼 들리기 십상이라 대답하기가 매우 까다로웠다.

두 번째는 '가족을 얼마나 소중히 여기는가'로, 여기에 솔직하게 대답하면 일보다 가족과의 시간을 우선하는 것처럼 보일 터였다.

그리고 세 번째는 '정리 해고 당한 회사에서 얼마나 지독한 대우를 받았는가'였다. 여기에 솔직하게 대답하면 자신의 무능함을 드러내게 될 테고, 자칫 잘못하면 자신을 쫓아낸 회사를 욕하게 될 수도 있어서 세심히 주의하며 대답해야 했다.

이러저러하여 순식간에 한 시간이 지나서 어느덧 쇼와당 오픈 시간이 되었다.

"사장님, 시간 다 됐는데, 가게 열까요?"

"어머. 시간이 벌써 그렇게 됐나?"

나는 고개를 끄덕였다.

"그럼 타임아웃. 특훈 끝."

키리코 씨가 "카메라 꺼도 돼"라고 말하자, 코헤이 씨는 기진맥진해서 혼까지 빠져나갈 것 같은 깊디깊은 한숨을 쉬었다. 철저한 면접관의 특훈에 지칠 대로 지친 모양이었다.

"어때요? 이만큼 연습했으니 이제 실전은 누워서 떡 먹기겠죠?"

"네. 이제 어떤 질문이든 받아낼 수 있을 것 같아요."

코헤이 씨의 눈꼬리에 온화한 주름이 졌다.

그래, 그렇다. 코헤이 씨는 이렇게 웃는 사람이었다.

나는 마음이 따뜻해지는 것을 느끼며 진하게 볶은 커피콩을 갈았다. 애쓴 세 사람에게 맛있는 음료로 수고했다는 말을 전하고 싶었다.

"내 특훈을 받아 놓고 떨어지면 가만 안 둘 거예요."

키리코 씨는 장난스럽게 웃으면서 자리에서 일어나 오늘의 첫 쇼와 가요 레코드를 틀었다.

무라시타 코조의 '첫사랑'이었다.

이 가게에 오기 전까지는 모르는 곡이었는데, 가사와 선율이 추억을 자극해서 몇 번을 들어도 가슴 속 깊은 곳이 뜨겁게 달아오르는 노래였다.

못 이룬 꿈이라서
마음을 떠나지 않아♪

키리코 씨는 그 소절을 흥얼거리며 다시 '하소연용 테이블'에 자리를 잡았다.

"이 곡 좋죠."

코헤이 씨의 눈빛이 과거를 추억하듯 아득해지자, 키리코 씨는 흐뭇하게 눈웃음 지었다. 자신의 선곡에 기뻐하는 손님을 보는 것이 키리코 씨가 일상에서 얻는 소소한 행복임을 나는 최근에 알아차렸다.

"자, 여러분, 고생하셨습니다. 서비스로 드리는 커피예요. 키라라는 여기 코코아."

훈훈한 마음으로 세 사람의 잔을 날랐다.

"꺅, 캇키, 고마워." 키라라가 기뻐했다.

"하나부터 열까지 받기만 해서 면목 없습니다…." 코헤이 씨가 겸손하게 말했다.

그리고—

"우리 가게에는 서비스라는 제도가 없어. 이거 캇키 월급에서 제할게."

가게 주인은 얄밉게 말하며 맛있게 커피를 마셨다.

"네, 네. 알겠습니다. 박봉인 제가 드리는 최선의 서비스입니다."

허세를 부리며 말하자, 키라라가 웃었다.

"아하하. 돈 필요하면 우리 가게에 오라니까. 캇키는 화장발 잘 받을 미모니까 분명히 손님이 많이 붙을 거야."

"어머, 키라라, 우리 가게 에이스를 빼돌리고 싶으면 이적료를 넉넉히 가져와."

코헤이 씨가 우리의 시답잖은 대화를 들으며 작게 웃었다. 그런 코헤이 씨를 보고 키리코 씨가 말했다.

"오늘 면접 연습 말인데요, 나중에 영상을 확인해서 내 나름대로 고칠 점을 분석한 다음 알려줄게요."

"네. 정말 여러모로 감사합니다."

"이 정도로 뭘요. 취직하고 나서 꼭 감사 인사 하러 와요. 아, 말 나온 김에 우리 가게 신께 참배하고 가요. 시험에는…, 시험에도, 엄청 용하거든요. 물론 새전은 낼 수 있는 범위에서 최선을 다하면 돼요."

"코헤이 씨, 이런 일에 최선을 다하실 필요 없어요."

"얘, 캇키, 그게 무슨 천벌 받을 소리야? 확 잘라 버린다."

"으…. 키라라, 나 가게 좀 소개해줄래?"

"아하하. 환영해, 환영해."

키라라가 또다시 웃자, 코헤이 씨도 덩달아 웃음을 터뜨렸다.

코헤이 씨는 이제 '귀신'이 아니었다.

무라시타 코조의 앨범이 끝나고 세 사람 모두 서비스 음료를 다 마셨을 즈음, 밤새 일한 키라라가 "나 이제 졸려" 하며 제일 먼저 집으로 돌아갔다. 이어서 코헤이 씨도 "덕분에 조금 기운이 났어요. 감사합니다" 하며 일어나서 옆에 말아둔 재킷을 걸쳤다. 이번에는 어느 쪽으로도 쏠리지 않게 입어서 조금 전보다 훨씬 다부져 보였다.

"코헤이 씨, 힘내세요."

"네. 캇키 씨, 키리코 씨, 감사합니다."

코헤이 씨는 회사원답게 예의 바르게 인사한 뒤 가랑비를 헤치고 직업소개소로 향했다.

손님 둘을 보내자, 나는 아침 일찍부터 한바탕 일을 끝마친 기분이 들었다. 기분 좋은 보람과 피로를 맛보면서 테이블에 놓인 잔을 정리했다.

"으으, 그나저나 어제 마신 숙취가 풀릴 생각을 않네."

키리코 씨는 나른한 목소리로 중얼거리면서 '타이거스'의 앨범을 틀고 여느 때처럼 흔들의자에 앉았다. 그리고 내가 사 온 만화책을 집어 들었다.

끼익, 끼익….

평소와 똑같은 리듬으로 평소와 똑같은 '삐걱거림'이 들렸다.

이 소리를 듣노라면, 왜일까, 기분이 아침 호수처럼 잔잔해지고 심장의 리듬도 정돈되는 느낌이다. 마치 파블로프의 개 같다.

"사장님?"

키리코 씨가 만화 속 세상에 빠져들기 전에 묻고 싶은 것이 있었다.

"응?"

"이번에는 무슨 속셈이세요?"

"속셈이라니?"

"갑자기 면접을 연습하지 않나, 카메라를 돌리지 않나…. 뭔가 꾸미고 계신 거죠?"

나는 의미심장하게 웃어 보였다. 그러자 키리코 씨가 호응하듯 씩 웃었다. 하지만 그 관능적인 입술에서 새어 나온 말은 예상대로 모르쇠였다.

"글쎄. 뭘까?"

＊

이튿날 밤, 오랜만에 비가 그쳤다.

쇼와당 문을 닫은 나와 키리코 씨는 함께 가게를 나서서 역 앞 로터리로 향했다. 나는 걸음을 떼자마자 두리번거리며 주변을 살폈다. 얼마 전 '죽어'라고 피로 적힌 괴문서가 배달되지 않았던가. 소심한 나는 가로등 덕에 대낮처럼 밝은 상점가를 걸으면서도 몇 번이나 뒤를 확인했다. 그런데 정작 긴장해야 할 키리코 씨는 괴문서 따위 대수냐는 얼굴로 한밤중에 술을 마시러 혼자 여기저기 쏘다녔다. 그 모습을 보면 도쿄 타로라는 장난기 많은 친구가 정말 있나 싶었다. 하지만 그건 틀림없이 거짓말이다. 그런 사람이 있을 리 없다.

"캇키, 오늘 밤은 바람이 후더분하다. 이런 밤이면 시원한 맥주를 들이붓고 싶지 않니?"

오늘 밤에도 키리코 씨의 머릿속에서는 괴문서보다 알코올이 우세한 모양이다.

"안주는 피자가 좋겠네요."

적당히 장단을 맞추며 걷다 보니, 미지근한 밤바람을 타고 기타 소리와 허스키한 노랫소리가 들려왔다.

"아, 역시 오늘은 하네요."

"그러게."

쇼와당에서 역 앞 로터리까지는 코앞이었다. 우리는 오늘 아오이 코헤이 씨의 아들 아오이 하루키의 길거리 공연을 볼 계획이었다.

그런데 막상 하루키가 노래하는 곳까지 와보니, 놀랍게도 관객이 한 명도 없었다. 저녁까지 가랑비가 오다 말다 한 탓에 행인들은 열창하는 청년을 힐끔거리기만 하고 바삐 지나갔다. 비가 또 내리기 전에 얼른 집에 들어가고 싶은 것 같았다.

"캇키."

"네."

"관객이 우리뿐이라 엄청 어색하다."

"그러게요…."

하루키를 마주 보고 우두커니 선 우리는 목소리를 낮추고 소곤거렸다.

그나저나 이렇게 관객이 적으면 연주자의 마음이 꺾이지 않을까. 조금 걱정됐지만, 정작 하루키는 그런 것에 전혀 개의치 않는 기색이었고, 혀를 뺀 롤링 스톤스 로고가 그려진 긴팔 티에 회색 니트 모자 차림으로 우리 두 사람을 위해 힘차게 자작곡을 연주했다.

솔직히 나는 기타 연주 테크닉은 잘 모르지만, 하루키의 천부적인 음색에서는 비범함을 느꼈다. 허스키하면서도 또렷한 목소리인데 울림이 무척 부드러웠다.

두 번째 곡이 끝나서 우리가 박수를 보내자, 하루키는 쑥스럽게 웃는 얼굴로 "감사합니다" 하며 살짝 고개를 숙였다. 그리고 그대로 밤하늘을 올려다보았다.

"아, 역시 비가 오네."

하루키가 혼잣말처럼 중얼거렸을 때, 키리코 씨가 말을 걸었다.

"코헤이 씨의 깁슨이 젖기 전에 케이스에 넣지 그래?"

"네?"

하루키는 아버지의 이름과 기타 이야기를 불쑥 꺼낸 요염한 관객에 눈이 휘둥그레졌다.

"우리는 이 근처 상점가에서 찻집을 하는 사람들이야. 이 여자가 맛있는 커피를 대접한다는데, 잠깐 비 피하러 가지 않을래?"

이 여자라니…, 다른 호칭도 있잖아요! 라고 지적하고픈 마음을 누르며 한마디 거들었다.

"코헤이 씨도 자주 오시는 가게야."

"이 근처면…, 혹시 가게 안에 신사(神社)가 있다는 곳인가요?"

내가 아는 그게 '신사'인지는 잘 모르겠지만, 일단 어중간하게 고개를 끄덕였다.

"응. 그 가게야. 서두르는 게 좋을 것 같아."

이야기하는 새에 빗줄기가 점점 굵어졌다.

"그럼 잠깐 신세 지겠습니다."

하루키는 무척 호감 가는 미소로 그렇게 말하면서 기타를 서둘러 케이스에 집어넣었다.

나는 방금 정리를 마친 가게로 돌아가 세 사람 몫의 커피를 탔다.

물론 문에 걸린 안내판은 'CLOSE'로 해 놓았다. 정중앙 카운터에 앉은 하루키는 니트 모자를 벗고 흥미롭게 가게 안을 두리번거렸다. 노래하지 않을 때는 평범한 (그런데 조금 잘생긴) 남자 고등학생이었다.

"저게 그 유명한 찻집 안 신사구나."

"어머. 우리 가게가 그렇게 유명해?"

아주 싫지는 않은지 키리코 씨가 히죽거렸다.

"유명해요. 왜냐하면 저 신에게 소원을 빌면…."

"빌면, 뭐? 우후후."

"엄청난 액수의 새전을 내야 하잖아요?"

하마터면 커피잔을 떨어뜨릴 뻔했다.

"어머. 그런 헛소문을… 누구한테 들었을까?"

키리코 씨의 미소가 웬일로 어색해 보여서 우스웠다.

"누구더라. 같은 반 애였나?"

"설마 너희 아버지는 아니지?"

"아하하. 그건 아니에요. 전 아버지가 여기 손님인 것도 방금 알았어요."

"아, 그래."

"어…."

"뭐, 됐어. 그보다 너 이름이 뭐라고?"

"아오이 하루키인데요."

"아, 그래, 그래. 하루키. 아버지가 주신 어쿠스틱 기타, 소리가 좋더라."

키리코 씨는 검은 하드케이스에 담긴 기타를 턱짓으로 가리키며 말했다.

"아, 듣는 귀가 있으시네요. 이게 빈티지 깁슨이라 보디 부분 나무가 적당히 말라서 울림이 풍부해요."

"그래? 돈 주고 사려면 비싼 거지?"

키리코 씨의 눈 속에서 어렴풋이 '¥' 마크가 어른거렸다.

"그럴 거예요. 제 용돈으로는 못 사는 가격일걸요."

"역시. 아무튼 너희 아버지는 이제 안 쳐?"

"가끔씩 만지작거리셔요."

"그래? 실력 좋아?"

"솔직히 기타는 저보다 월등히 잘 쳐요. 사실 제 스승님이에요."

중학생이 되어 음악에 눈을 뜬 하루키에게 기타의 기초를 가르쳐 준 사람은 코헤이 씨였다. 그 이후 하루키는 밴드를 결성하거나 작곡을 했고, 고등학교 2학년 봄부터는 솔로로 길거리 공연을 시작했다고 한다.

"음악은 어떤 걸 들어?"

"엄청 폭넓게 들어요. 아버지가 자주 듣는 에릭 클랩튼, 롤링 스톤스, 레인보우는 물론이고 비틀스도 듣고요, 사잔 올 스타즈, 스피츠, 오브코스, 오오타키 에이이치도 들어요."

"어머. 고등학생치고 정감 가는 취향이네. 아버지의 영향이 크구나."

"정말 그래요."

"레인보우를 듣는다는 건, 마이클 솅커 그룹이나 아이언 메이든도 듣는다는 건가?"

"와, 그런 헤비메탈 쪽도 예전에는 자주 들었어요. 그리고 조금 소프트한 아시아도 좋아해요."

"나도 아시아 엄청 좋아했어. 돈 크라이, 히트 오브 더 모멘트, 명

곡들이지."

"그거 진짜 좋죠!"

두 사람 사이를 오가는 단어들이 내게는 의미를 알 수 없는 주문 같았고 키리코 씨가 쇼와 가요 이외의 음악도 잘 안다는 사실이 놀라웠지만, 아무튼 초면인데도 음악이라는 공통된 취미를 발견한 덕분에 하루키와 키리코 씨의 대화는 열기를 띠었다.

잠시 후 하루키는 미래를 그리는 눈빛으로 툭 말했다.

"저는 진심으로 뮤지션이 되고 싶어요."

키리코 씨는 그 말의 여운을 곱씹듯 잠시 말없이 있다가 간단한 질문을 던졌다.

"어떤 뮤지션이 되고 싶은데?"

"록이나 팝, 포크 같은 장르에 구애받지 않는, 아주 자유로운 싱어송라이터요. 밴드가 아니라 솔로로 활동하고 싶어요."

"그렇구나."

키리코 씨는 미래를 꿈꾸는 빛나는 소년을 품평하듯 바라보더니, 갑자기 얼얼하게 매운 대사를 던졌다.

"미리 말해두겠는데, 프로의 세계는 냉정해. 혹시 너한테 특별한 재능이라도 있다고 생각하는 거야?"

"재능…이요…?"

"그래. 그것도 프로의 세계에서 살아남을 만한 특별한 재능."

왠지 키리코 씨가 겁을 주는 것처럼 보였지만, 하루키는 나이에 맞지 않게 태연자약했다. 매우 차분한 표정으로 내가 타준 커피를 한 모금 마신 뒤 자신의 입에서 나온 말을 깊이 곱씹듯 대답했다.

"특별한 재능이 있다고 믿어요."

그 당당한 대답에 키리코 씨는 감탄한 표정을 지었다.

"그렇구나. 너, 아버지보다 면접을 잘 볼 것 같다."

"네? 면접요?"

키리코 씨는 갑작스럽고 뜻 모를 말에 고개를 갸웃하는 하루키를 깔끔히 모른 체하며 우격다짐으로 대화를 이끌었다.

"그건 그렇고 너, 재능이 뭔지는 알아?"

"재능은…, 역시 센스 아닐까요?"

"크흐흐. 아쉽네요. 한참 빗나갔어."

키리코 씨는 장난스럽게 웃었다.

"네? 빗나갔어요?"

"그냥 빗나간 게 아니고 한참 빗나갔어."

"으아, 정말요?"

"기억해 둬. 재능은 말이야, 성공할 때까지 절대 노력을 멈추지 말자고 자기 자신을 끈질기게 설득하는 능력이야."

"…"

"한마디로 꿈이 이루어질 때까지 꺾이지 않고 그저 최선을 다하는 것. 그게 가능한 사람을 두고 꿈을 이룰 재능이 있는 사람이라고 하는 거야."

"그, 그렇구나…."

감동해서 격앙된 목소리로 말한 사람은 나였다.

"뭐야? 왜 갑자기 캇키가 끼어들어? 지금 분위기 좋았는데."

재능은 선택받은 극소수의 사람들이 태어날 때부터 신에게 받은 특수한 능력이라고 줄곧, 줄곧 믿어왔다. 그래서 나는 늘 아무런 재능도 받지 못한 나라는 사람의 미래를 되도록 기대하지 않으며 관망했고, 설령 꿈이 생기더라도 재능 없는 나는 결코 이룰 수 없을 것이라고 포기하며 살아왔다.

하지만 방금 키리코 씨가 말한 것이 '재능의 본질'이라면, 그건 어마어마한 혁명이다. 모든 사람의 미래에 희망을 빛낼 가능성이 있다는 뜻이니까.

아아, 키리코 씨는 역시 뛰어난 치유사예요….

눈물이 헤픈 내가 울먹울먹하자 하루키가 "그렇군요. 알겠습니다" 하며 미소 지었다. 하루키(春樹)라는 이름처럼 신록이 우거진 봄 나무를 닮은 산뜻한 미소였다.

"그럼 저는 걱정할 필요가 전혀 없어요."

"어머. 자신만만하네."

"반드시 꿈을 이루겠다고 오래전부터 결심했거든요. 이룰 때까지 노력할 거예요."

키리코 씨는 "흐응" 하고 콧방귀를 뀌면서도, 조금 눈부신 것을 보는 눈으로 하루키를 바라보았다.

"그런데 그 재능이 아주 조금 부족했던 기타의 명수를 아니?"

"네? 누구지…?"

하루키는 관자놀이에 검지를 대고 고민했다. 그러나 10초쯤 지나 포기를 선언했다.

"모르겠어요. 제가 아는 기타의 명수들은 전부 꿈을 이룬 사람들이니까요."

"우후후후. 답을 알고 싶어?"

"네."

"그 사람은 이 영상에 나와. 잠깐 볼래?"

키리코 씨는 그렇게 말하며 세이스케 씨에게 빌린 비디오카메라를 카운터 구석에서 집어 들었다.

아, 이럴 생각이었구나!

나는 그제야 키리코 씨가 꾸민 계획을 이해했다.

코헤이 씨가 면접을 연습할 때, 키리코 씨가 "거짓말하면 안 된다"고 수차례 강조하면서 로큰롤 가수가 되겠다는 꿈, 가족, 일에 대해 꼬치꼬치 캐물은 이유는 이것 때문이었다.

"액정 모니터는 조금 작지만."

키리코 씨가 말하면서 재생 버튼을 눌렀다.

카운터 안쪽에 있는 내게는 그 영상이 보이지 않았다. 하지만 재생과 동시에 작은 모니터에 얼굴을 들이민 하루키가 헉하며 숨을 삼키는 것은 알 수 있었다.

"아빠⋯."

"아버지의 진심이란다. 끝까지 제대로 봐 주렴."

키리코 씨는 전에 없이 다정한 목소리로 그렇게 말했다.

✳

면접 연습이라는 명목으로 촬영한 '코헤이 씨의 독백'을 다 보자 하루키는 "후우" 하며 깊디깊은 한숨을 흘렸다.

"어때?"

"좀 복잡하달까…. 아직 제 안에서 정리가 덜 된 느낌이에요."

하루키는 뒷덜미를 문지르면서 겉보기에는 당혹스러운 표정을 지었지만, 그 대답은 매우 솔직했다. 그러고 보니 코헤이 씨가 예전 회사에서 정리 해고 당한 것도 너무 솔직했기 때문이라고 하지 않았나?

솔직한 부자구나. 분명히 멋진 가족일 것이다.

내가 아오이 가문의 모습을 멋대로 상상하는데, 키리코 씨가 하루키에게 "커피 한 잔 더 마실래?"라고 물었다.

"아, 네. 감사합니다."

"그럼 캇키, 두 잔 만들어줘."

왜 내가…. 모처럼 기분 좋았는데….

대꾸하고 싶은 마음을 억누르고 일부러 과장된 공손함을 섞어 "알겠습니다" 하며 고개를 숙였다. 하지만 그런 반어법은 키리코 씨에게 눈곱만큼도 통하지 않아서, 도리어 더 거만한 반응이 돌아왔다.

"끝내주게 맛있게 타 줘~." 키리코 씨는 잠깐 나를 보며 씩 웃고는 다시 하루키에게 눈을 돌렸다. "아버지는 네 꿈을 응원해 주니?"

"아마도요. 반대하신 적은 없거든요."

"흐음. 제법 이해심 많은 아버지네."

하루키는 조금 쑥스럽게 미소 지었다.

"너희 아버지 말이야, 꿈을 이룰 재능도 모자라고 직장에서는 쫓겨난 한심한 아빠지만, 가족을 행복하게 해주는 재능은 조금 있는 것 같아."

키리코 씨는 담담하게 무례한 발언을 했다. 그런데도 하루키는 살짝 쓴웃음 지으며 작게 두 번 고개를 끄덕이고 또다시 솔직한 말을 입에 올렸다.

"그건, 있는 것 같아요."

키리코 씨는 그런 하루키의 어깨를 주먹으로 쳤다.

"아야!"

"넌 애가 너무 착해. 뮤지션이 되려면 어느 정도 유별난 데가 있어야 돼."

"네. 알겠어요."

"봐, 바로 그런 대답이 착한 아이 같다는 거야."

"네? 그럼 어떻게 해요…?"

피식 웃는 키리코 씨와 쓴웃음을 짓는 하루키. 어쩐지 사이 좋은 남매처럼 보였다.

"뭐, 됐어. 자, 이거 선물이야."

키리코 씨가 내민 손에는 DVD 한 장이 들려 있었다.

"이게 뭐예요?" 하며 하루키가 고개를 갸웃했다.

"방금 네가 본 영상 데이터. 집에 가서 어머니랑 여동생이랑 몰래 봐. 그리고 재능이 있기도 하고 없기도 한 너희 아버지를 가족이 어떻게 받아들여야 할지 셋이서 열심히 고민해 봐."

"네. 감사합니다."

하루키는 대답하며 두 손으로 DVD를 받았다.

"봐, 또 이런다. 착한 아이 같잖아."

"네에?"

나는 두 사람의 커피를 민들면서 엷게 웃음을 터뜨렸다.

그러는 키리코 씨도 사실은 착한 아이처럼 행동하면서.

✳

하루키가 돌아간 뒤, 나는 자연스럽게 냉장고에서 캔맥주 두 개를 꺼내 하나를 카운터석에 자리 잡은 키리코 씨 앞에 내려놓았다.

"어머. 가끔은 센스가 있네."

"가끔이라는 말은 빼주세요. 여기요. 이거 제가 사비로 사온 맥주예요. 잘 명심하시고—."

치익♪

키리코 씨는 내 말을 한 귀로 흘리며 잽싸게 캔을 땄다. 역시…. 뭐, 됐다. 나도 캔을 땄다. 그리고 누가 먼저랄 것 없이 캔과 캔을 부딪쳐 건배했다.

"사장님."

"응? 캬아, 맛나다아."

얼굴 가득 웃음을 머금은 치유사를 보고 내 입꼬리도 덩달아 올라갔다.

"후더분한 밤에 마시니까 정말 맛있네요."

"역시 맥주가 최고지. 찬술도 괜찮지만. 그래서, 뭐야? 그런 진지한 표정으로."

나도 키리코 씨처럼 맥주를 꿀꺽이고 나서 대답했다.

"사장님, 사실은 코헤이 씨가 꿈을 이뤘으면 하죠?"

그래서 면접 연습 영상을 가족에게 보여주려고 한 것이 분명하다. 그런데 키리코 씨는 시침 떼는 얼굴이었다.

"글쎄에."

"음?"

"그런 것보다 중요한 건 '언제'인지야."

"네? 언제요?"

"본인과 가족이 원하면 지금 꿈을 좇아도 되고, 아니면 은퇴한 후에 해도 되잖아." 거기까지 말한 키리코 씨는 또다시 꿀꺽꿀꺽 목을 울렸다. 그리고 한층 격앙된 목소리로 말을 이었다. "사람은 말이야, 도전했다가 실패한 꿈하고는 의외로 잘 지낼 수 있어. 하지만 도전도 못 해본 어중간한 꿈은 가슴속에서 썩어서 악취를 풍기니까 내팽개치고 싶어지는데, 그런 꿈은 좀처럼 떠나 주지를 않거든."

키리코 씨는 얼버무리듯 웃으며, 무슨 말인지 알겠어? 라고 말했다.

그때 문득, 키리코 씨가 흥얼거리던 무라시타 코조의 '첫사랑' 한 소절이 내 머릿속을 스쳤다.

못 이룬 꿈이라서
마음을 떠나지 않아♪

"그럼 사장님은 코헤이 씨의 어중간한 꿈이 마음을 떠나도록…?"

"그럴 리가. 꿈을 내팽개치기보다는 이뤘으면 해. 분명히 말하지만 나는 태생이 선한 사람이거든."

"네에?"

"어머, 캇키, 너 내가 나쁜 사람이라고 생각해?"

"어, 그, 그럴 리가요. 그렇게 생각하지, 않아요. 네."

일부러 더듬더듬 대답하자, 키리코 씨는 작게 웃음을 터뜨렸다.

"됐다, 됐어. 악인인 걸로 하자. 아, 역시 악인보다는 악녀가 좋겠다. 나카지마 미유키의 노래 같잖아."

키리코 씨는 그렇게 말하면서 맥주를 한 손에 들고 상석으로 가서 레코드판 선반을 살펴보더니 실제로 '악녀'를 틀었다.

"음, 역시 미유키 최고. 나는 오늘 밤부터 악녀다."

만족스럽게, 그리고 요염하게 싱긋 웃는 키리코 씨는, 결코 악녀가 아니었다. 지금 이 순간, 친척도 친구도 아닌 나를 숨겨주면서 일도 할 수 있게 해주는 사람이니까.

"있잖아, 캇키."

"네."

"인생에는 원래 산도 있고 골짜기도 있는 거래."

"네?"

키리코 씨의 느닷없는 말에 나도 모르게 내 인생의 산과 골짜기를 — 아니, 산도 없이 깊기만 한 골짜기를 돌이켜 보았다.

"미국의 어떤 대학교에서 90대 노인들을 대상으로 인생에 관한 설문 조사를 했는데, 거의 모든 노인이 'YES'라고 답한 질문이 있었대. 어떤 질문이었게?"

"어…, 뭐지?"

다시 말해 90대까지 산 노인들이 공통적으로 느낀 점…. 나는 일단 노쇠한 할머니가 된 나를 상상하려고 했다. 하지만 잘되지 않았다. 상상하려고 할수록 오히려 머릿속이 멍해졌다.

"답을 알고 싶어?"

"네."

나는 순순히 고개를 끄덕였다. 그러자 키리코 씨는 내 눈을 지그시 바라보며 이렇게 말했다.

"조금 더 모험했어야 했다."

"네? 모험이요?"

"그래. '당신은 한 번뿐인 인생에서 조금 더 모험을 했어야 한다고 생각하십니까?'라는 질문에 거의 모든 노인이 'YES'라고 대답했어."

그러니까 그 말은—.

"모험하지 않고 살면 인생 마지막 순간에 반드시 후회한다는 뜻인가요?"

"정답."

그렇구나. 그래서 코헤이 씨도 꿈을 좇는 '모험'을 하는 것이 좋다는 뜻이었다. 문제는 그저 그것을 언제 시작하느냐, 그뿐이었다.

"모험이라…."

나는 내 인생을 되새기며 탄식했다.

"캇키의 인생도 모험하는 중이라 재미있잖아."

키리코 씨는 가볍게 놀리듯 웃었다.

"으아, 저는 엄청 진지한데, 놀리시는 거예요?"

"인생은 말이야, 놀림받을 수 있는 정도가 딱 좋은 거야."

지금의 출구 없는 내 밑바닥 인생을 이렇게 놀릴 수 있는 사람은 이 세상에 키리코 씨뿐이다. 분해서 나도 물었다.

"그럼 사장님도 꿈을 좇거나 모험해본 적 있어요?"

"있지. 최악의 결과로 꿈이 끝나 버렸지만."

키리코 씨는 쌈박하게 대답하고 맥주를 들이켰다.

"네…? 어떤 꿈이었는데요?"

"상담사가 되겠다는 꿈. 어? 내가 말 안 했던가?"

전혀 몰랐다. 하지만 무릎을 탁 치고 싶어졌다.

"그랬구나. 사장님은 상담사가 꿈이었군요. 그래서 치유사 일을 잘 하는 거고요."

"꿈이라기보다는, 실제로 됐어. 진짜 상담사가."

"네?"

"됐는데, 얼마 후에 좌절했어."

키리코 씨와 좌절―.

내가 느끼기에 도무지 관련 없는 단어들이어서 순간 멍해졌다.

"저기요, 인생의 모험 중인 캇키 씨, 맥주 좀 더 줘."

"어⋯."

"너 나보고 겨우 한 캔으로 끝내라는 거야?"

너무 상전 같은 말투라서 나는 이때다 싶어 받아쳤다.

"드릴 수는 있는데, 두 번째 캔부터는 드신 만큼 월급 올려주세요, 좌절한 전직 상담사님."

"이야, 얘 억척스러운 것 좀 봐. 부모님 얼굴이 궁금하다."

"그 말, 그대로 사장님께 돌려드릴게요."

"으아, 지독해. 오늘부터 너도 악녀 모임에 끼워줘야겠다."

키리코 씨는 씩 웃으면서 냉장고 문을 열고 내가 사비로 산 맥주를 집었다.

맥주는 둘째치고, 키리코 씨도 좌절하는구나⋯.

인간미가 있네.

"사장님, 그 맥주도 제가 사는 걸로 할 테니까, 좌절했다는 방금 그 얘기 자세히 들려주실래요?"

"아하하. 그건 안 돼~."

"네에? 왜요?"

"음, 네 인생의 모험이 끝나서 자유로워지면, 그때 얘기해줄게."

키리코 씨는 가볍게 말하면서 두 번째 맥주 캔을 땄다.

내 모험이 끝나서 자유로워지면?

그때도 저는 계속 쇼와당에 있을 수 있나요?

"언젠가 끝나긴 할까요? 저의 이 모험⋯."

조금 두려운, 울고 싶은 기분으로 물었다.

키리코 씨는 요란스럽게 꿀꺽대고는 씩 웃었다.

"너, 그걸 끝내려고 여기에 끌려온 거잖아?"

✳

그로부터 며칠 후, 장마가 사흘째 주춤하던 날 밤—.

마감 준비를 하던 내 휴대전화에 료의 메시지가 도착했다.

'캇키, 가게 문 닫으면 키리코 사장님이랑 역 앞 로터리로 와. 재미
있는 걸 볼 수 있어.'

메시지 내용은 의미심장했지만, 무슨 일인지 대충 예상이 된 나는
"술도 덜 깼고 귀찮아서 싫어"라고 투정을 부리는 키리코 씨의 손을
억지로 잡아끌고 마감 이후에 가게를 나섰다.

역 앞 로터리 한 모퉁이에 며칠 전과 딴판으로 수십 명의 인파가 모
여 있었다. 그 끄트머리에서 키 큰 료를 발견했다. 우리는 료 옆에 섰다.

"봐. 재미있지?"

료가 산뜻하게 웃으며 나와 키리코 씨를 내려다보았다.

"응. 최고야." 내가 말했다.

"그런데 아저씨 쪽은 외모가 촌스럽네."

독설을 뱉은 사람은 물론 키리코 씨였다.

"확실히 저 황록색 두건은…."

료가 툭 말했고, 우리 셋은 함께 키득거렸다.

보컬은 하루키.

기타는 코헤이 씨.

부자 듀엣이라 역시나 호흡이 척척 맞았다. 두 사람은 연주하다가 중간중간 눈을 맞췄는데, 그때마다 표정에 쑥스러움이 묻어나서 보는 우리까지 간질간질해졌다.

오늘은 날씨도 좋아서, 올려다본 밤하늘에 별이 여럿 보였다.

나는 하루키의 비범한 노랫소리에 귀를 기울였다.

세상이 지루하면

네가 바꾸면 돼

미래는 말야, 봐

1초 앞부터 바꿀 수 있거든♪

아, 이 가사―. 키라라가 '엄청 좋은 가사'라고 칭찬하던 소절이다. 뱃속에서 활기가 샘솟는 듯한 멜로디도 좋다. 나도 나중에 CD를 사야겠다.

그렇게 생각했을 때, 옆에 있던 키리코 씨가 내 옆구리를 찔렀다.

"캇키, 너 제법 예쁘장하니까 같이 노래나 부르고 와."

"네에?"

경악하면서 키리코 씨의 시선을 따라가 보니, 그럼 그렇지, 뚜껑 열린 기타 케이스에 관객들이 넣은 팁이 잔뜩 들어 있었다.

"한마디로 저한테 팁 일부를 가져오라는 건가요?"

"너라면 할 수 있어."

키리코 씨는 눈 속에 '¥' 마크를 띄우며 씨익 하고 검은 미소를 머금었다. 물론 나는 신경 쓰지 않기로 했다.

✳

우리는 공연이 끝나기를 기다렸다가 코헤이 씨와 하루키, 료를 영업이 끝난 가게로 불러들였다. 카운터석에 나란히 앉은 이들은 사비로 커피를 사 마시며 대화를 즐겼다.

"너 솔로로 활동하고 싶다더니 왜 아버지랑 같이 해?"

키리코 씨가 지적하자, 하루키가 해맑게 웃었다.

"듀엣을 결성한 게 아니라 아버지가 연습하는 데 끌려 나온 거예요."

"연습?" 료가 물었다.

"그럼 역시 로큰롤 가수를 목표로 하는 거예요?" 내가 물었다.

모두의 주목을 받은 코헤이 씨는 료가 별로라고 지적한 황록색 두건 위로 머리를 긁적이면서 대답했다.

"이 아들놈이 말이죠, 아빠는 옛날부터 너무 성실하고 착한 이미지에 갇혀 있다고, 뮤지션이 되고 싶으면 조금 유별나도 되니까 자기 삶을 살라고 해서 속이 후련해졌어요."

으아, 키리코 씨가 한 말을 그대로 도용했잖아.

우스워서 쳐다보자, 하루키는 키리코 씨에게 어깨를 얻어맞고 장난스럽게 혀를 내밀고 있었다.

코헤이 씨는 요즘 야근이 없는 엘리베이터 관리회사에서 일하며 로큰롤 가수를 목표로 특훈을 한다고 했다. 참고로 그 회사에서 면접을 볼 때 키리코 씨의 조언대로 모든 것을 솔직하게 털어놓았더니 실제로 순조롭게 합격했다고 한다.

"이전 회사보다 월급은 적지만, 그래도 그 대신 얻은 게 커요."

감개무량하게 말하는 코헤이 씨에게 키리코 씨가 딴지를 걸었다.

"어머, 돈보다 중요한 게 있어요?"

"아하하하. 글쎄요, 인생에서 모험할 권리라고 할까요?"

어디서 들어본 것 같은 말을 하면서 코헤이 씨는 살갑게 미소 지었다.

"나 참, 아빠는 그 나이에 풋내 나는 소리를 하네."

하루키가 가차 없이 말했다.

"정말이지 부자가 똑같이 풋내 나고 바보 같네~. 아, 그래서 성이 아오이(靑井)인가? 아오이 하루키(靑井春樹)를 줄이면 그대로 '청춘(靑春)'이잖아. 으아, 정말 풋내 나!"

키리코 씨는 무례한 말을 아무렇게나 뱉고는 문득 떠올랐는지 풋내 나는 부자를 카운터석 의자에서 일으켜 세웠다. 그리고 둘의 등을 떠밀어 새전함 앞으로 연행했다.

"그러고 보니 두 사람, 오늘 벌이가 짭짤하지 않았어요? 감사를 전하기 딱 좋은 날 같은데."

시작됐다. 항상 반복되는 의례. 여기에 걸려들었으니 이상을 좇으며 풋내를 풍기는 부자는 도저히 당해낼 수 없을 것이다. 길거리 공연으로 애써 번 팁도 고스란히 새전함 안으로 사라져 버릴 것이다.

"감사요…? 저는 여기서 소원을 빈 적이 없어요."

하루키가 말하며 옆을 보았다. 시선을 느낀 코헤이 씨는 순순히 "미안"이라고 말했다. "내가 합격하게 해달라고 빌었어."

그 이후의 흐름은 완전히 내 예상대로였다. 키리코 씨의 따발총 토크에 세뇌된 코헤이 씨와 하루키는 팁을 모아둔 작고 검은 파우치 지퍼를 손수 열어 그 안에 든 지폐를 한 장, 두 장, 새전함 안으로 던져넣고 세 번째 장을 손에 들려고 하다가—.

"응? 뭐지, 이 봉투는?"

코헤이 씨는 파우치 안에서 지폐 대신 흰 봉투를 꺼냈다.

"아, 그거 팁에 섞여 있길래 내가 같이 넣어놨어."

하루키가 말했다.

"팬레터 아니야?"

나는 말하면서도 어딘가 찜찜했다. 왠지 모르게 그 봉투를 어디선가 본 것 같았다.

"팬레터야 아무렴 어때? 지금 한창 중요한 감사 인사를 하고 있잖아. 캇키, 신을 방해하면 벌 받아."

키리코 씨는 눈 속에 '¥' 마크를 띄웠지만, 나는 조금 강하게 말을 막았다.

"하루키, 그 봉투 좀 열어볼래?"

말하면서 가위를 내밀었다.

"네? 지금요?"

"응. 지금."

하루키는 의아한 표정으로 봉투 가장자리를 잘랐다. 그리고 안에서 반으로 접힌 종이를 꺼내 펼쳤다.

"어⋯, 이게 뭐야?"

경악하는 하루키의 손에서 "잠깐 보여줘" 하며 료가 종이를 채와서 카운터 위에 올렸다. 그 종이를 다 같이 들여다보았다.

도화지처럼 두꺼운 흰 종이에, 전단지에서 잘라낸 듯 크기가 제각각인 글자들로 만든 문장 한 줄이 붙어 있었다.

'8월 8일은 키리코의 기일이 된다. 도쿄 타로.'

숨을 삼킨 나는 앞에 있던 료를 보았다.

료는 전에 없이 험악한 표정으로 "이거 정말 위험한 거 아니야?"라고 중얼거렸다. 코헤이 씨와 하루키가 뒤에 있는 키리코 씨를 돌아보았다.

"키리코 씨, 이거⋯."

코헤이 씨도 굳은 표정이었다.

"아하하. 뭐야, 정말. 이거 내 술친구가 장난치는 거야. 진짜 협박은 아니니까 신경 쓰지 마."

키리코 씨가 너무나 태연하게 말해서, 부자는 "에이" "괜히 놀랐네" 하며 가슴을 쓸어내렸지만, 나는 다리의 떨림이 멈추지 않았다.

키리코 씨의 친구라니, 틀림없이 거짓말이다.

이건 범인이 보낸 '살인예고'였다.

제5장

시간 여행이 마음의 상처를
어째서인지 덮어 가 신기한 길.

이방인 / 쿠보타 사키

제5장

이 사람과는 분명히 전생에도 친구였을 것이다.

아무 근거도 없지만 그런 확신이 드는 상대를 만날 때가 있다. 극히 드문 일이지만.

우리 상점가의 양과자점 '메이플'에서 판매를 담당하는 오가사와라 치카를 처음 만났을 때 바로 그런 느낌을 받았다.

우연히도 나이가 같고 독서라는 같은 취미가 있고 음식 취향이 비슷하고 같은 상점가에서 일한다는 것만으로도 기적적인 만남이었는데, 더 근사한 것은 옷 입는 취향이 약간 다르고 좋아하는 음악이 약간 다르고 말하는 속도가 약간 나르고 연애관이 약간 다르다는 점이었다.

최고의 친구 관계는 닮은 면만으로는 성립되지 않는다. 오히려 '다름'이 필요하다. 공감되는 부분으로 안정감을 주고받으면서도 서로 다른 부분으로 신선한 자극까지 주고받는 관계. 나는 그런 관계가 최고라고 생각한다. 이때 중요한 것은 '약간'이라는 적정 수준의 다름이다. 너무 다르면 서로 이해할 수 없고 애초에 친해질 마음도 들지 않는다. 하지만 가치관이 '약간' 다르면 비교적 쉽게 상대방을 받아들일 수 있고, 그 과정에서 새로운 가치관을 접할 수도 있다. 그래서 '약간 다른' 사람과 있으면 마음이 매우 편하면서도 설렌다.

"나 쇼와당에서 캇키랑 처음 대화했을 때 소름 돋았잖아. 아, 이건 운명적인 만남이다 싶어서."

"나도 그렇게 생각했어. 그런데…."

"그런데?"

"그런 말은 남자한테 듣고 싶다."

"아하하하. 그러게~."

치카는 아이스티 빨대를 잡고 해맑게 웃었다. 웃으면 귀여운 보조개가 들어가고 얼굴이 훨씬 어려 보여서 이유 없이 지켜주고 싶어진다.

이날, 나와 치카는 최근 교외에 오픈한 대형 쇼핑몰 2층에 있는 유명한 오가닉 카페에서 가벼운 점심을 먹고 있었다. 오늘은 목요일로, 쇼와당과 '메이플' 모두 정규 휴일이라 아침부터 같이 아이쇼핑을 즐겼다.

"캇키는 분명히 인기 많을 텐데, 운명의 여자라는 말 정도는 들어보지 않았어?"

"그렇게 니글거리는 말은 안 들어봤어."

"어…, 니글거리나?"

"그럼. 방금 듣는데도 소름이 돋았어."

나는 앉아 있던 의자 위에서 짐짓 몸을 떨며 웃었다.

"그렇게 소름 돋아?"

"당연하지."

치카의 보조개가 눈앞에 있다. 그것만으로 나는 몹시 마음이 편안했다. 이렇게 시시껄렁한 연애 이야기를 나눌 수 있는 절친이, 어른이 되고 나서 생길 줄은 솔직히 상상도 못 했다. 특히 나처럼 사연 있는 사람과는 완전히 무관한 일인 줄 알았는데….

"그런가아."

치카는 웃으면서 고개를 갸웃하더니 과거를 되새기는 눈을 했다.

어? 뭐야, 뭐야? 이 표정은, 혹시?

"치카, 혹시…."

"응?"

"누구한테 그런 말 들었어?"

너는 내 운명의 여자라고—.

질문하는 내 심장이 더 두근거린다.

치카는 "아직 아무한테도 말 안 했는데"라고 운을 떼며 갑자기 쑥스러운 표정을 지었다.

"어? 뭐야? 설마, 진짜—"라고 내가 말했다.

"응."

응, 만으로는 무슨 일인지 알 수 없다. 아니, 어렴풋이 예상은 되지만.

나는 보채고 싶은 마음을 억누르고 치카의 말을 기다렸다.

"이따가 잠깐 서점에 들러도 돼?"

치카가 뺨을 물들인 채 말했다.

"응? 서점?"

"잡지를 사고 싶어서."

"잡지? 설마, 설마 그…?"

"응."

더는 못 참겠다. 나는 대놓고 물었다.

"결혼… 정보지… 사려고?"

"응. 실은—."

치카는 "아아, 말해 버렸다" 하며 웃고는 쑥스러움을 감추려는 듯 아이스티를 빨대로 들이켰다.

"뭐야, 진짜야?"

"응. 친구한테 이 얘기 하는 거 처음이야."

"자, 잠깐만. 누구야, 그 상대가?"

"음, 그게—."

여기서부터는 소위 말하는 소녀들의 수다 타임이었다. 아니, 곧 서른이니 '소녀'는 아닌가. 그렇다면 '여자들의 수다'라고 해야겠다. 아무튼 나는 어떻게 사귀었는지부터 프러포즈는 어땠는지까지 시시콜콜 물었다.

결과적으로 니글거리는 말로 치카를 낚아챈 사람은 나이 차이가 꽤 나는 벤처 사업가였다. 키리코 씨가 들으면 눈을 번뜩이며 피로연에 쳐들어갈 만큼 부유한 남자인 듯했다.

"그렇구나. 대단하다. 요즘 왠지 네가 묘하게 들떠 보인다 했는데, 그래서였구나."

"미안해. 너한테는 말해야지 말해야지 했는데, 말할 기회도 없었고 갑자기 그 얘기만 꺼내자니 부끄러워서."

안다. 치카는 그런 사람이다. 아니까, 이제야 들었어도 전혀 기분 나쁘지 않다. 오히려 진심으로 축복하는 마음이 샘솟았고, 내가 이런 감정을 느낄 수 있어서 기뻤다. 그래서 나는 거듭 말했다.

"축하해, 치카."

"응. 고마워."

우리는 테이블 너머로 웃으며 하이파이브를 했다. 그걸로는 부족해서 아이스티 잔으로 건배도 했다.

"나 말이야, 결혼하면 성이 '이치카와'가 돼.*"

"이치카와 치카."

"응. 이름에 '치카'가 두 번이나 들어가서 이상하지?"

눈썹 끝을 내리며 치카가 쓴웃음을 지었다.

"하지만 이름이 치카치카해서** 은근히 기분 좋지, 너?"

장난스럽게 노려보는 나를 향해 치카는 "에헤헤" 하며 그림 같이 행복한 미소를 지었다.

"그 사람, 다이어트 중인데도 내가 구운 버터 쿠키를 단숨에 대여섯 개나 먹어치워. 그래서—."

그래, 그래. 기왕 이렇게 된 거, 인내심을 갖고 예비 남편 자랑을 들어 줄 테니까 다 쏟아내고 후련해져.

나는 눈부시게 퍼지는 행복의 오라에 눈을 가늘게 뜨면서 내 소중한 친구 치카의 인생 절정에 귀를 기울였다.

그런데 역시, 조금 부럽다—. 5%쯤 되는 그런 마음을 얼굴에 드러내지 않으려고 애쓰면서.

---

* 일본에서는 반드시 부부가 같은 성을 써야 하므로 결혼하면 한쪽이 성을 바꾼다.
** 일본어 '치카치카'에는 반짝반짝이라는 의미가 있다.

✳

오늘 쇼와당은 저녁부터 내내 마츠야마 치하루 메들리였다.

선곡의 이유는 대단치 않았다. 키리코 씨가 불쑥 "별건 아니지만, 치카(千香)랑 치하루(千春)는 글자 모양이 엄청 비슷하지 않아?"하며 정말 별것 아닌 이야기를 꺼낸 것이 발단이었다. 그래서 그 이후 치하루의 음악을 들으며 치카 이야기로 꽃을 피웠다. 입을 움직이는 사람은 거의 나였지만.

"시골에 계신 치카네 부모님이 원래 엄청 걱정했대요."

카운터 안쪽에서 남아도는 시간을 주체하지 못하고 내가 말하자, 상석에서 평소처럼 나른한 목소리가 날아왔다.

"걱정?"

"곧 서른인데 우리 딸은 아직 결혼 소식이 없다고 걱정하셨대요."

"캇키."

"네?"

"너 마흔에 독신인 나한테 시비 거는 거야?"

"그, 그럴 리가요…. 반대로 치카가 사장님과 저한테 시비 거는 거죠."

말도 안 되는 내 핑계에 키리코 씨는 웃음을 터뜨렸다.

"얘, 남 탓 하지 마."

"에헤헤. 아무튼 치카는 드디어 부모님을 마음 편하게 해드렸다고 안심한 얼굴이었어요."

"그래? 치카답네."

"그렇죠. 외동인 데다 천성이 착한 애니까요."

치카에게 충격적인 고백을 들은 그날 이후 순식간에 열흘이 지났다. 그동안 쇼와당에서는 수시로 치카의 결혼을 주제로 왁자지껄해졌고, 치카는 직접 만든 버터 쿠키를 주러 왔다가 단골손님들에게 놀림을 받고 얼굴이 새빨개졌다.

"조금 통통하고 나이 차이도 꽤 나지만 벤처 기업 사장이에요. 좋겠다. 치카 인기 많아서."

치카가 휴대전화로 보여준 남자친구 사진을 떠올리며 나는 한숨을 쉬었다.

"그래서 구체적으로 그 남자는 연봉이 얼마래?"

"네? 그런 걸 어떻게 물어봐요?"

"나였으면 바로 물어봤을 텐데?"

키리코 씨가 당연하다는 듯 그렇게 말했을 때, 딸랑, 하고 카우벨이 달콤한 소리를 냈다.

"어서 오세요." 내가 말하며 문 쪽을 돌아보았다. 호랑이도 제 말 하면 온다더니 정말이다.

"와아, 저기 행운아가 왔네요."

문틈으로 얼굴을 내민 치카는 "사장님, 안녕하세요" 하며 안쪽 흔들의자를 향해 인사하고 가게 안으로 들어왔다. 키리코 씨는 "그래 애"라고 평소처럼 건성으로 대답했다.

문밖은 어느덧 파인애플 색으로 물든 초저녁이었다. 치카는 생쥐 일러스트가 그려진 티셔츠에 어렴풋한 여름 냄새를 두른 채 카운터석에 조심스레 앉았다.

"오늘은 벌써 메이플 일이 끝났어?"

"어? 응."

치카가 작게 고개를 끄덕이며 미소 지었다.

어라?

보조개가 평소보다 옅은 것 같다.

내가 의아함을 느꼈을 때, 치카는 작게 한숨을 쉬는 듯 보였다.

"캇키, 오늘 단골손님들은?"

"웬일로 아무도 안 와서 조금 한가해."

"그렇구나."

"그래서 사장님이랑 네 얘기 하고 있었어."

"어? 그랬구나…."

치카가 어정쩡하게 미소 지었다.

역시 뭔가 이상하다. 카운터 위에 떨군 시선도 어쩐지 공허해 보였다. 나는 은근슬쩍 치카의 상태를 살피면서 물었다.

"뭐 마실래?"

"아, 아이스커피 마실게."

"알겠습니다."

일부러 공손하게 응대하며 아이스커피를 만드는 내 손을 치카는 한동안 멍하니 바라보았다. 나는 그 시선을 느끼면서도 별다른 말 없이 특별히 더 맛있는 아이스커피를 만들었다.

"여기, 커피 나왔습니다."

"고마워."

평소에는 우유와 시럽을 넣는 치카가 블랙인 채로 빨대를 입에 댔다. 그리고 천천히 고개를 들어 카운터 너머로 나를 보았다.

"쓰지만 블랙도 맛있다."

"응."

눈을 마주친 채 1초, 2초가 지나자, 치카의 표정이 슬로 모션처럼 천천히 일그러졌다.

눈동자가 투명한 눈물로 일렁였다.

"캇키…"

절친한 친구가 갈라진 목소리로 나를 불렀다.

나는 말없이 작게 고개를 끄덕였다.

"나도…, 치유해… 줄 수, 있어…?"

치유해, 라는 말 뒷부분에서 목소리가 떨렸다.

나는 기도하는 마음으로 상석 흔들의자에 눈길을 보냈다.

"자, 오늘은 한가하니까 일찍 닫자. 캇키, 문에 CLOSE 안내판 걸고 와."

나른한 목소리 속에 온기가 가득 담겨 있었다.

＊

결혼사기라니—.

그런 것은 소설이나 드라마에만 존재하는 줄 알았다. 하지만 지금 눈앞에서 나의 절친한 친구가 울고 있다.

"그래서, 얼마나 당한 거야?"

키리코 씨는 담담한 말투로 질문을 거듭하며, 가라앉은 치카의 무거운 입을 노련하게 열었다.

"300만 엔, 이요…"

"그렇게나 많이…"

나는 말하다가 숨이 막혔다.

솔직히 상상 이상의 거액이었다. 치카가 매일, 매일, 작은 양과자점 앞에서 과자 하나하나에 마음을 담고 미소로 팔아서 어렵게 모은 소중한 돈을, 그 뚱뚱한 늙은이가 가로챘다. 창업에 쓸 자금을 마련한다는 핑계로 순진한 치카를 속여서. 돈을 입금하자마자 뚱뚱한 늙은이는 그대로 행방불명되었다. 휴대전화는 먹통이었고, 명함에 적힌 번호는 이미 사용하지 않는 번호였고, 회사는 아예 존재하지 않았다고 한다.

"그래서, 신고는?"

"했어요…."

"하지만 제대로 된 대책은 없었겠지."

치카는 "네…"라고 중얼거리며 고개를 떨구었다.

'이건 전형적이고 흔한 케이스예요. 사실 이런 범인은 전문가라서 거의 못 잡아요.'

치카의 호소를 들은 베테랑 경찰관은 간결하게 그렇게 말했다고 한다.

"그게 무슨 소리야? 경찰도 수사에 전문가 아니었어?"

분에 겨워 나도 모르게 생떼를 썼지만, 반대로 말하면 비전문가인 우리는 아무리 노력해도 뚱뚱한 늙은이를 잡을 수는 없다는 의미였다. 수사 전문가조차 시작하기 전에 포기했을 정도니까.

"나… 어떡하지…."

치카가 나를 보았다. 젖은 뺨에 검은 머리카락 몇 가닥이 붙어 있었다. 그 머리카락들이 귀여운 보조개 부분을 가렸다.

나는 카운터 밖으로 나가서 치카 옆에 앉았다.

지금 내가 할 수 있는 일은 숨죽여 우는 절친의 굽은 등을 진심으로 쓰다듬어 주는 것뿐이었다.

"치카…."

치카의 등은 무척 작고 가냘프고 연약했다. 등을 어루만지는 나까지 가슴이 아려서 눈물이 차올랐다. 그래도 손을 멈추지 않으니, 드디어 치카가 소리 내어 울었다.

"캇키, 나, 이제…." 치카는 울면서 거기까지 말하다가 잠시 숨을 들이마시고 "뭐 때문에 사는 건지… 의미를 모르겠어…" 하며 두 손으로 얼굴을 감쌌다. 그 손 틈으로 흐느껴 우는 소리가 새어 나왔다.

이럴 때 어떤 말을 해줘야 할까? 나는 키리코 씨를 보았다. 그러자 키리코 씨는 태연한 얼굴로 일어나서 상석으로 걸어가더니 오른쪽에만 눈동자가 그려진 다루마가 놓인 선반에서 레코드판을 뒤적였다.

잠시 후, 보스 스피커에서 이국적인 느낌이 물씬 나는 전주가 흘러나왔다.

쿠보타 사키의 '이방인'이었다.

갑자기 시작된 동양풍 음악이 가게 분위기를 180도 바꾸자, 이를 깨달은 치카가 천천히 고개를 들었다.

키리코 씨는 만족스러운 얼굴로 자리에 돌아왔다. 손에는 맥주 세 캔이 들려 있었다. 혼자 다 마실 줄 알았는데 나와 치카 앞에 툭 내려놓았다. 그리고 평소 같은 나른한 말투로 치카에게 이렇게 말했다.

"분명히 말하는데, 애초에 사람 사는 데는 아무 의미도 없어. 아무것도 없는 허허벌판 같은 곳에서 다양한 경험을 하고, 그 경험에 자기 나름대로 의미를 부여하고, 그걸 맛보는 게 인생이잖아. 아니야?"

키리코 씨는 맥주 캔을 땄다.

"자, 이 맥주는 캇키가 쏘는 거야."

나는 반은 울고 반은 웃으며 맥주 캔을 땄다. 내친김에 한 캔을 더 따서 치카에게 내밀었다.

"자. 의도치 않게 내가 쏘게 됐어."

치카도 반은 울고 반은 웃으면서 캔맥주를 받았다.

그때 키리코 씨가 음악에 맞춰 '이방인' 한 소절을 흥얼거렸다.

시간 여행이 마음의 상처를
어째서인지 덮어 가
신기한 길♪

그렇구나. 천하의 키리코 씨도 이미 도주한 전문범을 잡기는 힘들다고 판단한 모양이다. 역시 깊은 마음의 상처는 시간이 치유해주기를 기다리는 수밖에 없다. 특히 이렇게 잔인하게 속았으니 조급해하지 말고 천천히 시간에 몸을 맡겨야 한다.

키리코 씨는 맥주 캔을 우리 쪽으로 들어 올렸다.

나는 거기에 내 캔을 맞췄다. 치카도 똑같이 했다. 테이블 위에서 겹쳐진 세 개의 캔.

이건 결코 '건배'가 아니다. 그럼 이건 뭐라고 해야 할까? 내가 적절한 단어를 찾는데, 키리코 씨가 시원스레 말했다.

"그럼 건배!"

엥? 그건 아니죠!

키리코 씨는 얼빠진 우리를 개의치 않으며 행복하게 꿀꺽거렸다. 이내 힘차게 "캬아" 하더니 우리를 보고 씩 웃었다.

"치카, 너 행복하겠다."

"네?"

그게 무슨 말이지?

나와 치카는 말문이 막혔다.

그러자 키리코 씨가 장난스러운 미소를 띤 채 말을 이었다.

"등을 쓸어주는 친구가 있어서."

응?

당황한 나를 아랑곳하지 않고—.

"네…."

치카가 울먹이며 그렇게 대답하고는 나를 쳐다보았다.

어? 뭐야, 이 전개는? 그만해.

치카는 뺨에 살짝 보조개를 그리며 맥주를 들이켰다.

"공짜 술이 맛있어서 행복하지?"

키리코 씨는 더 장난스러운 얼굴로 웃었다.

"네…."

울음과 웃음이 뒤얽혀 만들어진 치카의 보조개가 훨씬 깊어졌다.

잠깐. 둘이 뭐 하는 거야?

"캇키, 고마워…."

치카가 울먹이며 떨리는 목소리로 말했다. 내가 쏜 맥주가 고맙다
는 말일까? 아니면—.

나는 치카에게 비밀로 한 과거가 많은데….

"어머나, 캇키, 왜 네가 울어? 큰돈을 사기당한 사람은 치카인데?"

"울보네."

키리코 씨와 치카에게 놀림받은 나는 분해서 맥주를 꿀꺽거린 뒤

에 말했다.

"우리 치카를 뚱뚱한 늙은이한테 뺏기지 않은 게 기뻐서요. 이건 기쁨의 눈물이에요."

✳

그 이후 우리는 맥주 캔을 하나씩 더 비웠다.

치카는 처음 왔을 때보다 조금 활기를 되찾은 듯했지만, 문득 뻐꾸기시계를 보고는 우울한 한숨을 흘렸다.

"하아. 이제 돌아가야지…."

"응? 아직 괜찮잖아. 오늘 밤은 좀 마시자."

"캇키가 산대."

나와 키리코 씨가 말리는데도 치카는 자리에서 일어나며 미안한 표정을 지었다.

"이제 집에 가서 전화…해야 해."

"전화? 누구한테?" 키리코 씨가 물었다.

"부모님…한테요. 두 분 다 일찍 주무시거든요."

아. 알려야 하는구나. 이번 일을.

"마음이 좀 진정되고 나서 하면 어때?"

키리코 씨의 말에 치카는 씁쓸하게 미소 지었다.

"부모님이 엄청 기뻐하셨거든요…. 조금이라도 일찍 말씀드려야 충격도 덜하지 않을까 싶어서…."

치카는 자조하듯 웃었지만, 제 마음의 상처보다 부모님의 기분을 우선하는 것이 그녀다웠다.

"그래. 그럼 또 술 생각 나면 언제든지 불러. 그때는 키리코 사장님이 쏘실 거야."

"아하하…. 잘 얻어먹을게요."

"그 대신 너, 범인이 잡혀서 300만 엔을 돌려받으면 새전을 왕창 내야 된다."

키리코 씨가 장난스럽게 말하기에 나도 장단을 맞춰 덧붙였다.

"와아, 결혼사기꾼보다 무서운 사람이 여기 있네!"

우리는 웃었다.

저마다 가슴속에 다양한 생각을 품은 채였지만, 그래도 "아하하" 하며 소리 내어 웃었다.

설사 인생에 웃지 못할 일이 일어난다 해도 사람은 이렇게 별것 아닌 일로 대화하며 웃을 수 있다. 그리고 실제로 웃는 것이 좋다고 나는 진심으로 생각했다.

"그럼 갈게요." 치카는 조금 쓸쓸하게 웃으면서 작게 고개를 숙였다. "정말 감사했습니다."

키리코 씨와 나는 일어나서 같은 종류의 미소를 지으며 손을 흔들었다.

딸랑.

카우벨이 울리고 치카의 가냘픈 등이 문 너머로 사라졌다.

남겨진 키리코 씨와 내 뺨에서 천천히 미소가 사라졌다. 쓸쓸함의 빈껍데기만 내 안에 남은 것처럼 이상한 기분이었다.

키리코 씨가 정신을 다잡듯 내 어깨를 톡 두드렸다.

"캇키, 더 마실래? 오늘은 특별히 내 절친이 운영하는 '스낵바 히바리'에 데려가 줄게."

"네…?"

"그 왜, 덩치 큰 게이 마담이랑 미소녀 바텐더가 있는 특이한 가게 얘기한 적 있잖아."

"아, 네."

역 앞 로터리에서 뒷골목으로 들어가면 나오는 그 바 이야기는 예전 에도 얼핏 들은 적이 있다. 게이 마담의 재치 있는 토크 덕분에 무척 유쾌한 가게라고 한다. 모처럼 초대받았지만 나는 작게 고개를 저었다.

"엄청 가보고 싶지만 오늘은 안 갈래요."

"응? 왜?"

"으음…." 나는 황급히 머리를 굴렸다. 하지만 그런 것치고는 변변 찮은 이유만 떠올랐다. "대여한 비디오 두 편을 오늘 밤까지 봐야 연 체하지 않고 반납할 수 있거든요."

"흐으음."

그렇게 말하면서 키리코 씨는 내 눈을 들여다보았다. 단번에 내 거 짓말을 꿰뚫어 본 것 같았다. 하지만 키리코 씨는 담담하게 말했다.

"그럼 혼자 마시고 와야겠다."

"죄송해요."

"아니, 괜찮아."

키리코 씨는 의미심장하게 씩 웃고는 상석으로 돌아가 지갑이 든 손가방을 챙겼다. "그럼 뒷마무리 잘 부탁해. 야한 비디오 재미있게 즐기고~"라는 말을 툭 던지더니 미련 없이 가게를 떠났다.

문이 닫히자, 벽에 걸린 뻐꾸기시계의 초침 소리가 째깍, 째깍, 째깍

하며 가게 안을 채웠다.

나는 혼자가 되었다.

정적 속에서 천천히 심호흡을 한 번 했다.

드디어 왔다. 이 순간이.

나는 지난 며칠 동안 호시탐탐 기다렸다.

이런 기회를.

나는 카운터 안쪽으로 들어가 찬장 구석에서 충전 중이던 휴대전화를 들었다. 친한 단골손님들에게 단체 메시지를 보냈다.

'안녕하세요. 실은 키리코 사장님 일로 여러분과 급하게 상의할 것이 있습니다. 죄송하지만 지금 쇼와당으로 오실 수 있나요? 갑자기 부탁드려서 정말 죄송합니다. 그래도 꼭 와주시면 좋겠어요.'

"캇키, 무슨 일이야?"

세이스케 씨가 가게에 들이닥친 것은 내가 메시지를 보낸 지 겨우 1분이 지났을 때였다. 이어서 10분 후에는 뉴도 씨가 소리 소문 없이 나타났고, 30분 후에는 료가 오토바이를 타고 의젓하게 등장했다. 솔직히 키라라는 오지 않을 줄 알았는데 "오늘은 가게가 쉬어서" 하며 나타나서 적잖이 감동했다.

나는 카운터석에 나란히 앉은 단골들에게 평소보다 더 맛있는 커피와 코코아를 대접하고 긴히 이야기했다. 그 피 묻은 테디베어 사건부터 8월 8일의 '살인예고'까지.

"저는 아무리 생각해도 그걸 보낸 사람이 사장님의 친구 같지 않아요. 그래서 경찰에 알리자고 몇 번이나 말했어요. 하지만 사장님은 계속 얼버무리기만 해요. 도쿄 타로가 오래된 친구라고요."

"그래. 그래서 키리코 씨가 없을 때 우리한테 이런 얘기를 하는 거구나." 뉴도 씨가 굵직한 두 팔을 엇걸고 말했다.

나는 천천히 고개를 끄덕였다.

"일단 그 피 묻은 테디베어랑 면도날이 든 편지랑 살인 예고장인지 뭔지를 보여줘."

민소매 차림의 세이스케 씨가 말했다. 이렇게 진지한 세이스케 씨는 처음 보는 것 같다.

"그게…, 이것밖에 없어요."

나는 말을 더듬으며 카운터 위에 살인 예고장을 올려놓았다.

"다른 두 개는?" 뉴도 씨가 물었다.

"저는 피가, 무서워서… 못 만져요. 제가 머뭇거리는 사이에 사장님이 처분해 버렸어요. 그나마 이 편지에는 피가 묻지 않았길래 쓰레기통에서 몰래 꺼내서 사장님한테 들키지 않게 보관해 뒀어요."

"그것만으로도 훌륭해."

료가 슬쩍 내 편을 들어주었다.

아무튼 전단지 글자를 잘라 붙인 듯한 살인 예고장을 다 같이 돌려 보았다.

'8월 8일은 키리코의 기일이 된다. 도쿄 타로.'

겨우 열네 글자로 된 선언. 그리고 수상한 보낸 이의 이름. 서체가 전부 제각각이었다.

"일일이 다른 글자를 잘라서 붙이다니, 이 범인 엄청 한가한가 봐."

키라라가 기막히다는 듯 말했다.

"그런데 예고 날짜가 왜 8월 8일이지?"

료가 당연한 의문을 입에 담자, 세이스케 씨가 불쑥 대답했다.

"키리코 씨의 생일이야."

어? 그랬단 말이야? 나는 1년 반 넘게 함께 일했으면서 키리코 씨의 생일조차 몰랐다. 왠지 미안해서 혼자 작게 탄식했다.

그때 키라라가 큰 눈을 더 크게 뜨며 무릎을 탁 쳤다. "앗, 예고한 날짜가 생일이라는 건 범인이 의외로 키리코 씨를 잘 안다는 뜻 아니야?"

듣고 보니 그렇다. 우연히 8월 8일이었다고 보기는 어렵다. 다시 말해 나보다 키리코 씨를 잘 아는 사람이 범인일 수도 있다는 뜻이다.

"도쿄 타로…."

내가 중얼거렸다.

"키리코 씨의 친구라…." 세이스케 씨가 말했다.

"역시 그건 거짓말이겠죠."

료가 시원스레 말하자, 세이스케 씨가 동의했다.

"그렇겠지. 이렇게 웃긴 이름을 가진 사람은 없을 테니까. 그런데 키리코 씨는 왜 그 녀석을 친구라고 한 걸까? 정말 아는 사람이…, 그러니까 범인으로 추측되는 사람이 있는 건가?"

"추측되는 사람이 있다면," 뉴도 씨가 굵은 목소리로 말했다. "그 녀석을 감싸는 걸지도 몰라. 캇키가 설득하는데도 기어이 신고하지 않는 이유는 범인을 감싸고 싶어서 아니겠어?"

"그럴 수 있겠네요. 아니면 범인의 성격을 잘 알아서 절대 해치지 않을 거라고 확신하는 거든가요."

료의 말은 과연 논리적이었다.

"맞아. 그럴 수도 있지."

뉴도 씨가 고개를 끄덕이며 굵은 두 팔을 엇걸었다.

우리는 매우 진지하게 온갖 가능성을 이야기했다. 하지만 아무리 토론해봐도 가설은 가설일 뿐이었고, 결국 상상의 영역을 벗어나지 못했다. 키리코 씨 몰래 슬쩍 경찰에 신고하자는 제안도 나왔다. 하지만 키리코 씨가 정말 누군가를 감싸는 것이라면, 그 행동이 역효과를 낼지도 모르기에 그 제안은 기각되었다. 다 같이 키리코 씨를 추궁하자는 아이디어도 나왔지만, 료가 단박에 일축했다.

"그건 무리예요. 추궁한다고 털어놓을 위인이 아니에요."

"하긴."

"맞는 말이네."

다들 망설임 없이 동의했다.

"예전에는 좀 더 단순한 사람이었는데."

뉴도 씨가 중얼거리자, 세이스케 씨가 "그러게요" 하며 작게 고개를 끄덕였다. 이 둘은 젊은 시절부터 키리코 씨를 봐온 사람들이었다.

"예전에 키리코 씨는 어떤 사람이었어요?"

내가 궁금해서 묻자, 세이스케 씨가 "지금처럼 돈에 집착하지는 않았어" 하며 작게 웃었다. 뉴도 씨는 "조금 더 일반인 같았지" 하며 쓴 웃음을 지었다.

"이런저런 일이 많았으니까요."

"그렇지."

세이스케 씨와 뉴도 씨는 쓸쓸한 목소리로 말하며 고개를 끄덕였다.

"뭐야, 그게. 무슨 소린지 모르겠어~."

키라라가 내 마음을 대변해주었을 때, 료가 뻐꾸기시계를 올려다보며 말했다.

"키리코 사장님이 돌아오면 난처해지는 거 아니야?"

어느새 날짜가 바뀌려는 시간이었다.

료의 말을 신호 삼아 우리는 서둘러 해산했다.

일단 이 밤의 모임을 '총궐기 집회'라고 부르기로 했다. 8월 8일에 개인 일정을 잡지 말고 밤을 새워서라도 키리코 씨를 철통같이 포위해 지키자는 결의를 다 같이 확인했기 때문이다.

이럴 때 가장 믿음직한 사람은 세이스케 씨였다. 그는 귀갓길에 문득 떠올랐다는 듯 이런 제안을 했다.

"아, 맞다. 그날 내 폭주족 후배들을 소집해서 주변을 망보라고 할게."

"오오, 세이스케, 가끔은 쓸모가 있구나."

뉴도 씨가 놀리듯 말했을 때,

뻐꾹~♪

몇 시간 만에 뻐꾸기가 튀어나왔다.

"어? 뻐꾸기도 세이 칭찬한다."

키라라가 말하자, 다 같이 키득거렸다. 웃지 않는 사람은 료뿐이었다.

"정말 이걸로 괜찮을까."

"그럼 다른 방법이 있어?"

뉴도 씨가 역으로 묻자, 료는 입을 다물었다.

"아무튼." 내가 카운터 안쪽에서 단골손님들에게 말했다. "다른 좋은 아이디어가 있으면 서로 단체 메시지를 보내기로 해요."

"오케이. 캇키 말이 맞아. 일단 오늘 밤은 키리코 씨가 돌아오기 전에 해산해야지."

세이스케 씨가 마무리를 지어준 덕분에 그날 밤의 '총궐기 집회'는
끝이 났다.

단골손님들이 돌아간 뒤, 나는 홀로 카운터 안쪽에서 사람들이 사
용한 잔을 씻었다. 키리코 씨가 돌아오기 전에 여느 때처럼 깔끔하게
'마감 정리'를 하고 나도 집으로 돌아가야 했다. 가게 2층에 거주하는
키리코 씨는 외출했다 돌아오면 반드시 가게를 가로질러 상석보다 안
쪽에 있는 계단을 올라간다. 뒷문이 있지만 우편물을 가져올 때 말고
는 거의 쓰지 않는다.

아무튼 지금껏 혼자 끙끙대던 고민을 속 시원히 털어놓은 나는 그
제야 어깨가 조금 가벼워진 것 같았다. 키리코 씨에게는 살짝 미안하
지만….

잔을 다 씻고 카운터 위를 행주로 닦은 뒤 싱크대까지 말끔히 정리
했을 즈음, 갑자기 내 휴대전화가 울렸다.

어? 이 시간에 누구지?

단골손님 중에 누가 뭘 놓고 갔나 하면서 휴대전화를 들었다. 액정
화면에 표시된 이름을 본 순간, 내 가슴에 불길한 예감이 스쳤다.

치카의 이름이 떠 있었다.

나는 한 차례 심호흡하고 전화를 받았다.

"여보세요. 치카?"

"…"

"어? 여보세요?"

대답이, 없다.

"무슨 일이야? 안 들려. 여보세요. 치카?"

가슴속 불길한 예감이 순식간에 증폭되었다.

"뭐야, 치카? 여보세요?"

나는 몇 번이나 치카를 부르다가 문득 입을 다물고 귀를 기울였다.

희미하게 들려왔다. 치카의 숨소리가.

아니, 숨소리보다는 훌쩍이는 소리에 가까웠다.

휴대전화 전파에 문제가 있는 것도, 치카가 다쳐서 말하지 못하는 것도 아니었다. 지금 치카는 자기 의지로 말하지 않는 것이었다.

나는 일단 최악의 상황이 아님을 깨닫고 "하아" 하며 작게 탄식했다. 그리고 속삭이듯 말을 걸었다.

"무슨 일 있었어? 나한테는 들려, 네 숨소리가."

"…."

이 가게를 나서던 치카의 가냘픈 뒷모습이 머릿속에 떠올랐다.

그래. 밤을 혼자 보내야 하니까….

"저기, 치카, 괜찮으면…."

우리 집에 올래? 라고 말하려는데, 드디어 모깃소리 같은 목소리가 들려왔다.

"나…."

"응."

"…."

"괜찮아. 천천히 말해도 돼."

단말기 너머에서 흐느껴 우는 소리가 들려왔다. 나는 입을 다문 채 치카가 이야기해주기를 기다렸다.

"나…, 캇키를 알게 돼서, 좋았어…."

"어…?"

"정말, 즐거웠어…."

"…."

"지금까지, 고마웠어…."

뭐지? 왜 전부 과거형으로 말하는 거지?

"잠, 잠깐만. 치카? 괜찮아?"

나는 갑자기 무서워졌다.

"그 사기꾼이…."

"어? 응."

"우리… 아빠랑, 엄마한테서도…."

치카의 목소리가 순간 떨리더니 울음이 섞여들었다. 설마—.

"돈을…, 빼돌렸어…."

그럴, 수가….

나는 할 말을 잃었다.

"우리 아빠, 병 때문에 몸이 엄청 약해서…." 치카는 흐느껴 울면서도 어찌어찌 이야기를 이어갔다. "안 그래도 치료하느라 돈이 필요한데…, 그런데, 나를, 축하… 해 준다고…."

흐느껴 우는 소리가 오열로 바뀌었다.

나는 치카에게 해줄 말을 찾지 못했다.

"캇키…. 나 더는 못 하겠어. 살 수가, 없어…."

그 순간—.

"안 돼!" 나 자신도 놀랄 만큼 큰소리로 외쳤다.

"네가 사라진다니, 난 싫어! 진짜 싫어!"

내 뺨을 타고 눈물 한 방울이 흘렀다.

"싫어, 치카. 제발, 죽는다는 소리 하지 마."

"이제…, 못 하겠어…."

"할 수 있어. 나를 혼자 남겨두지 마. 시간이 지나면 다 괜찮아질…."

"캇키…."

치카는 아주 작고 떨리는 목소리로 나를 불렀다.

"…."

나는 대답하지 못한 채 그저 숨을 들이쉬고 내쉬었다.

"이제, 지쳤어…."

"뭐…."

"캇키…."

"…."

"안녕…."

내가 무슨 말을 하려고 한 순간, 뚝 하고 통화 끊기는 소리가 났다.

어….

장난, 이지?

뚝, 하는 소리가 내 머릿속 회선까지 끊어버린 듯했다. 갑자기 눈앞이 새하얘져서 아무것도 생각할 수 없었다. 그런데도 가슴은 몹시 애달프고 쓰리고 쿵쾅거려서, 어쩔 노리가 없었다.

진정해. 진정하라고.

새하얘진 머릿속 한쪽에서 내 목소리가 들렸다.

나는 한 차례 심호흡한 뒤 자문자답을 시작했다.

어떤 행동을 해야 할까? 지금 당장 치카네 집에 가야 하나? 가는데 몇 분이나 걸리지? 제때 도착할 수 있을까? 시간이 없다면, 지금 다시 전화를 걸어서 설득해야 하나? 내가 설득할 수 있을까? 아, 아니다. 경찰에 신고하는 게 먼저인가. 하지만 경찰은 사건이 일어나기 전에는 움직이지 않는다고 누가 그러지 않았던가?

그때, 가장 믿음직한 사람의 얼굴이 내 뇌리에 떠올랐다.

키리코 씨!

나는 거의 반사적으로 키리코 씨의 번호로 전화를 걸었다.

'스낵바 히바리'는 지하에 있다고 들었다.

그래도, 제발, 연결되기를—.

뚜르르, 하고 연결음이 한 번. 두 번. 세 번.

"뭐야아, 이 늦은 시간에에."

바, 받았다!

"사, 사장님!"

"아, 알겠다. 역시 너도 마시고 싶었구나. 으하하하."

혀 꼬인 발음이다. 이미 알딸딸하게 취한 모양이다.

그런데도 나는 키리코 씨에게 매달릴 수밖에 없었다.

"사장님, 진지하게 들어주세요. 치카가요, 방금, 치카한테 전화가 왔어요. 그런데—."

"으하하. 얘 말 빠른 것 좀 봐. 진정해애."

그래. 진정하자.

"그게 그러니까, 방금, 치카한테 전화가 왔어요. 그런데 자살할 것처럼 말해요. 제가 어떻게든 설득하려고 했는데—."

"뭐~? 왜 자살해~?"

"그게, 순서대로 설명할게요."

나는 머릿속이 새하얀 채로, 술 취한 키리코 씨에게 열심히 상황을 설명했다. 그렇게 겨우겨우 일련의 흐름을 전했건만, 키리코 씨의 반응은 담백하기 그지없었다.

"흐으음. 그래서?"

"그래서라니요…? 전 치카를 돕고 싶어요."

"곤마마~, 똑같은 걸로 한 잔 더."

자기 너무 마시는 거 아냐? 라고 단말기 너머로 굵직한 게이 목소리가 들려왔다.

"저, 저기요, 사장님. 듣고 계세요?"

"캬아, 듣고말고오."

"사장님, 제발 부탁드려요. 치카가 죽으면 전 정말 어떻게 해야 할지…. 정말, 저 더는…."

나는 거기까지 말하다가 이유도 모른 채 왈칵 눈물을 터뜨렸다. 치카 때문에 슬퍼서일까, 무력한 내가 한심해서일까, 중요한 순간에 만취한 키리코 씨에게 성이 나서일까, 아니면 그 모든 것 때문일까. 아마 이 모든 게 이유겠지, 라고 생각한 찰나, 키리코 씨가 입을 열었다.

"그러며언, 으음, 네가 치카한테 전화해서 이렇게 말해~."

"네? 뭐, 뭐라고 할까요?"

단말기 너머에서 홀짝홀짝 술 마시는 소리가 나고 딸꾹거리는 소리까지 들린 뒤, 키리코 씨의 말이 이어졌다.

"으음, 죽을 때 죽더라도, 마지막으로 절친의 부탁 하나만 들어달라고 해. 그리고 내일 아침까지 버터 쿠키를 최대한 많이 구워달라고 해. 딸꾹…. 그러고서 내일 아침에 갓 구운 쿠키를 가지러 간다고, 그걸, 딸꾹…, 우리 가게에서 쓸 거라고 해애."

"알, 알겠어요. 그런 다음에는 어떻게 해요?"

"그 약속만 받아내면 그다음은 내버려둬도 돼. 으하하. 그럼 안녕~."

또다시 뚝, 하고 차가운 소리가 났다.

"어? 잠, 잠깐만요, 사장님!"

대답은 없었다. 당연하다. 전화가 끊겼으니까.

아아, 어쩌지. 키리코 씨에게 다시 전화하는 것이 나을까.

내 머리는 계속해서 새하얀 패닉 상태로 되돌아갔다.

안 돼. 침착해지자. 심호흡을 하자.

나는 호흡이 떨리는 상태로 허파 가득히 커피 향이 밴 공기를 빨아들인 뒤, 천천히, 천천히 뱉었다.

할 일을 정리해야 한다.

내가 맨 처음 해야 할 일은….

그렇다. 지금까지 수많은 난제를 해결해 온 키리코 씨의 지시를 믿는 것이다. 나 자신도 지금 이렇게 여기에 살고 있으니까.

신이시여….

나는 카운터 안쪽에서 감실을 향해 합장했다.

잘 부탁드립니다. 새전은 나중에 넉넉히 헌납할게요.

손에 들고 있던 휴대전화를 꼭 쥐었다.

그리고 기도하는 심정으로 치카에게 다시 전화를 걸었다.

뚜르르, 하고 통화 연결음이 울렸다.

제발. 치카.

이 전화 받아.

하지만 통화 연결음이 열 번 울리고는 자동 응답기로 연결되었다. 나는 일단 전화를 끊었다가 거듭 걸었다. 통화 연결음이 울렸다. 하지만 치카는 받지 않았다. 설마…. 내 심장은 밖에서 누가 두드리나 싶을 정도로 격렬하게 뛰었다. 또다시 전화를 걸었고, 자동 응답기로 연결되었다. 전화를 끊었다. 포기하지 않고 다시 걸었다. 뚜르르…. 차가운 통화 연결음이 울렸다. 뚜르르, 두 번째. 뚜르르, 세 번째. 뚜르르, 네 번째.

제발. 치카….

순간 통화 연결음이 멈췄다.

어? 받았나?

"여…, 여보세요. 치카?"

"…."

대답이 없었다. 조금 전과 마찬가지다. 휴대전화 스피커에서 희미한 숨소리만 들려왔다.

"나야, 캇키."

그 숨소리가 갑자기 멀어진 느낌이었다.

"앗, 잠깐 기다려! 끊지 마! 마지막으로 부탁이 있어!"

"…."

천천히 치카의 숨소리가 돌아왔다.

다행이다. 끊기지 않았다. 침착해지자.

"딱 하나만 부탁할게. 절친으로서 너한테 하는 진짜 마지막 부탁이야."

"뭐…?"

겨우 들릴 만한 목소리로 치카가 대답했다.

"으음, 아, 내일 아침까지 버터 쿠키를 최대한 많이 구워줘."

"…."

"그래서…, 음, 네가 구워준 쿠키를 우리 가게에서 손님들한테 주려고."

"…."

"으음…. 그, 그게, 다야…."

"…."

"아, 그리고 네가 구운 쿠키를 내일 아침에 내가 가지러 갈게."

"…."

"마지막 부탁이야. 정말이야. 그게 내…."

"…그게 다야?"

치카가 발화한 네 글자. 갈라지고 연약한 소리였지만, 그래도 대답
해줬다.

"응. 그게 다야. 이걸로 끝이니까, 제발, 부탁해."

한동안 치카는 말이 없었다. 하지만 이 침묵은 조금 전의 침묵과는
무게감이 조금 달랐다.

나는 한 번 더 기도하는 심정으로 말했다.

"치카, 절친으로서 진짜 부탁해. 마지막의 마지막 부탁이야."

그러자 치카는 "응…"이라고 모깃소리로 말한 뒤 살며시 전화를 끊
었다.

뚝.

매정한 소리를 듣자, 내 긴장도 끊겼다.

아주, 아주 깊은 한숨이 가슴속 가장 깊은 곳에서 새어 나오는 것 같았다.

키리코 씨, 이걸로 된 거죠?

정말 이렇게만 해도 괜찮은 거죠?

나는 양손으로 휴대전화를 쥔 채 한동안 멍하니 서 있었다.

아직도 심장이 두근거려서 귀 안쪽에서 맥박이 느껴졌다.

하지만 희한하게도 눈물은 멎었다.

그 이후 나는 키리코 씨가 애용하는 흔들의자에 앉아서 뜬눈으로 밤을 꼬박 새웠다.

평소 같았으면 예상치 못한 순간에 튀어나왔을 뻐꾸기시계 속 뻐꾸기도 이런 날은 꼭 얌전하다.

이런저런 생각을 하던 나는 혼자 불안에 떨어봤자라고 나 자신을 타이르며 전에 읽다 만 문고본을 펼쳤지만, 시선은 페이지 위를 미끄러질 뿐, 내용이 전혀 머릿속에 들어오지 않았다.

하아….

치카는 지금쯤 버터 쿠키를 굽고 있을까?

그새 나쁜 마음을 먹지는 않았겠지? 약속했으니까.

그 사기꾼이 치카네 부모님까지 속였다니. 개자식. 그 얼마나 쓰레기 같은 놈인가. 지옥에나 떨어져라. 지금 당장.

문고본을 펼친 채 마음속으로 악담을 퍼부어 보았다.

책을 덮고 카운터 한쪽에 놓았다.

그러면서 뻐꾸기시계를 보았다.

시곗바늘이 오전 네 시 반을 지나고 있었다.

이제 아침이구나. 그렇게 생각하며 별 뜻 없이 가게의 작은 창문 밖을 보았다. 유독 갑갑하던 밤이 어느새 밝아서 긴난상점가는 옅은 레몬색 아침 햇살에 휩싸였다.

꿈속 풍경 같다.

지난밤 일이 전부 꿈이었다면 좋았을 텐데.

하아…. 나는 하룻밤 사이에 몇 번이나 쉬었는지 모를 한숨을 뱉었다.

그때—.

딸랑.

카우벨이 울리고, 가게 문이 밖에서 천천히 열렸다.

신선한 레몬색 햇살이 실내로 확 밀려들었다.

나는 부신 눈을 가늘게 뜨고 문 쪽을 쳐다보았다. 네모나게 잘린 역광 속에 허리가 잘록한 실루엣이 서 있었다.

나는 거의 반사적으로 흔들의자에서 일어났다.

"와아, 캇키, 오랜마안~."

성스러운 빛 속에서 술에 취해 비틀거리는 키리코 씨가 손으로 V를 그리며 내게 흔들었다.

귀에 익은 나른한 목소리. 갑자기 콧속이 저릿하고 또다시 눈물이 터질 뻔했지만, 심호흡하며 간신히 참았다. 나는 이렇게 치카를 걱정하는데 아침까지 태연하게 술을 마시고 돌아온 키리코 씨에게 싫은 소리 한마디는 하고 싶었다.

그렇게 생각하며 내가 입을 열려는데—.

"얘, 캇키, 그렇게 울 것 같은 얼굴 하지 말고 얼른 전화로 단골들 깨워서 집합시켜어."

키리코 씨는 씩 웃으며 말하고는 비틀거린다고 하기도 뭐하고 골반을 흔든다고 하기도 뭐한 걸음걸이로 내 앞에 왔다.

"이번 일 끝나면 네가 새전 내는 거다?"

어째서인지 키리코 씨가 내 머리를 쓰다듬었다.

아아, 이제 한계다.

"이런 시간에 사람들을… 부르라고요?"

나는 눈물을 터뜨리며 물었다.

"당연하지정맥류~."

키리코 씨는 70년대에 유행했을 법한 개그를 유쾌하게 던지고 말을 이었다.

"자, 얼른. 절친의 목숨이 달렸잖아? 단골들도 일찍 일어나는 것 정도는 감수해야지. 으하하하."

나는 단골들에게 일일이 전화를 걸어 정말 죄송하다고 굽실굽실 사과하면서, 치카에게 일어난 일을 설명했다.

그리하여, 키리코 씨에게는 비밀이지만, 우리는 '긴급소집'을 하룻밤에 두 번이나 하게 되었다.

직업 특성상 원래 일찍 일어나는 화과자점 사장 세이스케 씨는 3분 만에 날아왔고, 잠이 덜 깬 눈으로 나타난 뉴도 씨는 늘 착용하는 목걸이를 깜빡하면서까지 급히 달려와 주었다. 저녁형 인간인 키라라는 "방금 씻고 와서 노 메이크업이야" 하며 뾰로통하게 웃는 얼굴로 가게에 들어왔지만, 민낯이 오히려 몇 배나 예뻐서 놀라웠다.

아쉽게도 료는 전화를 받지 않았다. 그래서 일단 부재중 메시지로 상황을 설명해 놓았다.

"좋아아. 그럼 다 같이 치카네 집에 쳐들어간다!"

술 냄새 나는 키리코 씨의 목소리를 신호 삼아, 우리는 여름 새벽 거리로 우르르 몰려나갔다.

*

치카가 사는 원룸 아파트는 역사를 빠져나와서 남쪽 출구를 지나 남서쪽으로 조금 걸어가면 나온다.

나는 1층 입구에서 긴장하며 '303'을 인터폰으로 호출했다.

받아. 제발. 치카. 살아 있어…. 나는 숨 쉬는 것마저 잊고 인터폰 스피커를 응시했다.

"네…."

가냘픈 치카의 목소리가 들렸다.

나는 안심한 나머지 주저앉을 뻔하며 대답했다.

"나야, 캇키. 약속대로 쿠키를 가지러 왔어."

대답은 없었지만, 자동문 잠금이 풀리는 찰칵 소리가 났다.

우리는 엘리베이터를 타고 3층으로 올라간 다음 치카의 집 앞에서 또다시 인터폰을 눌렀다.

곧 안쪽에서 문이 살짝 열렸다.

그 순간 키리코 씨가 문손잡이를 쥐고 힘껏 열어젖혔다.

"으하하. 치카, 안녕~."

"어?"

치카는 단골손님들의 면면을 보고 얼이 빠졌다. 키리코 씨는 개의 치 않고 치카의 어깨를 억지로 끌어안으며 함께 집에 들어갔다. 우리도 신발을 벗고 두 사람 뒤를 쫓았다.

집 안이 짙고 달콤한 버터 쿠키 냄새로 가득했다.

"잠깐…, 캇키?"

어깨를 끌어안긴 채 돌아보는 치카에게 나는 양손을 모으며 미안하다는 자세를 취해 보였다.

치카는 밤새 울었는지 눈이 퉁퉁 부었지만, 내가 속으로 상상하던 '죽을 것 같은 얼굴'은 아니었다.

"음, 냄새 좋다."

치카의 어깨를 끌어안은 키리코 씨가 자그마한 부엌에 섰다. 싱크대 옆 작업 공간에는 쿠키가 이미 30개쯤 완성되어 있었다. 그리고 지금도 오븐 안에서 다음번 쿠키가 구워지고 있었다.

"그럼 캇키랑 치카는 버터 쿠키에 어울리는 맛있는 홍차를 만들어 줘. 다른 사람들은 테이블에서 대기."

키리코 씨는 치카를 놓아주고 비틀거리며 안쪽으로 들어가서 작은 테이블 앞에 떡하니 책상다리로 앉았다. 뉴도 씨, 세이스케 씨, 키라라도 따라 앉았다.

나와 치카만 부엌에 남겨졌다.

"캇키, 이게…."

치카가 내게만 들리는 목소리로 말했다.

"미안해. 사장님이 마구 밀어붙여서…."

"거기, 속닥속닥하지 말고 얼른 홍차나 타."

테이블에 턱을 괸 키리코 씨에게서 재촉하는 목소리가 날아왔다.

"엄청 맛있는 냄새가 나. 나도 얼른 쿠키 먹고 싶어어."

천진난만한 키라라의 말에 치카는 조금 독기 빠진 표정을 지었다.

"미안. 이왕 이렇게 됐으니 일단 홍차를 만들자."

"정말, 뭐야, 이 전개."

치카는 불평을 흘리면서도 울어서 부은 눈을 살짝 가늘게 떴다. 쓴웃음이었다. 쓴웃음이어도 웃음은 웃음이다. 양쪽 뺨에 작지만 또렷한 보조개도 생겼다.

우리는 주전자로 물을 끓이고 쇼와당에서 가져온 찻잎으로 홍차 몇 인분을 우렸다. 그동안 아무 말도 하지 않았다. 하지만 옆에 서서 같이 작업하는 것만으로도 따스한 공기를 공유하는 느낌이었다.

찻잔 수가 부족해서 물컵까지 꺼내 쓴 다음, 나는 홍차 여섯 잔을 쟁반에 올리고 테이블로 가져갔다. 뒤이어 치카가 갓 구운 버터 쿠키를 가져와 주었다.

"우아, 진짜 맛있겠다."

세이스케 씨가 침을 꿀꺽 삼켰다.

"자 그럼, 치카가 인생 마지막으로 구운 특제 버터 쿠키를 다 같이 먹어보십시다아." 여전히 만취 상태인 키리코 씨가 "잘 먹겠습니다아" 했다.

그러자 다들 입을 모아 "잘 먹겠습니다아" 하며 웃었다.

바삭 바삭 바삭…. 치카를 제외한 나머지 사람들은 사양의 '사' 자도 모르는 것처럼 쿠키를 먹어치웠다.

"으하하. 거참, 역시 갓 구운 쿠키는 맛있군."

뉴도 씨가 행복하게 눈웃음 지었다.

"맛있어! 버터가 듬뿍 들어서 너무 맛있잖아!"

키라라는 벌써 두 번째 쿠키를 씹고 있었다.

"음, 되게 맛있다, 이거. 상품화하면 좋겠는데."

세이스케 씨는 화과자점 사장답게 말했다.

그러자 키리코 씨가 바로 받아쳤다.

"이미 상품이야. 쇼와당의 상품. 그러니까 다들 나중에 제대로 돈 내."

그 한마디에 다들 손이 우뚝 멈췄다.

집 안 공기마저 얼어붙은 듯했다.

키리코 씨의 입에서 '돈'이라는 단어가 나온 탓에 단골손님들은 바가지를 쓸까 봐 벌벌 떨었다.

"으, 으음, 방금 그 말, 농담…이죠?"

세이스케 씨가 먹다 만 쿠키를 들고 더듬더듬 물었다.

뉴도 씨도 몹시 진지한 얼굴로 키리코 씨를 응시했다.

그러자 키리코 씨는 쿠키 하나를 집어 들고 말했다.

"장난이지롱~."

"…"

집 안에 말로 형용할 수 없는 정적이 내려앉았다.

지나친 썰렁함과 깊은 안도감으로 모두 굳어 버렸다.

그때 피식 웃는 작은 소리가 터져 나왔다.

나는 바로 옆을 돌아보았다.

거기에는 익숙한 보조개가 피어 있었다.

"으하하. 치카 웃었다." 술 취한 키리코 씨는 한껏 들떠서 홍차를 홀짝이다가 내게 말했다. "치카가 만든 버터 쿠키, 역시 맛있다."

키리코 씨가 웃자, 왠지 내가 칭찬받은 것 같아서 "네, 최고예요"라고 대답했다. 그러자 또다시 콧속이 저릿저릿했다.

나는 한 번 더 옆을 보았다.

방금 본 보조개는 사라졌다.

그 대신 치카의 눈에서 투명한 눈물이 흔들렸다.

그 젖은 눈이 이쪽을 향하자, 내 시선과 맞닿았다.

치카가, 살아 있다.

나는 치카가 '그저 여기 평범하게 살아 있다'는 아주아주 단순한 사실에 감동하는 나 자신을 발견했다.

살아 있으면, 눈물이 나온다. 버터 쿠키도 구울 수 있다.

그것도 하나가 아니라—.

"이렇게… 많이, 구워줘서…." 내 입술은 머리가 아니라 마음에 지배당하듯 제멋대로 움직였다. "나와 한 약속, 지켜줘서…, 치카, 고마워."

말하다가 눈물이 터졌다. 마지막에 뱉은 "고마워"는 목소리가 떨려서 무슨 말인지 알아듣기 힘들 정도였다.

치카는 고개를 작게 가로저었다.

그리고 반은 울고 반은 웃는 보조개를 내게 보여주었다.

"아하하. 밤새 울었는데 아직도 눈물이 나오네…. 눈물은 안 마르나…."

마르지 않는다. 살아 있는 한.

나는 그런 생각을 하면서 그저 아이처럼 훌쩍였다.

단골손님들은 빙그레 웃으며 그런 우리를 지켜보다가 제각기 "치카, 맛있어. 고마워" "우리 가게가 화과자점만 아니었으면 직원으로 고용했을 거야. 고마워" "맞아, 고맙다"라고 짧은 감사 인사를 전했다.

키리코 씨는 혼자 만족스러운 얼굴로 쿠키와 홍차를 즐기다가, 불현듯 일어나서 서슴없이 부엌으로 걸어갔다.

설마 이 타이밍에⋯. 그런 생각과 동시에 냉장고가 탕 닫히는 소리가 났다.

역시. 또 남의 집 맥주를⋯.

"잠, 잠깐만요, 사장님."

태연하게 맥주를 들고 테이블에 자리 잡는 키리코 씨를 말리려는데, 상대가 선수를 쳤다.

"뭐 어때? 빡빡하게 굴지 마. 자, 치카의 미소에 건배해야지. 그렇지, 치카?"

"아하하. 네⋯."

갑자기 동의를 요구받은 치카는 평소와 똑같이 귀여운 보조개를 만들며 반은 울고 반은 웃었다.

키리코 씨는 그런 치카에게 조금 장난스럽게 물었다.

"그래서 치카, 이런 상황에도 여전히 죽을 마음이 샘솟아?"

나와 세이스케 씨, 키라라, 뉴도 씨는 확신을 품은 눈동자로 조용히 치카를 바라보았다. 그러자—,

땅!

부엌에서 오븐 소리가 들려왔다. 새 쿠키가 다 구워진 모양이다.

"마음 접었어요, 이미."

치카는 뺨에 눈물을 떨구며 쑥스러운 미소로 그렇게 말했다.

다행이다. 죽겠다는 마음 따위 접었구나.

나는 진심으로 가슴이 벅차서 쿠키를 입안 가득 넣었다. 눈물의 짠맛이 조금 섞였지만, 충분하고도 남을 만큼 맛있는 쿠키였다.

모처럼 치카가 죽지 않겠다는 선언을 했는데, 키리코 씨가 산통 깨는 소리를 했다. "뭐야아, 죽을 마음을 왜 접어? 이유가 뭔데?"

짓궂은 질문이다. 키리코 씨는 일부러 짓궂은 표정을 지었다. 하지만 치카는 전혀 개의치 않는 듯 묘하게 후련한 얼굴로 대답했다.

"왜냐하면…. 뭔가 바보 같아서요…."

그러자 키리코 씨가 웃음을 터뜨렸다.

"으하하하. 그렇지? 죽는 것도 사는 것도 결국 바보 같고 우스운 거야."

키리코 씨는 순식간에 맥주 캔을 비우고 일어나서 또다시 불안한 걸음걸이로 부엌에 갔다.

"한 캔 더 마시면서 치카를 위해 다시 건배하자!"

다시 건배한다고? 아직 한 번도 건배하지 않았는데?

키리코 씨의 무례한 행동거지에 모두 혀를 내두르던 그때—.

"예에!"

홀로 키리코 씨에게 장단을 맞추며 주먹을 치켜드는 사람이 있었다.

"사장님, 제 맥주도 가져와 주세요." 말하면서 들어 올린 주먹을 내리며, 치카는 귀여운 보조개를 만들었다.

✳

치카네 아파트 입구로 나와보니 아침 해가 완전히 얼굴을 내밀고 있어서 우리는 부신 눈을 가늘게 떴다.

오늘은 7월 7일 칠석이다.

장마가 잠시 멈춘 무척이나 상쾌한 아침이다.

우리는 수면 부족으로 묘하게 기분이 고양된 채 역을 향해 걸었다.

작은 공원 앞 보도를 지날 때, 문득 키라라가 푸른 하늘을 기분 좋게 올려다보았다.

"들어봐. 매미가 울어."

정말이다. 유지매미다. 공원 수목이 아니라 조금 더 먼 곳에서 우는 것 같다.

"올해 첫 매미군. 저놈들은 말이야, 힘들게 지상에 나와서 성충이 되고는 겨우 일주일 만에 죽어."

뉴도 씨의 목소리가 매우 의미심장하게 울려서 다들 잠시 입을 다물고 저 멀리 들려오는 매미 소리에 귀를 기울이며 천천히 걸었다. 왜 천천히 걸었냐 하면, 당연히 키리코 씨가 갈지자로 다녔기 때문이다.

나는 취한 키리코 씨에게 어깨를 빌려주면서 어젯밤부터 궁금했던 것을 물어보았다.

"사장님, 왜 치카가 버터 쿠키를 굽게 하셨어요?"

그러자 키리코 씨는 "으하하~" 웃으면서 혀 꼬인 말투로 대답했다.

"인간은 말이야, 다른 사람에게 '고맙다'는 말을 듣기 위해서 사는 거야. 그러니까아, 딸꾹…. 다른 사람에게 도움을 주고, 상대가 기뻐하면, 그 사람은 사명을 다한 거야. 사명을 다했을 때 사람은 자동으로 행복해지거든~."

키리코 씨는 거기까지 말하고 또다시 "으하하" 하며 바보처럼 웃었다. 그리고 내 귓가에 속삭이듯 말했다.

"행복을 느끼면서 죽을 수는 없잖아?"

술 냄새가 난다…. 하지만 시사하는 바가 큰, 멋진 사고 방식 같았다.

"그렇구나…. 그래서 다 같이 쿠키를 먹고 '고맙다'고 말하라고 하신 거군요."

"으하하하. 하지만 뭐, 그래도 마음의 상처는 시간이 치유해주기를 기다리는 수밖에 없어."

매미 울음소리가 점점 멀어졌다.

나는 문득 키리코 씨가 흥얼거리던 '이방인'의 한 소절을 떠올렸다.

시간 여행이 마음의 상처를
어째서인지 덮어 가
신기한 길♪

"있잖아요, 사장님."

"으웅~?"

나는 진심으로 생각했다. 이 술주정뱅이도 인생의 사명을 다했으면 좋겠다고.

"제 친구를 구해주셔서 감사합니다."

"으하하하." 공술로 만취한 치유사는 과연 사명을 다해서 행복한 듯 웃었다. 그런데 불쑥 의미심장한 말을 중얼거렸다. "나는 내 친구를 구하지 못했지마안."

"네?"

"나 뭐래니~."

얼버무리는 키리코 씨에게 되물었다.

"사장님의 친구요?"

"으하하. 농담이야."

이 사람의 말은 어디까지가 농담이고 어디까지가 사실인지 늘 헷갈린다. 하지만 콧노래로 '이방인'을 부르는 키리코 씨는 어쩐지 과하리만치 행복해 보였다.

멀리서 매미 소리가 그쳤다.

나는 문득 떠올라서 말했다. "그러고 보니 이번에는 무료 봉사였네요."

그러자 갑자기 내 어깨에서 키리코 씨의 무게가 사라졌다.

"윽, 천하의 내가 이런 실수를! 당장 치카네 집으로 돌아간다!"

갑자기 정신이 번쩍 든 키리코 씨는 뒤돌아서 혼자 걸어 나갔다. 갈지자로 빠르게 걷는 매우 위험한 걸음걸이로.

"으아, 안 돼요, 사장님. 여러분도 말리는 것 좀 도와주세요."

"하아…."

"정말 못 말린다니까."

버둥거리는 술주정뱅이를 뉴도 씨와 세이스케 씨가 붙잡아서 뒤로 돌리고 그대로 등을 밀며 우리가 사랑하는 쇼와당으로 데려갔다.

그런데—.

신선한 아침 햇살을 뒤집어쓴 가게 앞에 섰을 때, 우리는 얼어붙었다. 가게 창문에 빨간 글자로 한가득 낙서가 되어 있었다.

'한 달 뒤.'

그저 그렇게만 적혀 있었다.

한 달 뒤면….

8월 8일이다.

제6장

행복해지고픈 마음이 있다면
내일을 찾는 건 아주 간단해.

힘을 내 / 타케우치 마리야

제6장

딸랑.

귀에 익은 카우벨 소리가 평소보다 딱딱하게 울렸다.

내 가슴속에 이물질처럼 불쾌한 열이 가득 찼다.

가게 문이 주저하듯 천천히 열렸다.

왔다. 드디어.

그 남자가—.

세련된 푸른색 여름 정장에 귀갑테 안경. 나이는 나보다 세 살 많다.

등 뒤로 문을 닫은 남자는 쇼와당 안을 빙 둘러보았다.

그 시선이 나를 붙들었다.

순간 내가 느낀 것은 불안도 혐오도 그리움도 아닌, 뚜렷한 공포였다.

"테루미…."

남자가 카운터 안쪽에 있는 내 이름을 입에 올렸다.

아이스커피용 잔을 든 채 뱀과 눈이 마주친 개구리처럼 굳어버린 나를 슬쩍 돌아본 키리코 씨가 남자에게 요염한 미소를 던졌다.

"어서 오세요, 캇키의 남편분."

그 말에 카운터석에 나란히 앉은 단골손님들이 일제히 문 쪽을 돌아보았다.

"보다시피 카운터석은 예약이 꽉 찼어요. 자, 저쪽 자리로 가세요."

키리코 씨는 감실 옆 테이블 자리를 오른손으로 가리켰다.

그 남자, 다시 말해 법적으로 내 배우자인 그 남자는 한순간 감실과 새전함을 의심스럽게 쳐다본 뒤 불안한 기색으로 의자에 앉았다. 그리고 또다시 나에게 시선을 보냈다.

"캇키, 괜찮아?"

카운터에 앉은 키라라가 걱정스러운 목소리로 물었다.

나는 "응" 하며 고개를 끄덕이고 미소를 지으려고 했다. 하지만 굳어버린 얼굴 근육은 마음처럼 움직여 주지 않았다.

＊

한 시간 전―.

정기 휴일인 목요일인데도 카운터에는 익숙한 얼굴들이 줄줄이 앉아 있었다. 상석 흔들의자에는 키리코 씨가 있었다. 평소와 다름없는 느긋한 모습으로.

끼익, 끼익….

나는 신선한 원두 냄새 속에서 일정한 박자로 반복되는 소리를 들으면서 마음을 가다듬으려고 심호흡했다.

카운터 너머에 마주 앉은 뉴도 씨, 세이스케 씨, 료, 키라라. 모두 "이제 진실을 고백할게요"라고 선언한 내 입술을 가만히 응시했다.

끼익, 끼익….

상석을 보았다. 키리코 씨는 나를 보며 작게 고개를 끄덕여 주었다.

좋아. 말하자. 나는 한 번 더 깊이 숨을 들이마시고, 그 숨을 뱉으며 목소리를 실었다.

"저…, 사실은 기혼이에요."

목소리가 조금 떨리고 말았다.

말이 끝나자마자 "세상에"라고 말한 사람은 두 손으로 입을 가린 키라라였다. 남자들의 얼굴에는 '?'라고 적혀 있었다. 나는 이어서 말했다.

"저는 원래 칸사이에 살았어요. 그런데 남편의 가정 폭력을 견디지 못하고…, 집을 뛰쳐나와서…. 어떤 사람의 소개로 여기에 왔고, 그때부터 키리코 사장님이 계속 저를 숨겨 주고 계세요."

끼익, 끼익….

이번에는 키라라도 아무 말이 없었다. 가게 안에 조금 무거운 침묵이 내려앉았고, 나는 무심코 상석을 보았다.

키리코 씨는 손님들 쪽으로 턱을 까닥였다. 계속 말하라고 재촉하는 것 같았다.

"으음…, 그 남편이, 이제 곧, 여기에 올 거예요."

단골손님들의 표정이 망상에서 벗어나 현실로 돌아왔다.

"그 말은… 그러니까, 은신처를 들켰다는 거야?"

굵고 믿음직한 목소리를 낸 사람은 뉴도 씨였다.

"아니에요. 저랑 남편 사이를 중재해주던 분을 통해서 제 위치를 알려줬어요."

"왜 알려줬어?" 료가 물었다.

"남편이 드디어 도장 찍은 이혼 서류를 보내면서 마지막으로 만나서 대화하고 싶다고 했거든요. 그래서 종지부를 찍을 겸 만나 보려고⋯."

"그렇구나. 그런데 지내는 곳을 알려주는 대신 다른 장소에서 만나는 방법도 있지 않았어?"

세이스케 씨의 질문은 타당했다.

"저도 처음에는 그러려고 했어요. 그런데⋯."

거기까지 말했을 때, 상석에서 나른한 목소리가 날아들었다.

"내가 제안했어. 여기서 만나라고."

단골손님들이 일제히 상석을 돌아보았다.

끼익, 끼익⋯. 천천히 의자를 흔들면서 키리코 씨가 말을 이었다.

"여기는 캇키의 집이니까 응원단까지 갖춰지면 밖에서 만나는 것보다 훨씬 든든하지 않겠어?"

"응? 난 여자인데 응원단이에요?"

키라라가 눈썹을 팔자로 만들며 자신의 코를 가리켰다. 인조 속눈썹과 아이섀도로 단장한 눈은 웃고 있었다.

"치어걸이라고 해줬으면 좋겠어?"

뉴도 씨가 놀리듯 말하자, 갑자기 분위기가 부드러워졌다. 사람들의 눈에도 작은 웃음이 담겼다.

"그나저나 캇키가 기혼이었다니 정말 놀랐어."

민소매를 입은 세이스케 씨가 근육질인 두 팔을 엇걸었다.

"나도 놀랐어. 그런데 지금껏 우리한테 비밀로 했다니, 캇키 매정하네."

키라라가 옆을 보며 카운터석에 나란히 앉은 이들에게 동의를 구하듯 말했다.

"맞아. 우리한테도 진작 말해주지."

세이스케 씨가 그렇게 말했을 때, 상석에서 딴지가 날아왔다.

"너희한테 말하면 뭐 득 될 거라도 있어?"

끼익, 끼익….

"듣고 보니 없네, 득 될 게."

료가 너무나 쿨하게 말하자, 다들 쓴웃음을 지었다. 하지만 씁쓸해서가 아니라 우스워서 무심코 터뜨린 것 같은 가벼운 웃음이었다.

"저기…, 여러분." 나는 카운터 안쪽에 곧게 서서 단골손님들의 얼굴을 차례로 바라보았다. 그리고 "지금껏 비밀로 해서 정말 죄송합니다" 하며 진심으로 고개를 숙였다.

그리고 고개를 숙이면서 나 자신에게 놀랐다. 사죄의 말이 이토록 진솔하게 술술 나올 줄은 몰랐다.

숙인 고개를 천천히 들자, 어쩐지 마음이 놓여 한숨이 나왔다.

이들이 만들어준 이 분위기. 풀솜처럼 부드러운 이 분위기라면, 분명 내 사죄도 따뜻하게 받아들여 주리라는 확신이 무의식 속에 있었기에 나는 비로소 진솔하게 사죄할 수 있었다. 그리고 이게 바로 '집'의 분위기 같다고 새삼 생각했다.

"캇키, 너무 진지하게 사과할 필요 없어. 어차피 우리한테 말해봤자

득 될 게 없었잖아."

뉴도 씨가 농담처럼 말하자, 다 함께 웃었다. 가게 안 분위기가 더 부드러워졌다.

카운터석에 나란히 앉은 시선이 내게 모였다.

이 사람들, 눈빛이 정말 다정하다. 그렇게 생각하자 눈 안쪽이 시큰 시큰하다가 뜨거워졌다.

아, 위험하다. 그렇게 생각했을 때는 이미 늦었다.

"아하하. 캇키 또 운다."

세이스케 씨가 놀렸다.

"어쩔 수 없잖아요. 다들⋯." 나는 따스한 눈빛에 휩싸여 더더욱 눈물을 멈출 수 없었다. "다들, 다정해서⋯."

키리코 씨가 "애도 아닌데 눈물이 너무 많아"라고 지겹다는 듯 말하자, 벽시계에서 뻐꾸기가 튀어나왔다.

뻐꾹~♪

뻐꾸기도 나를 놀리나 보다.

"사장님, 그래서 우리는 뭘 하면 돼요?"

이성적인 료가 상석을 향해 물었다.

"너희는 카운터를 떡하니 차지하고 앉아서 캇키와 그 남편 사이를 벽처럼 막으면 돼."

"네? 그게 다예요?" 세이스케 씨가 물었다.

"어머, 그거 말고 뭐 할 수 있는 거라도 있어?"

"없어요⋯."

세이스케 씨가 즉각 대답하자, 천하의 키리코 씨마저 웃음을 터뜨렸다.

*

결혼한 지 반년이 됐을 즈음.

남편은 내 휴대전화 메시지를 몰래 확인하기 시작했다. 그런 행동을 들키자, 이번에는 내 휴대전화 연락처에서 남자 이름을 전부 삭제했다. 그때까지 나는 바람을 피운 적도 없었고 남자와 단둘이 밥을 먹은 적조차 없었다. 심지어 다니던 의류 회사도 남편의 뜻대로 관둔 전업주부였다.

"왜 그런 짓을 해? 다들 그냥 친구라니까."

항의하는 내게 남편은 소리를 질렀다.

"너는 이제 내 아내야! 당연히 이래야지!"

나는 큰소리 내는 사람을 대하는 것이 어릴 때부터 몹시 싫었다. 아버지가 소리치며 어머니를 울리는 광경을 매일같이 봐온 탓이었다. 어머니는 견디다 못해 어린 나를 데리고 집을 나왔다. 그때부터 나는 모자 가정의 아이로 자랐다. 그 후로 나는 소리치는 사람을 보면 몸과 마음이 움츠러들어 다리가 떨렸다. 설사 내가 아닌 다른 사람을 향한 고함이라 해도 말이다.

소리를 지르면 배우자가 얌전해지는 것을 깨달은 남편은 나를 자신의 관리하에 두려고 했다. 내게는 통금 시간이 생겼고 생활비는 남편이 관리하게 되었다. 매달 남편이 주는 금액 안에서 그날그날 살림에 필요한 물건을 사고 각종 요금을 치르고 나면 내가 자유롭게 쓸 수 있는 돈은 거의 없었다. 게다가 만 엔 이상의 지출이 있을 때는 일일이 보고해야 한다는 규칙도 있었다.

하루하루가 숨 막혔던 나는 결혼할 때 들고 온 내 명의의 우체국 예금을 해지해서 쓰기로 했다. 그리고 그 돈으로 여름 원피스 한 벌을 산 날 밤, 남편은 서슬 퍼런 기세로 나를 물어뜯었다.

"내가 번 돈으로 밥 처먹는 주제에 지 돈을 꼬불쳐 두고 있었어? 너 그 옷 입고 누굴 만나려고!"

물론 나는 남자를 만나기 위해서가 아니라 그저 갈아입을 여름옷이 없어서, 할인하는 상품을 샀을 뿐이었다.

그런 사정을 울면서 차근차근 설명하자, 마침내 남편은 이해해 주었다. 이해만 하면 남편은 딴사람처럼 자상해졌다. 결혼 전 연애하던 그때처럼. 하지만 남편은 이렇게 말했다.

"테루미, 나를 배신하면 진짜로 죽여 버릴 거야."

그 이후에도 남편은 나날이 망상이 심해져 내 행동을 통제했다. 구입이 허용되는 화장품은 립스틱뿐이었고, 친구들과 밥을 먹으러 갈 돈도 받을 수 없었고, 당연히 새 옷도 살 수 없었다. 애초에 무언가를 사러 나가기만 해도 비난을 받았다. 반드시 외출해야 할 때는 남편에게 미리 허락을 받고 당일 일정을 상세히 보고해야 했다. 그러면 남편은 회사에서 몇 번이고 내게 전화를 걸어 일정대로 움직이고 있는지 확인했다.

어쩌다 남편에게 말대꾸라도 했다가는 곧바로 고함이 날아왔다. 내가 공포로 위축되어 울음을 터뜨리면 남편은 갑자기 자상해졌다. 그런 과정이 반복되었다.

어느덧 나는 완전히 남편의 지배하에 놓였다.

자나 깨나 남편이 소리칠까 무서워서 쥐처럼 벌벌 떨면서 방 한구석에서 죽은 듯이 살았다. 다른 선택지를 찾을 기력은 이미 1그램도 남아 있지 않았다.

내 정신은 어느샌가 밑바닥부터 무너져내린 뒤였다.

극단적으로 사교성이 나빠진 내 주위에서 친구가 한 명, 또 한 명 사라졌다. 나는 하루를 대부분 집 안에서 보냈고, TV와 인터넷으로만 바깥세상의 정보를 얻었다. 물론 SNS는 금지였고 통화 기록도 통신비를 낼 때 일일이 확인받아야 해서 온종일 아무와도 대화할 수 없는 나날이었다.

내 정신이 가장 편해지는 순간은 거실 소파에 앉아 내가 좋아하는 작가의 책을 펼칠 때였다. 인터넷으로 소설책을 사는 데에는 남편이 별다른 간섭을 하지 않았다. 독서는 내게 허락된 유일한 오락이었다. 내 마음은 가능한 한 현실 세계에서 벗어나 이야기 속에서 살고 싶어 했다. 소설 속 주인공이 되어 자유롭게 여행하고 극적인 사랑에 일희일비하고 우정에 눈물짓고 모험에 가슴 설레고, 그리고 가공의 세상에서 돈을 쓰는 기분이었다.

남편을 제외하고 당시의 나와 가장 많은 대화를 나눈 '현실 속 인간'은 젊은 택배 기사였다. 그는 내가 인터넷으로 주문한 책을 가져다주는 사람이었다. 현관 앞에서 여러 번 마주치다 보니 자연스레 얼굴을 익혔다. 오늘 덥네요. 항상 수고하십니다. 저쪽 집에 도둑이 들었대요. 오늘은 길이 막히더라고요. 대화라고 해봤자 그 정도였다. 그러나 그는 다친 오소리처럼 연명하는 내게 생글생글 웃어주는 귀중한 현실의 존재였다.

그날, 하필 그와 현관 앞에서 이야기를 나눌 때 남편이 귀가했다. 그는 정장 차림으로 현관에 들어오는 남편에게도 웃으며 인사했고, 남편도 미소 지으며 고생이 많으시다고 말했다.

내가 처음으로 남편에게 심한 폭행을 당한 것은 그날 밤이었다. 남편은 마주 보고 웃던 나와 그를 질투했다.

"테루미, 너 그 어린놈이랑 눈 맞았지?!"

나는 절대 아니라고 반박했지만 얼굴의 반이 부어오를 정도로 구타를 당했다.

세간에 '은둔형 외톨이'라는 말이 널리 퍼져 있는데, 사실 '은둔형 외톨이'에는 두 종류가 있다. 바깥세상으로 나가기를 스스로 거부하는 케이스와, 나처럼 은둔해야만 하는 상황에 내몰린 케이스다. 지금은 그것이 '감금'이었음을 알지만, 당시의 나는 매일 남편의 고함을 듣느라 정신이 산산조각 나서 내 의지로 그곳을 탈출할 생각조차 할 수 없었다. 나는 모든 것을 포기하고 그저 몸과 마음의 고통, 공포를 줄일 방법만 생각했다. 그래서 현실 세계에서는 되도록 무감정하고 무감각한 인형 같은 사람이 되려고 애썼다.

남편의 폭력은 시간이 흐르면서 더 격렬하고 잦아졌다.

이윽고 나는 생리가 멈췄다. 스트레스가 원인인 줄 알았지만, 현실은 달랐다. 임신이었다. "축하드려요"라고 늙은 염소 같은 산부인과 의사가 말한 순간, 눈앞이 캄캄해졌다. 내 미래가 댕강 잘려나간 듯 절망적이었다.

그 사람과 나 사이에 아이가—

그렇게 되면 이제 못 헤어지지 않을까. 평생 지금처럼 살아야 하지 않을까. 진료비를 계산하려고 기다리다가 그런 생각이 들어 몸을 떨었다. 그리고 전율하는 나 자신을 알아차렸을 때, 그제야 나는 내 진짜 마음 일부를 되찾은 느낌이었다.

나는 이혼하고 싶었다.

자유로워지고 싶었다. 진심으로.

산부인과에 다녀오고 나서도 남편에게 임신 사실을 알리지 않았다. 알릴 용기가 추호도 없었다. 만약 말하면 내 인생은 영원히 암흑 속에 갇힐 터였다.

그날 밤부터 나는 책 읽는 것도 잊고 인터넷 검색창에 '낙태'라는 글자를 입력해 정보를 모았다.

배 속에 움튼 자그마한 생명. 그것을 조금도 사랑하지 못하는 나 자신에게 형언할 수 없는 혐오감을 느꼈다.

아침부터 밤까지 인터넷 속에서 낙태에 관한 정보의 소용돌이에 빠져 있는데, 나도 모르는 새에 눈물이 뺨을 타고 흐르더니 이내 속이 울렁거려서 화장실에서 구토했다. 이건 입덧인가? 어쩌면 사랑받지 못하는 배 속 아기의 조용한 항의일지도…. 그렇게 생각하자, 속이 더 부대껴서 또다시 구토했다. 자궁에서 오물이 올라와 그대로 토해내는 기분이었다.

그러나 내 마음과는 반대로 배 속의 생명은 조금씩 꿋꿋이 자랐다. 나는 남편이 임신 사실을 알게 될까 봐 매일 마음을 졸였다. 식욕이 없는 것도, 몸이 나른한 것도, 전부 감기 탓이라고 우겼다.

하지만 그런 식으로 전전긍긍하며 일주일이, 또 한 달이 지나는 동안 내 심경에 변화가 일어났다. 줄곧, 줄곧 외톨이로 살아온 내게, 배 속의 아기가 조금씩 마음의 안식처가 되었다.

나는 이제 외톨이가 아닐지도 모른다.

내게는 이 아이가 있다.

그렇게 생각하게 되었다.

그 무렵부터 나는 밤에 부부 관계를 꺼렸다. 생리적으로 남편을 받아들일 수 없었다. 나는 이런저런 이유를 갖다 붙이며 남편의 요구를 거부했는데, 어느 날 밤 남편은 내가 다른 남자와 바람이 나서 거부하는 것 아니냐며 의심했고, 그 의심은 서서히 팽창하다가 폭발하고 말았다.

남편은 고함을 치며 내 뺨을 때리고 강제로 겁탈하려고 했다. 코피가 튀어 크림색 카펫에 검붉은 얼룩이 생겼다. 그런데도 내 몸은 필사적으로 저항했다. 평소 같았으면 몸과 마음이 움츠러들어 꼼짝도 못 했을 테지만 그날은 언성을 높이며 남편을 거부했다. 나는 엄마가 되고 있었다. 배 속의 아기를 지키려고 한 것이다.

하지만 결국 남자의 완력에는 당해낼 수 없었다. 머리채를 붙잡혀 양쪽 뺨을 세게 얻어맞고 의식이 흐릿한 채로 거실에서 겁탈을 당했다. 내 얼굴에서 떨어진 검붉은 얼룩이 카펫 위에 무수히 피어났다. 피 냄새와 피 맛과 남편에 대한 혐오감 때문에 토할 것 같은 상태로, 배 속의 아기까지 능욕을 당했다.

남편이 내 안에서 끝을 낸 순간, 배 속 아기의 비명이 들리는 듯했다. 하지만 그 비명은 내 목구멍에서 나온 것이었다. 그리고 그날 밤, 나는 아직 크게 부풀지도 않은 배를 쓰다듬으며 피의 꽃이 만발한 카펫 위에서 아침까지 울고 또 울었다.

이튿날, 남편은 아무 일도 없었다는 얼굴로 회사에 갔다. 혼자 남은 나는 아랫배에서 생리와 비슷한 뻐근한 통증을 느끼고 화장실로 달려갔다. 뇌리에 불길한 예감이 스쳤다. 바지를 내리자, 선혈이 축축이 얼룩져 있었다.

피. 피. 피.

나는 머리가 새하얘져서 산부인과로 달려갔다. 진찰을 마치자, 늙은 염소 같은 의사가 눈썹 끝을 내리며 "이번에는 안타깝게도…"라고 한숨처럼 말했다.

그렇게 나는 또다시 외톨이로, 유폐된 일상으로 돌아갔다.

그 이후로는 독서를 하다가도, TV를 시청하다가도, 인터넷 세상을 들여다보다가도, 카펫에 튄 피와 속옷을 적신 피가 문득문득 뇌리에 되살아났다. 냄새, 색깔, 맛까지 생생하던 피―. 나는 고함치는 사람보다 피를 보는 것이 더 무서워졌다.

살아갈 기력은 싸구려 샌들의 뒤축처럼 나날이 닳아 없어졌다. 식욕도 떨어졌고 독서욕마저 사라졌다. 이야기 속 세상에 두근거릴 일도 줄어서 세상에서 색채가 없어져 버린 것만 같았다.

남편은 그런 내가 못마땅했는지 더 심하게 가정 폭력을 휘둘렀다. 내 몸 어딘가에는 항상 멍이 있었다.

어느 날 오후, TV에서 흘러나오는 정보 프로그램을 멍하니 보는데, 오사카에 있는 '인생 구제 센터'라는 비영리 단체의 활동이 소개되었다. 그곳은 나처럼 인생의 지옥에서 빠져나오지 못하는 사람을 구하려고 덴스케 씨라는 사람을 중심으로 조직된 단체였다. 빚, 가정 폭력, 은둔형 외톨이, 조폭 사건, 자녀의 비행 등 어떤 문제든 상담해 준다고 했다. 프라이버시 보호를 위해 음성 변조 된 TV 속에서 나처럼 가정 폭력에 시달리는 젊은 여자가 덴스케 씨에게 도움을 요청했다. 덴스케 씨는 겉으로 보면 꼭 조폭 같았고 실제로 한때 조폭이었다고 하지만, 가족처럼 여자의 이야기를 들어주고 조언해 주었다. 그 여자는 '쉘터'라 불리는 격리실에 한동안 몸을 숨겼다. 그곳에 있는 동안은 가정 폭력을 일삼던 남편과의 의사소통을 덴스케 씨와 센터 직원들이 대신해주었다. 여자는 쉘터에서 지내며 나날이 살아갈 기력을 되찾았고, 나흘째에는 긍정적인 말을 흘리기도 했다. 일주일이 지나자, 덴스케 씨의 소개로 주거가 제공되는 곳에서 일을 시작했다. 3개월 후에는 이혼도 성립되었다. 여자는 제대로 자립해서 살 수 있게 되었다.

'인생 구제 센터'의 덴스케 씨—.

그 존재가 내게는 어렴풋한 한 줄기 광명으로 보였다. 암흑 밑바닥에서 팔다리를 뽑히고 그저 조용히 쓰러져 있던 내 등에 작은 날개를 달아 줄 사람일지도 모른다고 막연한 기대를 품었다.

나는 TV를 보면서 센터 전화번호를 메모했다.

하지만 바로 전화하지는 못했다. 남편에 대한 공포도 물론 이유였고, 전화할 기력마저 잃은 상태이기도 했다.

그로부터 며칠 후, 오랜만에 그 젊은 택배 기사가 책을 배달해 주었다. 나는 늘 그랬듯 최대한 표정을 지우고 담담하게 택배를 받았지만, 그는 나를 살피며 따뜻한 목소리로 말을 걸어 주었다.

"저어, 요즘 왠지 안색이 안 좋아 보이는데, 괜찮으세요?"

"네…? 괘, 괜찮아요."

"그래요? 그럼 다행이네요. 사실 저 오늘부로 이 일을 그만두거든요."

"…."

"고객님이 요즘 기운 없는 것 같아서 걱정했는데, 그래도 마지막에 괜찮다는 이야기를 들어서 다행이에요."

상쾌하고 또렷한 그의 목소리가 내 안에 기분 좋게 스며들었다. 그래서 나도 모르게 되묻고 말았다.

"그만두시는… 거예요?"

"네. 드디어 돈이 목표치만큼 모여서 당분간 뉴질랜드에서 공부할 거예요."

"뭐랄까…, 멋지네요."

무심코 흘러나온 내 말에 그는 눈부실 정도로 해맑은 미소를 보여주었다.

"솔직히 뉴질랜드에 가고 싶은 건지, 일본에서 도망치고 싶은 건지 모르겠어요."

"…."

"뭔가, 그냥 멀리 떠나면 또 다른 저를 만날 수 있을 것 같아요."

나는 그 무구한 미소를 보며 작게 고개를 끄덕였다.

"좋겠네요."

"네?"

"만나면 좋겠네요, 또 다른 자신을."

그는 "어떻게 될지는 모르지만요"라고 농담처럼 말하며 웃더니 회사 로고가 박힌 모자를 벗고 꾸벅 고개를 숙였다.

"그동안 감사했습니다."

그리고 짧게 "그럼" 하고는 발길을 돌려 택배 차량으로 돌아갔다.

점점 멀어지는 생기 넘치는 등에서 투명한 날개가 보이는 듯했다.

그에게 받은 택배를 들고 거실로 돌아가서 한 차례 심호흡했다. 그리고 메모해 둔 번호로 전화를 걸었다.

긴장한 내 마음과 달리 '인생 구제 센터' 직원은 친근한 목소리로 "무슨 일이세요?"라고 말했다. 그 사람이 TV에서 본 덴스케 씨였다.

내가 지금까지 겪은 일을 더듬더듬 이야기하자, 덴스케 씨는 "응, 그래. 잘 털어놨다. 니는 인자 안전하다"라고 말했다. 수화기 너머로 머리를 쓰다듬는 것 같은 목소리에 나는 휴대전화를 꼭 쥐고 흐느껴 울었다.

이튿날, 남편이 회사에 간 사이 나는 센터에 갔다. 처음 만난 덴스케 씨는 TV에서 본 것과 똑같은 사람이었고, 다정하고 꼼꼼하게 가장 현실적인 수단으로 나를 구제할 방법을 이야기해 주었다.

덴스케 씨는 일단 하루빨리 집을 나와서 남편의 관리하에서 벗어나는 것이 먼저라고 말했다. 내 몸과 마음을 지킬 수 있는 안전한 장소로 피신해서 천천히 정신을 회복하고, 그런 다음 앞일을 함께 생각해 보자고 했다.

"근데 니 특기 같은 거 있나?"

덴스케 씨가 묻자, 나는 아름다운 곳에 덩그러니 선 찻집을 떠올렸다. 자유롭던 독신 시절, 여자 친구들과 여행하다가 우연히 마주친 작은 찻집이었다. 그 가게에서 만난 초로의 여사장에게 맛있는 커피 타는 비법을 전수받았다.

"커피는 맛있게 타는 편이에요."

"오, 그라믄 딱 맞는 가게를 소개해 주께. 재밌는 곳이다."

무릎을 탁 친 덴스케 씨는 매우 유쾌하게 웃었다.

그 이후 나는 덴스케 씨가 시키는 대로 한동안 사용할 도주 자금을 마련했다. 한 달에 한 번 월세를 내야 해서 남편에게 현금카드를 받을 기회가 있었다. 그날 나는 최대한(이라고 해봤자 50만 엔 정도였다) 많은 돈을 뽑았다. 그리고 거실 테이블에 덴스케 씨의 명함과 편지를 남겼다.

'당분간 집에 들어오지 않을 거예요. 저는 이 명함 주인에게 도움을 받아서 이곳을 벗어나기로 했어요. 친척과 친구에게는 말하지 않았으니 안심해요.'

이 편지도 덴스케 씨가 쓰라는 대로 썼다. 집념 강한 남편이 내 친척과 친구를 의심해서 그쪽에 민폐 끼치는 상황을 막으려면 필요한 장치였다고 한다. 편지와 함께 덴스케 씨의 명함을 남긴 것은 앞으로 남편과의 소통을 전적으로 덴스케 씨가 맡기 위한 포석이었다.

나는 여행 가방에 넣을 수 있는 최대한의 생필품과 도주 자금을 챙겨서 덴스케 씨가 관리하는 곳으로 달려갔다. 그날부터 TV에서 본 것과 똑같은 원룸 주택, 다시 말해 '쉘터'에 일주일 정도 몸을 숨겼다. '쉘터'의 숙박비는 1박에 3000엔이었다. 당연하지만 '인생 구제 센터'도 무료 봉사만으로는 유지될 수 없었다.

'쉘터'에서 지내는 동안 나는 덴스케 씨와 친분이 두터운 병원으로 이끌려 갔다. 거기서 몸에 있는 멍을 보여주고 진단서를 받았다. 나아가 덴스케 씨는 내게 반소매와 짧은 바지를 입혀서 팔다리에 있는 멍을 드러내고 진단서를 들게 한 채로 사진을 찍었다. 이 사진을 남편에게 들이밀면 협상을 유리하게 이끌 수 있다고 했다. 만에 하나 이 일을 법정으로 넘기면 내가 압도적으로 유리하다는 것을 알려주기 위한 장치라고 했다. 덴스케 씨는 철두철미한 전문가답게 움직였다.

일주일 후, 나는 '쉘터'를 떠나 덴스케 씨와 함께 신칸센을 탔다. 도시와 베드타운의 중간쯤이라 무척 살기 좋을 것 같은 마을 상점가에 있는 작고 허름한 찻집 앞에 섰다.

"니가 일할 가게는 여거다. 재밌는 가게다."

덴스케 씨가 웃으면서 가게 문을 열자, 딸랑 하는 달콤한 카우벨 소리와 함께 향기로운 커피 냄새가 퍼졌다.

그리하여 나는 요염하고, 나른하고, 무뚝뚝하고, 무성의하고, 무슨 생각을 하는지 도무지 알 수 없고, 지나치게 돈에 집착하고, 자신의 과거를 말하지 않아서 너무나 미스터리하고, 그런데도 어째서인지 모두에게 사랑받는 찻집 사장을 만났다.

"너, 이름을 숨기려면 별명이 있는 게 좋겠다. 으음…. '캇키'랑 '승려' 중에 뭐가 좋아?"

키리코 씨는 첫 만남에 대뜸 그렇게 말했다. 캇키는 카키자키라는 내 결혼 전 성씨에서 따온 별명일 것이다. 그런데….

"승려라니…."

"너 이름이 테루미라며? 테루테루보즈*에서 따온 건데?"

선택지가 두 가지뿐인 듯해 하는 수 없이 '캇키'를 골랐다. 덴스케 씨는 그런 대화를 들으면서 유쾌하게 웃었다.

"키리코랑 캇키, 좋은 콤비가 되것다. 그라믄 나는 다음 일이 있어가 간다. 잘 지내라."

---

* 날씨가 맑기를 기원하며 창가에 매다는 인형. 하얀 천으로 감싼 둥그런 얼굴이 마치 머리를 민 승려 같다.

덴스케 씨는 내 어깨를 가볍게 두드리고 서둘러 오사카로 돌아갔다.

느닷없이 희한한 별명을 붙이는 여자와 단둘이 남은 나는 이상한 곳에 끌려온 것 같아서 몹시 불안했지만, 그래도 남편과 거리를 둘 수 있다는 사실과 멀리 떠나면 또 다른 나를 만날 수 있을 것이라던 택배 기사의 말을 떠올리며 어찌어찌 나 자신을 다독였다.

그날부터 나는 쇼와당의 종업원으로서 조용하고 고요하게 지냈다. 긴 머리를 만일에 대비해 과감히 자르고 시력이 나쁘지도 않은데 도수 없는 검은 뿔테 안경을 낀 채 카운터에 섰다.

그렇게 하루 또 하루를 어찌어찌 흘려보내는 사이에 키리코 씨라는 특이한 여자가 어떤 사람인지 조금씩 윤곽이 보이기 시작했고, 단골손님들과는 마음을 터놓는 사이가 되었다. 쇼와당에서 보낸 나날은 내게 '현실 속 인간'과 평범하게 대화하는 것이 이렇게 행복한 일이었다는 당연한 사실을 떠올리게 해주는 '마음의 재활'이었다.

한편 남편은 갑자기 가출한 나를 찾으러 여러 번 덴스케 씨를 찾아왔다고 했다. 그러나 덴스케 씨는 절대 내 거처를 가르쳐주지 않았다. 그 대신 남편의 편지를 받아서 키리코 씨 앞으로 보냈다. 키리코 씨는 그 편지가 오면 몰래 내게 전해 주었다.

"답장은 써도 되고 안 써도 된다."

덴스케 씨는 전화로 그렇게 말했다. 만약 답장을 쓴다면, 덴스케 씨가 내용을 미리 팩스로 받아서 남편이 물고 늘어질 요소가 있는지 확인해 보고 문제가 없을 때 편지를 전달하겠다고 했다.

나는 일절 답장을 쓰지 않았다.

하지만 남편의 편지는 한 달에 한 번꼴로 왔다. 대부분 일방적으로 관계 회복을 요구하는 내용이었다. 나는 그 강압적인 문체에 항상 끝 모를 공포를 느껴서 키리코 씨와 함께 있는 가게 마감 시간에 편지를 읽었다.

반년쯤 지나자, 남편의 편지는 두 달에 한 번꼴로 왔다.

마침 그 무렵부터 내 안에서 살아갈 기력이 조금씩 회복되었다. 그래서 키리코 씨와 덴스케 씨에게 상의해 마침내 남편에게 답장을 쓰기로 했다.

편지에는—내 배 속에 아이가 있었다는 것. 하지만 당신의 폭행으로 배 속의 아기가 목숨을 잃은 것. 정신적으로도 육체적으로도 가정 폭력을 당해서 여러 번 자살을 생각한 것. 그 일로 고소를 할지 아직 검토 중이라는 것. 그리고 이혼을 간절히 원한다는 것—그런 내용을 단호하게 적었다.

처음에는 두루뭉술하게 적었지만, 덴스케 씨가 "1%도 물고 늘어질 건덕지가 없게 써라"라고 팩스로 글을 첨삭해줘서 내 감정과 사실만 담담히 열거하기로 했다. 나아가 덴스케 씨는 그 냉정한 편지에 사진을 동봉했다. 물론 몸에 있는 멍을 드러낸 채 진단서를 들고 있는 내 사진이었다.

그 편지를 보내자, 남편의 편지는 3개월에 한 번으로 줄었다. 게다가 내용이 완전히 달라졌다. 관계 회복을 운운하는 대신 단순히 근황을 보고하는 가벼운 글이었다. 그리고 그다음 편지부터는 제발 재판에 넘기지 말아 달라고 애원하는 내용이었다.

나는 그 이상 답장을 쓰지 않았다.

쇼와당에서 일한 지 1년 반이 지나자, 한동안 편지가 오지 않았다.

그로부터 몇 개월 만에 남편의 편지가 온 것이 바로 지난달이었다. 봉투를 열어보니, 놀랍게도 편지지 외에 이혼 서류가 동봉되어 있었다. 이미 남편의 사인도 들어가 있었고, 도장도 찍혀 있었다. 편지를 읽어보니, 다른 여자와 사귀기 시작했다고 적혀 있었다. 그리고 마지막으로 딱 한 번만 나를 만나서 제대로 대화하고 싶다고 했다. 다시 말해 남편은 고소하지 않겠다는 확약을 내게서 받아내고 싶은 것 같았다.

이혼이 성립되면 나는 정식으로 자유의 몸이 된다.

하지만 자유로워지면 쇼와당에서 숨어 지낼 필요도 없어진다. 한마디로 키리코 씨는 예전처럼 혼자서 이 가게를 운영해 나갈 수 있다. 내가 없어지면 인건비도 줄 테고, 그렇게 되면 키리코 씨가 사랑해 마지않는 돈도 지금보다 훨씬 잘 모일 것이다.

나는 남편과 이혼해야 한다.

무슨 일이 있어도.

그러나 앞으로의 일을 키리코 씨에게 상의하려고 하니, 말이 목구멍에 걸려서 나오지 않았다.

남편이 보낸 이혼 서류를 카운터 위에 펼쳐놓고 멍하니 바라보는 나를 향해, 키리코 씨가 흔들의자에 앉아서 직설적으로 말했다.

"그래서 캇키, 어쩔 거야? 만날 거야?"

덴스케 씨는 남편의 태도로 보아 이제 만나도 될 것 같다고 보증해주었다. 남편은 여자친구를 데리고 덴스케 씨를 찾아와서 테루미와 이혼하고 이 사람과 함께하고 싶다고, 부디 협조해 달라고 고개를 숙였다고 한다. 다시 말해 부부 관계를 어찌할지 결정할 주도권은 오롯이 내게 있는 셈이었다.

이제 와서 그 사람을 만난들 위험해지지는 않을 것이다. 하지만 만나지 않고 이혼 절차만 밟는 선택지도 있다.

이런 상황에 내가 굳이 남편을 만날 이유가 있다면….

생각과 동시에 입이 열렸다.

"역시 만나야겠어요."

카운터 위에 놓인 이혼 서류에서 눈을 들고 상석을 돌아보았다.

"그래? 왜?"

"그 사람과 결혼하겠다는 여자를 위해서라도 제가 한 번 제대로 만나서 이야기하는 게 좋을 것 같아요."

"그 여자를 위해서?"

"네. 절대 저랑 똑같은 처지로 만들지 않겠다고 그 사람한테 약속을 받아내야죠."

키리코 씨는 흔들의자에서 천천히 일어나더니 오른쪽에만 눈동자가 그려진 다루마가 있는 레코드판 선반을 뒤적였다.

잠시 후 보스 스피커에서 타케우치 마리야의 명곡 '힘을 내'가 흘러나왔다. 나는 연인과 헤어져 낙심한 친구를 위로하는 이 곡의 가사를 무척 좋아하지만, 내가 기억하기로 키리코 씨는 그다지 좋아하지 않는다고 했다.

그런데….

행복해지고픈 마음이 있다면
내일을 찾는 건 아주 간단해♪

키리코 씨는 이 소절을 흥얼거리면서 카운터석에 앉았다.

"캇키, 너 말이야, 정말 사람 좋다. 그런 걸 세간에서는 뭐라고 하는지 알아?"

"네?"

"호구라고 해."

키리코 씨는 매우 다정한 눈빛으로 짓궂은 말을 했다.

"무슨…."

"보통은 잽싸게 이혼 서류를 내고 그 순간부터 연을 끊어. 가정 폭력으로 괴롭히던 남편의 다음 여자까지 굳이 배려하다니, 사람 좋은 데도 정도가 있어."

그런 말을 들으니 아무 소리도 못 하겠다.

"그래도 뭐, 다들 너의 그런 점을 싫어하지 않지."

키리코 씨는 내게 "아이스커피 좀 타 줄래?" 하고는 잠시 타케우치 마리야의 노래를 감상했다.

나는 카운터 안쪽 조촐한 공간에서 맛있어져라, 맛있어져라, 주문을 걸면서 아이스커피를 탔다.

"여기 음료 나왔습니다."

나는 컵을 키리코 씨 앞으로 밀면서 생각했다. 이 카운터 안쪽 공간만큼은 눈을 감고도 어디에 뭐가 있는지 훤히 안다. 그만큼 내 몸과 마음에 깊이 정든 곳이다. 만약 이혼이 성립되고 나서 이곳을 떠나야 한다면, 나는 어디서 무얼 하며 살아야 할까. 새로운 곳에서 여기보다 마음 편히 있을 수 있을까.

불안이 조금씩 고개를 쳐들 때, 단숨에 컵을 반이나 비운 키리코 씨가 얼굴을 들었다.

"우리 점장은 호구지만, 커피 타는 솜씨 하나는 끝내주지."

그 점장이 없어지면, 곤란하신가요?

소리 내어 묻지 못하고 속으로 중얼거렸다.

"너 말야, 남편 만날 거면 집에서 만나지 그래?"

"집이라뇨?"

"네 집이야 당연히 여기지. 뭐 어디 또 있니?"

나는 고개를 가로저었다.

"단골들도 불러 모아. 그래야 마음이 든든할 거 아냐?"

쇼와당이 나의 집.

키리코 씨는 여기가 바로 내가 있을 곳이라고 인정해 주었다. 그 사실이 너무 기뻐서 눈물이 나올 것 같았다.

"하지만 그러면 그 사람이 제 거처를 알게 되잖아요."

"뭐 어때?"

"네…?"

"상대의 약점을 쥔 건 너야."

그렇다. 이제는 내가 위에 있다. 남편은 그저 고소당할까 봐, 새로운 여자친구와 직업을 잃을까 봐 떨고 있다. 덴스케 씨도 "어디서 보든 개안타"라고 말해줬다. 다만 칸토 지방에서 만나면 바쁜 덴스케 씨가 동석하지 못할 가능성이 컸다. 그렇게 되면 키리코 씨가 동석한다고 했다. 거기에 단골손님들까지 함께해 준다면 얼마나 든든할까.

"네" 하며 나는 작게 고개를 끄덕였다. 그리고 아랫배에 살짝 힘을 주어 덧붙였다. "만날게요. 제 집에서."

키리코 씨는 아이스커피 컵을 손에 들고 인자한 눈으로 나를 보며 미소 지었다.

"그럼 결정됐네. 네 거처 따위 알려져도 괜찮아."

"…."

"너는 이제 도망치지도 않고 숨지도 않고 네 인생을 살아갈 테니까."

키리코 씨의 말이 귀에서 가슴으로 스며들었다.

"네…."

내가 또다시 작게 고개를 끄덕였을 때, 카운터 너머 키리코 씨의 아름다운 얼굴이 어른어른 흔들렸다.

"애 좀 봐. 또 운다."

"안 울어요."

나는 울먹이며 말했다.

키리코 씨는 그런 나를 보고 피식 웃더니 "그러고 보니까" 하며 화제를 바꾸었다.

"너 여기 점장이니까 확실히 책임져. 이혼해서 자유로워졌다고 네 마음대로—."

"안 그만둬요."

키리코 씨의 목소리를 누르며 말한 순간, 원래도 헤픈 눈물이 왈칵 쏟아졌다. 나는 울면서 키리코 씨의 품에 안기고 싶었지만 우리 사이에 카운터가 있는 탓에 혼자 덩그러니 서서 흐느꼈다.

"사장님…."

"아니, 이게 그렇게 울 일이야?"

"울 일이에요…."

"눈물이 너무 헤프다니까. 너—."

"있잖아요, 사장님…."

나는 키리코 씨의 말에 개의치 않고 또다시 목소리를 포개며 말했다.

"응?"

키리코 씨는 카운터에 턱을 괴고 못 말린다는 표정으로 나를 올려다보았다.

"감사…합니다."

"어?"

"지금까지 돌봐주셔서 감사합니다."

이렇게 진심으로 감사 인사를 할 수 있는 날이 올 줄이야.

그 택배 기사의 말처럼 먼 곳으로 나온 내가 정말로 또 다른 나를 만났음을 확신했다.

✳

그리고 어젯밤, 다시 말해 남편을 만나기 전날 밤.

영업이 끝나서 내가 설거지를 하는데, 캔맥주를 한 손에 든 채 흔들의자에서 카운터로 온 키리코 씨가 웬일로 조금 진지하게 말했다.

"캇키."

"네?"

컵과 접시를 수세미로 꼼꼼히 닦던 나는 시선을 손 쪽에 고정한 채 대답했다.

"너 나랑 약속 하나만 해줄래?"

"네? 약속요?"

나는 고개를 들었다.

카운터 너머에서 키리코 씨가 기분 좋게 꿀꺽꿀꺽 목을 울리고 평소처럼 "캬아" 했다.

"응. 약속. 내일 네 남편을 만나면 일이 어떻게 흘러가든 너는 마지막에 꼭—."

그렇게 운을 뗀 뒤 키리코 씨는 아주 의외의 발언을 했다.

"네?"

왜 그런 약속을 하라는 걸까?

아무리 생각해 봐도 도무지 모르겠다.

하지만 나는 구태여 이유를 묻지 않고 그저 "네" 하며 그러겠다고 약속했다.

나는 믿는다.

'치유사' 키리코 씨의 실력을.

✳

"카운터는 예약이 꽉 찼어요. 자, 저쪽 자리로 가세요."

키리코 씨가 평소에는 절대 하지 않는 일을 했다.

천하의 키리코 씨가 말이다.

물론 카운터에 찬 예약 따위는 없었다. 키리코 씨는 나와 남편 사이에 거리를 두려고 거짓말을 했다.

나는 그 모습을 멀뚱히 바라보며 마른침을 삼켰다.

심장 박동이 빨라졌다. 거의 2년이나 보지 않았는데 아직도 무섭다니. 나는 숨 쉬는 법을 잊어버린 사람처럼 얕은 호흡을 반복했다.

키리코 씨에게 안내를 받은 남편은 감실 옆 테이블석에 앉았지만, 그 시선은 나를 꽉 붙들고 놓지 않았다.

"캇키, 괜찮아?"

키라라의 걱정스러운 목소리에 나는 작게 고개를 끄덕이며 그렇다고 대답했다. 웃어 보이고 싶었지만 얼굴이 경직됐음을 나 자신도 알았다.

"명함 좀 줄래요?"

키리코 씨는 남편 맞은편에 우아하게 앉아서 말했다.

"네? 아, 네."

남편은 서류 가방에서 지갑을 꺼내 명함 한 장을 키리코 씨에게 내밀었다.

키리코 씨는 그 명함을 왼손으로 받았다. 오른손에는 언제 꺼내 왔는지 캔맥주가 들려 있었다. 받아든 명함을 테이블에 휙 던져 놓고 시원스레 캔맥주를 땄다. 남편은 그 모습을 멍하니 응시했다.

"나는 명함을 안 만들었어요. 하지만 이 가게 사장이에요."

"키리코 씨죠? 덴스케 씨한테 얘기 들었습니다."

막힘없이 말하면서 남편은 이쪽으로 언뜻언뜻 시선을 보냈다.

"덴스케 씨가 한 얘기는 믿으면 안 돼요." 키리코 씨는 요염하게 미소 지으며 남편의 명함을 거추장스럽다는 듯 테이블 구석으로 치웠다. "아, 맞다, 맞다. 캇키 앞에 줄줄이 앉은 사람들은 우리 단골들이에요. 소개할게요. 저 덩치 큰 도인은 사람을 저주해서 죽일 수도 있는 영능력자예요."

"네?"

남편은 눈을 동그랗게 뜨고 키리코 씨와 뉴도 씨를 번갈아 보았다. "그 옆에 잔 근육이 탄탄한 마초남은 한때 폭주족의 대장이었던 전직 킥복싱 선수. 야구 방망이 두 개를 단번에 부러뜨리는 로우 킥이 주특기예요. 금발이 요란스러운 저 여자는 암흑가의 남자들을 쥐락펴락하는 모던바 아가씨. 그리고 그 모던바 아가씨를 마음대로 조종하는 숨겨진 권력자가 바로 그 옆에 앉은 잘생긴 청년이에요."

과하게 불건전한 소개말에 반쯤 넋이 나간 남편은 "아아…"라고 한숨 같은 소리를 흘렸다.

"다들 쟤 친구예요. 잘 부탁해요."

"네…."

내 앞에 나란히 앉은 '불건전'한 사람들은 말없이 키리코 씨와 남편을 쳐다보았다. 그 많은 시선에 기를 펴지 못하면서도 남편은 내게 말을 걸었다.

"테루미, 여기 와서 대화하지 않을래?"

"…."

남편이 직접 말을 걸자, 누군가의 커다란 손이 내 심장을 꽉 움켜쥔 것 같았다. 숨 막히는 느낌에 목소리가 제대로 나오지 않아서 그저 고개를 옆으로 흔들었다. 단호하게 흔들었다. 이 카운터 안쪽이 내가 있을 자리임을 남편에게 알려주기 위해서. 그리고 카운터에 나란히 앉은 이들에게 내가 보호받고 있다는 사실도—.

그런 나를 보고 남편은 눈썹을 찌푸렸다. "이래서는 얘기를 못 하잖아요"라고 키리코 씨에게 불평했다.

"어머, 왜요?"

"왜냐니…."

"목소리는 잘 들리니까 마음껏 대화하면 되잖아요."

키리코 씨는 요염한 미소를 지으며 아주아주 나른한 목소리로 말했다.

"나와 테루미의 대화를 당신들도 듣겠다는 겁니까?"

남편은 들끓는 감정을 억누르듯 낮게 말했다. 돌변한 그 목소리에 다리가 떨릴 뻔했다. 그랬다. 남편은 그런 목소리로 말한 뒤에 갑자기 고함을 치며 나를 때렸다.

그런데 그런 남편 앞에서 키리코 씨는 오히려 "우후후" 하고 웃었다.

"두 사람의 대화를 듣는 건 우리만이 아니에요. 당신 뒤에서, 봐요, 신도 똑똑히 듣고 있거든요. 이상한 소리를 하면…, 당신, 어마어마한 벌을 받을 거예요."

키리코 씨는 그렇게 말하며 씩 웃었다.

그 미소를 본 순간, 내 등줄기에 오스스 소름이 돋았다.

키리코 씨의 어깻죽지에서 스멀스멀 검은 오라가 피어오르는 듯한, 익숙한 악마의 미소였다.

무심코 돌아보니 카운터석에 앉은 단골들도 기겁한 표정이었다.

그 미소를 정면에서 맞닥뜨린 남편은 도망갈 것처럼 엉덩이를 반쯤 들고 엉거주춤했다.

"크흐흐흐. 당신, 그래서 캇키한테 무슨 말을 하러 온 거야? 신과 우리 앞에서 똑 부러지게 말해봐."

조용히 악마의 미소를 거둬들인 키리코 씨는 다시 맥주를 시원하게 들이켰다.

"아…, 어, 그게…."

반쯤 든 엉덩이를 쭈뼛쭈뼛 의자에 붙인 남편은 또다시 나를 쳐다보았다. 하지만 내 앞에는 '불건전'한 사람들로 이루어진 벽이 있었다. 키리코 씨는 어물어물하는 남편에게 던지듯 말했다.

"못 말하겠으면 내가 맞혀볼까?"

"어…."

"어디 보자. 우선 당신이 저지른 가정 폭력으로 고소하지 말아 달라고 애원할 거지? 그리고 당신이 캇키를 때려서 생긴 멍과 진단서가 함께 찍힌 사진 데이터를 삭제해 줬으면 싶을 거야. 또 당신네 집에 남은 캇키의 물건을 폐기해도 될지 묻고 싶을 테고, 곧 새 여자친구와 결혼하는 데 관여하지 말아 달라고 하고 싶겠지. 물론 회사에 알려지면 잘릴 테니까 아무쪼록 회사에도 비밀로 해달라고 해야겠고. 그리고 마지막으로 얼른 이혼 서류를 제출해 달라고 하고 싶겠지."

"…."

"어때? 내 말이 틀려?"

키리코 씨는 태연자약하게 말하며 맥주를 맛있게 마셨다.

"그게 다는 아니지만…."

정곡을 찔린 모양이다. 남편은 속마음이 뻔히 보이게 눈동자를 굴렸다.

"어머, 역시. 대충 맞았나 보네. 역시 덴스케 씨가 말한 대로구나."

키리코 씨는 전문가인 덴스케 씨에게 오늘 대화가 어떤 식으로 흘러갈지 미리 조언을 들었나 보다.

"당신, 아까부터 너무 무례하지 않습니까?" 눈동자를 굴리던 남편은 키리코 씨에게 트집을 잡으려고 했다. "부부의 마지막 대화니까 추억 이야기 정도는 할 수 있잖아요."

"크흐흐. 추억 이야기래. 어때, 캇키?"

키리코 씨는 맥주를 한 손에 들고 나를 쳐다보았다. 남편도 열띤 눈으로 나를 보았다. 단골손님들도 나를 돌아보았다.

추억 이야기? 그런 거, 없다. 지우고 싶어도 지워지지 않는 비참한 기억이라면 산더미처럼 많지만. 남편과의 추억을 기억의 서랍에서 꺼내면 틀림없이 피 냄새가 한 묶음으로 따라올 것이다. 그런데 이제 와서 꺼내고 싶을 리가 없다.

"죄송해요. 추억 이야기는 하고 싶지 않아요."

날뛰는 심장을 느끼며 그렇게 말했다. 나를 보호하는 이들이 있는 내 집이 아니었다면, 절대 입 밖에 내지 못했을 말이다.

"그렇다네." 키리코 씨가 말했다.

남편은 배알이 꼴린 듯 과장되게 한숨을 쉬었다.

"자, 캇키가 쓸데없는 얘기는 하기 싫다니까, 이제 앞으로 어떻게 할지 구체적인 사안을 논의하는 게 가장 합리적이지 않겠어?"

남편은 귀갑테 안경을 올리면서 체념한 듯 고개를 끄덕였다.

"알겠습니다. 그럼 그렇게 하죠."

"그럼 캇키, 내가 방금 정확히 알아맞힌 사안들에 대해서 네 입으로 대답해."

키리코 씨가 내게 차례를 넘겼고, 나는 시선을 천천히 손 쪽으로 떨어뜨렸다.

아래를 바라본 채 말을 시작했다.

"으음…. 소송할 생각은 없으니까 안심해요."

나는 내 집에서, 손에 익은 일을 하고 있었다.

"사진 데이터는 덴스케 씨한테 맡겨놨어요. 그래서 저는 지울 수도 없고, 혹시 모를 일에 대비해서 일단 보관할 거예요."

향기로운 냄새가 가게 안에 가득 퍼졌다.

"집에 남아 있는 내 물건은…." 거기서 잠시 고민했지만, 나는 이미 과거와는 다른 나를 만났다. "전부 폐기해요."

"정말 다 버려도 돼?"

남편이 끼어들어 물었다. 나는 바쁘게 손을 움직이면서 "네"라고 단호히 대답했다. 그리고 말을 이었다.

"새 여자친구와 뭘 하든 저는 관여할 생각 없어요. 하지만 약속해줬으면 하는 게 있어요."

거기서 나는 한순간 고개를 들었다. 남편과 눈이 마주쳤다. 뱀 같은 시선이 무서웠지만, 나는 내 집에서 손을 계속 움직임으로써 공포를 밀어내는 데 성공했다.

"그 여자를 나처럼 만들지 말아요. 소리를 지르거나 폭력을 행사하거나 자유를 빼앗거나…." 거기까지 말하다가 한 번 심호흡했다. 눈 안쪽에서 올라오는 열기를 떨쳐내기 위해서였다. 지금은 절대 울고 싶지 않다. "새로운 여자친구한테는 절대 그러지 말아요. 약속…해줄래요?"

다시 남편을 보았다.

"내가 약속하면 너도 방금 한 말 지킬 거야?"

이 타이밍에 이렇게 시답잖은 교환 조건을 들이밀 줄이야.

남편이 아주아주 작은 인간으로 보였다.

불쌍하다는 생각마저 들었다.

"저는 약속할게요. 회사에 일러바치지도 않을 거고, 이혼 서류도 되도록 빨리 낼게요."

남편은 신경질적으로 몇 번 고개를 끄덕였다. 일단은 내게 말하려던 용건을 대부분 자기 바람대로 해치워서 만족한 얼굴이었다. 사진 데이터를 파기하지 못한 것은 꺼림칙하겠지만, 내가 소송을 걸지 않는 한 그것도 딱히 의미가 없다.

"알았어. 약속 지킬게."

"그래요."

나는 고개를 끄덕이고 묵묵히 일을 이어나갔다.

머릿속에서 이런저런 의문이 들었다.

저 사람은 일부러 신칸센까지 타고 와서는 미안하다는 말 한마디 하지 않고 돌아갈 생각인가?

애초에 내가 왜 저 사람과 결혼했지?

저 사람의 어떤 점에서 매력을 느꼈더라?

문득 카운터석에 나란히 앉은 얼굴들을 보았다. 뉴도 씨, 세이스케 씨, 료, 키라라. 그리고 안쪽에서 느긋하게 캔맥주를 마시는 키리코 씨. 다들 완전히 다른 환경에서 자라서 완전히 다른 인격을 지닌 개개인이었지만, 한 사람 한 사람이 몹시 매력적이었다. 장점도 단점도 모두 통틀어서 내가 사랑하는 사람들이었다.

남편을 보았다. 역시 작아 보인다. 불쌍할 정도로 작아서 저 사람이 불행해졌으면 좋겠다는 생각조차 들지 않았다. 그래서 그나마 마음이 놓였다. 타인의 불행을 바라며 사는 것은 전혀 멋지지 않다.

예전에 술 취한 키리코 씨가 내 어깨를 끌어안으며 대수롭지 않게 흘린 말이 떠올랐다.

캇키, 사람은 말이야, 장점으로 존경받고 단점으로 사랑받는 거야. 그러니까 둘 다 중요해.

단점을 필사적으로 감추고 계속해서 숨기려고 하는 사람은 사랑받을 요건마저 감추는 셈이다. 다시 말하면 그런 사람은 인간성의 절반 밖에 남에게 보여주지 못하기에 무척이나 작아 보이는 것 아닐까.

그런 생각을 하는 사이 내 일이 끝났다.

하얀 커피잔에서 향긋한 김이 피어올랐다.

나는 받침 접시에 잔을 올리고 카운터에서 나갔다.

나에게 쏠리는 사람들의 시선이 느껴졌다.

다정한, 가족의 시선이다.

나는 남편이 앉은 테이블석 앞에 섰다.

최대한 씩씩하게 가슴을 펴고.

갓 만든 커피를 남편 앞에 살짝 놓았다.

미심쩍게 쳐다보는 남편을 조용히 내려다보면서 어젯밤 키리코 씨와 약속한 말을 입에 담았다.

"음…, 정말, 고마위."

남편은 눈썹을 찌푸리며 훨씬 미심쩍은 표정을 지었다. 하지만 그런 것은 아무래도 상관없었다. 약속한 대로 확실히 말했으니까.

어젯밤, 키리코 씨는 내게 이렇게 말했다.

"내일 네 남편을 만나면 일이 어떻게 흘러가든 너는 마지막에 꼭─ '고맙다'고 말해. 네 가슴속에 행복해지고 싶은 마음이 있다면, 거짓말이라도 좋으니까 딱 하루만 여배우가 된 셈 치고 진심을 다해 '고맙다'고 해."

그것이 키리코 씨와 한 약속이었다.

일단 약속은 지켰다.

그런데 어찌 된 일인지 이때의 나는 여배우 행세가 좋았나 보다. 키리코 씨와 약속한 대사를 한 뒤에 애드리브까지 쳐버렸다.

"난 결혼하고 나서 늘 고통스러웠지만…, 그래도 그 덕에 지금은 사랑하는 사람들에게 둘러싸여서 살아. 그러니까 나를 만나줘서…."

"…."

"정말, 고마워."

오늘 하루로 명을 다하는 일일 여배우는 진심을 다해 '대사'를 뱉었다.

그러자 내 가슴속 깊은 곳, 아주아주 깊은 곳에서 묵직하게 응어리져 있던 검은 무언가가 조용히 녹아내려 몸이 조금씩 가벼워지는 느낌이었다. 만약 정말로 마음에 날개가 돋아날 수 있다면, 딱 이런 기분일 것 같았다.

"커피 식기 전에 마셔요."

내가 말했다.

남편은 조금 누그러든 표정으로 잔을 입으로 가져갔다.

커피를 마시고도 맛있다는 말은 하지 않았다.

다만 살짝 고개를 끄덕여 주었다.

그때—.

"당신 말이야." 키리코 씨가 갑자기 남편에게 나른한 목소리로 말했다. "첫 아내가 캇키라서 천만다행이다. 그냥 고소당했으면 지금쯤 당신이 어떻게 됐을지 잘~ 생각해 봐. 직장에서는 잘리지, 재판 때문에 돈 날리지, 시간 날리지, 사회적 지위도 곤두박질치지, 인생 망했을 거야. 새로운 여자친구랑 알콩달콩한 재혼 생활은 절대 꿈도 못 꿨을 걸. 당신이야말로 캇키한테 감사해야 돼."

커피잔을 내려놓은 남편은 불편한 듯 쓴웃음을 지을 뿐, 역시나 고맙다는 말은 하지 않았다. 하지만 나는 전혀 신경 쓰지 않았다. 나는 자진해서 '고마워'라고 말하는 데 성공했다. 그 세 글자는 어두운 과거와 이별하기 위한 키워드가 분명했다. 고통스러운 기억의 속박에서 나를 풀어줄 유일무이한 주문이었다. 그래서 나는 묘한 표정으로 커피를 마시는 남편을 바라보며 마음속으로 몇 번이나 고맙다고 중얼거렸다. 그리고 그 말을 중얼거릴수록 눈앞에 있는 남편의 존재가 점점 멀고 작아지는 것 같았다.

커피를 다 마시자 남편은 잽싸게 자리를 떴다.

역시 남의 집은 불편한 법이니까.

"그럼 전 이만."

세련된 여름 재킷을 걸친 남편은 카운터 안쪽으로 돌아간 나를 힐끔 보았다.

나랑 한 약속 꼭 지켜.

그렇게 말하는 것 같아서 나는 말없이 고개를 끄덕였다.

남편이 문으로 걸어갔다.

안녕.

고마워.

내 과거.

딸랑.

달콤한 카우벨 소리와 동시에 나른한 목소리가 날아들었다.

"당신네 회사 명함, 내가 갖고 있어~."

키리코 씨는 남편의 명함을 흔들었다. 무슨 일이 생기면 회사에 일러바치겠다는 의미를 담아 마지막으로 쐐기를 박은 것이다.

남편은 개의치 않고 작게 목인사하고는 쇼와당을 나갔다.

"감사합니다."

나는 한 번 더 소리 내어 말했다.

이번에는 키리코 씨와 한 약속 때문이 아니라 쇼와당의 점장으로서.

뻐꾹~♪

벽시계에서 하얀 뻐꾸기가 튀어나왔다.

내 집에서 내 사람들이 나를 보고 있었다. 그런 그들을 보며 나는 생각했다.

그래.

행복해지자.

반드시, 반드시….

나는 카운터 안쪽에 곧게 서서 그렇게 결심했다. 뜨거운 것이 뺨을 타고 흘렀지만, 신경 쓰지 않았다. 입꼬리는 확실히 올라가 있으니까.

행복해지고픈 마음이 있다면

내일을 찾는 건 아주 간단해♪

문득 키리코 씨가 흥얼거리던 타케우치 마리야의 '힘을 내' 한 소절이 떠올랐다.

정말 그 가사대로다. 내일을 찾는 것은 오로지 마음에 달린 일이라 아주 간단하다.

"캇키, 자유로워진 소감이 어때?"

키리코 씨가 새전함 옆 의자에 앉아서 농담처럼 말했다.

나도 반은 울고 반은 웃으며 농담처럼 대답했다.

"새로운 저를 만난 느낌이라 치유됐어요."

"어머, 너 치유됐어?"

키리코 씨가 씩 웃었다.

"아니에요. 농담입니다. 사실은 전혀 치유되지 않았어요."

나는 잽싸게 받아쳤다. 그러자 뉴도 씨가 멋지게 내 말을 대변해주었다.

"이해해, 캇키. 지금 섣불리 치유됐다고 하면 말도 안 되는 금액을 새전으로 뜯길 거야."

"하하하, 맞아!"

키라라가 밝은 목소리로 말하자, 나의 집에 따스한 웃음이 퍼져 나갔다.

✳

그날 밤, 가게 문을 닫고 키리코 씨와 캔맥주로 건배했다.

내 모험이 끝나 자유로워진 것에 대한 축배였지만, 맥줏값은 내가 냈다.

우리는 카운터석에 나란히 앉았다.

조명 밝기를 반으로 낮춰서 꼭 바에 있는 기분이었다. 바로 옆에 있으니 키리코 씨에게서 좋은 향기가 났다. 어떤 향수를 쓰는 것일까. 여자가 맡기에도 매혹적인 향이다.

"있잖아요, 사장님."

"응?"

나는 향수 대신 조금 전부터 몹시 궁금하던 것을 물었다.

"왜 저한테 '고맙다'는 말을 하라고 하셨어요?"

키리코 씨는 세 번째 맥주 캔을 따면서 나를 보았다.

"말하면서 스스로 그 의미를 깨닫지 않았어?"

"어…."

물론 그 순간에는 깨달은 느낌이었다. 하지만 키리코 씨가 의도한 바를 듣고 싶었다.

"과거를 끊어내기 위해서인가요?"

"음~, 비슷한데 아니야."

키리코 씨는 안주로 꺼내 온 살라미를 집어서 입에 휙 던져 넣었다. 그리고 그 짠맛을 맥주로 씻어낸 뒤 정답을 가르쳐 주었다.

"고맙다는 말은 말이지, 겉으로는 감사를 표현하는 거지만, 그 이면의 좀 더 본질적인 부분에는 훨씬 큰 의미가 있어."

"네? 어떤 의미요?"

"나는 내 과거를 받아들였습니다. 그런 의미."

"그 말은….'

나는 이제 내 과거를 받아들였습니다. 그러니까 이제 괜찮습니다. 내가 남편에게 그렇게 선언하게 했다는 뜻이다.

"그렇구나…. 과거를 끊어내는 게 아니라 받아들였기 때문에 그때 내가 그렇게 편해진 거구나…."

"맞아." 무심하게 대답한 키리코 씨는 내친김에 좋은 정보를 하나 알려주었다. "사람의 마음은 참 희한해. 억지로 끊어내려는 과거는 끈질기게 들러붙어서 무거운데, 제대로 받아들인 과거는 그 순간에 바로 가벼워지거든."

"받아들이면 오히려 가벼워진다…."

"그래. 자기 과거를 제대로 긍정하고 그 과거가 있어서 지금의 내가 있다고 받아들이며 감사하는 순간 사람은 과거로부터 자유로워질 수 있어."

그렇구나. 조금 전 여배우가 된 나는 애드리브로 그와 비슷한 말을 남편에게 하지 않았던가.

"사장님, 설령 거짓말이라도 진심을 다해 말하면 실제로 그런 감정이 드는 거군요…."

"이러니저러니 해도 인간의 뇌는 바보야. 자기가 한 거짓말에도 속거든."

키리코 씨가 부드러운 검은 머리를 귀 뒤에 꽂으며 말했다.

"역시 전직 상담사네요."

놀린 것이 아니라 경의를 담아서 말했다.

하지만 칭찬을 들은 키리코 씨는 그저 묵묵히 맥주를 한 모금 마시고 작게 쓴웃음을 지었다. 그리고 "후우" 하며 긴 한숨을 내쉬었다.

"있잖아, 캇키."

키리코 씨가 나를 정면으로 응시했다. 그 표정이 전에 없이 진지해서 나는 "네"가 아니라 "에?"라고 대답하고 말았다.

"또 왔어."

그 말을 들은 순간, 내 심장이 한 박자를 건너뛰었다.

"왔다는 게 혹시…."

"응. '앞으로 일주일'이라고 딱 한 줄 붙어 있었어. 오늘 우편함에 들어 있더라."

앞으로 일주일 후면—, 8월 8일.

키리코 씨의 생일이다.

나는 갑자기 겁이 나서 가게 창밖을 확인했다.

"뭘 쫄아?"

키리코 씨가 피식 웃었다.

"그야 당연히…. 사장님, 이제 거짓말은 그만하고 경찰에 신고해요."

나는 며칠 전 단골손님들을 모아서 꾸린 '총궐기 집회'를 떠올렸다. 다 같이 키리코 씨를 지키기로 했지만, 만약 상대가 정말 흉악범이라서 누가 다치거나 목숨을 잃을 것 같으면 역시….

"캇키, 내가 많이 생각해봤는데…."

"네…?"

"너한테만 전부 말할까 해."

응? 전부?

키리코 씨는 캔맥주를 살짝 쥐었다. 입을 축일 만큼만 마시고 혼잣말처럼 쓸쓸한 목소리로 말했다.

"이번에 일어난 편지 사건은 내가 직접 해결하고 싶어. 내 인생을 걸어서라도 완수하고 싶어. 바꿔 말하면 이건 나 자신을 치유할 기회야."

"자신을 치유한다고요?"

"응. 그러니까 나를 믿고 협조해 줬으면 좋겠어."

"…."

"얼마 전에도 약속했잖아. 네 인생의 모험이 끝나서 자유로워지면, 내가 상담사 시절에 좌절한 얘기를 해주겠다고."

그러고 보니 그런 약속을 했다.

"약속대로 너한테만 다 얘기할게. 그러니까 이야기를 듣는 대신 나를 도와줘."

급작스러운 전개를 따라가기 힘들어 적절한 말이 떠오르지 않았다.

"제발…."

이렇게 절박하고 진지한 눈빛의 키리코 씨는 본 적이 없다.

어쩌면, 바로 지금이 내가 키리코 씨에게 은혜를 갚을 기회일지도 모른다. 이번에야말로 내가 '치유사'가 되어 키리코 씨를 치유해줄 수 있다면, 만약 그렇다면, 내게는 거절할 이유가 없다.

하지만 이렇게 진지한 키리코 씨는 보고 싶지 않다. 조금 더 넉살 좋고 초연하고 능글맞고 거만하고 온 세상을 얕보는 키리코 씨가 좋다.

그래서 나는 '치유사 캇키'가 된 양 씨익 웃었다.

"물론 협조는 할 수 있는데…."

"그런데?"

"치유가 끝나면 새전을 왕창 헌납하셔야 돼요."

키리코 씨의 눈에 색기와 장난기가 돌아왔다.

게다가 눈빛은 평소보다 열 배는 더 다정했다.

"너, 쇼와당의 점장으로서 성장했구나."

"그렇죠?"

나는 맥주 캔을 들어 올렸다.

키리코 씨가 탁 하며 자기 캔을 부딪쳤다.

건배.

우리는 짧게 들이켰다.

"그럼 말할게. 내 비밀."

키리코 씨가 진지하게 나를 보았다.

"네."

나는 그 시선을 온전히 받아들였다.

"내가 상담사였을 때 말이야."

키리코 씨는 거기서 숨을 훅 들이마셨다.

그리고 충격적인 말을 입에 담았다.

"죽여 버렸어. 친구를."

제7장

오늘은 쓰러진 여행자들도
다시 태어나서 걸어 나가.

시대 / 나카지마 미유키

제7장

＊

키라라

쇼와당 창문으로 우연히 올려다본 저녁 하늘은 구름 한 점 없는 형광 주황색이었다. 내일도 틀림없이 햇볕이 쨍해서 대책 없이 더울 것이다.

오늘은 점장에게 부탁해서 모던바 일을 쉬었다.

8월 8일. 살인이 예고된 날이니까.

아침부터 쇼와당은 조마조마한 분위기로 가득했나 본데, 해 질 녘이 돼서도 사건다운 사건은 일어나지 않았다. 늘 그랬듯 생소한 가요곡이 가게 안을 떠돌았고, 캇키는 커피를 탔고, 키리코 씨는 흔들의자에서 태연하게 캔맥주를 마셨다.

오늘은 아침부터 단골손님들이 교대로 가게를 들락거리며 흔들의자 앞쪽 카운터석에 앉아서 키리코 씨를 경호했다. 나는 여자라서 경호에는 별로 도움이 되지 않을 것이다. 하지만 오늘만은 다른 사람들과 함께 쇼와당에서 묵기로 했다. 범인을 맞닥뜨리기는 싫지만, 달링과 아침까지 함께 있을 기회라서 조금 무섭기도 하고 두근거리기도 하고, 아무튼 묘한 기분으로 밤을 기다렸다.

이윽고 석양이 거리 너머로 완전히 사라지자, 껄렁껄렁한 사람들이 쇼와당 주변을 어슬렁거리며 순찰했다. 세이의 후배인 폭주족들이었다. 정확히 세보지는 않았지만, 일고여덟 명은 되는 것 같았다.

가게 마감 시간이 되었을 때, 나는 심부름으로 양과자점 '메이플'에 가서 예약해 둔 생일 케이크를 받아왔다. 그리고 다 같이 키리코 씨의 생일을 축하했다.

축하는 했지만, 오늘은 밤새 경호를 해야 해서 키리코 씨 말고는 아무도 술을 마시지 않았다. 다들 캇키가 만들어준 아이스커피로 건배했다.

"사장님, 사장님, 오늘 몇 살 된 거예요?"

자른 케이크를 우물거리면서 내가 소박한 질문을 하자, 키리코 씨는 무시무시한 미소를 지으며 나를 쳐다보았다.

"글쎄. 새전으로 3만 엔 내면 가르쳐줄게."

아무리 그래도 3만 엔은 너무 비싸다.

"네에? 너무 비싸다! 그럼 그냥 안 들을래요. 근데 캇키보다 한 다섯 살은 많죠?"

내 추측에 반응한 사람은 세이였다.

"그럴 리가. 훨씬 많지."

그 말이 끝나기도 전에 키리코 씨는 케이크에 딸려 온 두꺼운 종이 뚜껑으로 세이의 머리를 냅다 갈겼다.

딱!

크래커 같은 경쾌한 소리가 나고 다음 순간 세이가 우물거리던 케이크를 "웩" 하며 뱉어내는 바람에 다 같이 소리 내어 웃었다. 그 웃음을 시작으로 평소처럼 유쾌한 대화가 퍼져 나갔지만, 그래도 생일을 축하하는 작은 파티는 금방 끝나 버렸다. 왜냐하면 술을 마시는 사람은 키리코 씨 혼자였고, 애초에 다른 사람들은 주변을 순찰하는 폭주족들에게 이변이 없는지 신경 쓰느라 도무지 마음을 놓을 수 없었기 때문이다.

"그나저나 너희, 정말 아침까지 경호인지 뭔지를 할 셈이야?"

키리코 씨가 기막히다는 표정으로 말했다.

"물론이죠."

오늘 밤 경호대의 대장을 자원한 캇키가 웬일로 단호하게 대답했다.

"내가 말했잖아. 그 시시한 편지는 내 친구 도쿄 타로가 장난친 거라니까. 경호해봤자 아무 의미도 없어."

키리코 씨가 코웃음을 쳤지만, 오늘 밤 캇키는 확고했다.

"그런 거짓말은 저희한테 안 통해요. 오늘 밤은 철저하게 경호할 거예요."

"하아…. 그럼 마음대로 해." 키리코 씨는 한심하다는 표정으로 한숨을 쉬고, "난 이제 올라갈 거야. 다들 적당히 하다가 집에 가" 하면서 상석보다 안쪽에 있는 계단을 혼자 올라갔다. 위층은 키리코 씨의 주거 공간이었다.

목숨이 위태로운 사람치고 느긋한 찻집 주인을 배웅한 뒤, 대장인 캇키가 우리를 보았다.

"그럼 오늘 밤 여러분이 담당할 위치를 알려드릴게요. 우선 뉴도 씨는 뒷문을 중심으로 그 주변을 순찰해 주세요. 세이스케 씨는 가게 정문을 맡아주세요."

뉴도 씨는 굵은 팔뚝을 엇걸며 고개를 끄덕였고, 세이는 "오케이" 하며 엄지를 세웠다.

"료는 가게 안쪽, 그러니까 계단 밑을 맡아줘."

달링은 평소처럼 쿨하게 고개를 끄덕였다.

그리고 나는….

"키라라는…, 밖은 위험하니까 료랑 같이 있어 줄래?"

꺄아. 역시 캇키다. 센스가 있다.

"응! 나 열심히 할게!"

"그럼 캇키는 어떻게 할 거야?"

세이가 고개를 갸웃하며 대장에게 물었다.

"저는 폭주족분들과 주변을 순찰할게요. 중간중간 편의점에 들러서 여러분께 드릴 음식을 사 오려고요."

"여자인데 밖에서 괜찮겠어?"

뉴도 씨가 걱정스러운 표정을 지었다. 이 영능력자는 험상궂은 얼굴에 코스프레 같은 차림새지만, 성격은 아주 다정하다.

"저는 괜찮아요. 폭주족분들도 있고요. 그리고 다시 한번 말씀드리지만, 절대로 휴대전화를 손에서 놓지 마세요, 여러분. 조금이라도 이상한 낌새가 있으면 다른 사람들에게 전체 메시지를 보내세요. 그럼 여러분, 각자 위치로 가주세요."

"네, 알겠습니다"라고 대답하는 모습이 꼭 군대놀이라도 하는 것 같았지만, 한 사람 한 사람의 표정이 무척이나 진지해서 나도 웃을 수 없었다.

세이와 뉴도 씨가 가게 밖으로 나갔다.

"이만한 인원이 모였으니 범인이 아무리 대단해도 못 들어오겠어."

달링이 캇키에게 말했다. 그 옆얼굴은 가슴이 쿵쾅거리도록 멋있었지만, 어쩐지 평소보다 조금 긴장되어 보였다.

"응. 아주 완벽한 경호지." 캇키가 짧게 대답했다. 캇키도 역시 평소와는 약간 다른 눈으로 달링을 바라보았다. 다들 심장이 두근거리나 보다.

나는 조금이나마 긴장을 풀어주려고 달링의 팔을 활기차게 붙들었다.

"달링, 오늘 밤은 우리 단둘이네?"

그러자 달링은 내 팔을 부드럽게 떼어내고 지금껏 본 중에 제일 진지한 표정을 지었다.

"키라라, 오늘 일은 장난이 아니야. 방해할 거면 캇키랑 같이 밖에 있어 줘."

"…."

시무룩해진 내 어깨를 캇키가 두드렸다.

"키라라, 분위기를 풀어주려고 그런 거지? 정말 고마워. 하지만 혹시 모를 일이 벌어지면 계단 밑은 마지막 보루가 될 거야. 범인이 계단 위로 절대 못 올라가게 막아야 하잖아. 그러니까 오늘 밤은 료의 부하가 된 셈 치고 료의 지시를 따라줘. 그러면 되지, 료?"

"응."

"키라라는?"

"응. 알았어."

캇키는 우리를 향해 작게 미소 지은 뒤 "사장님은 술을 드셔서 아마 금방 잠들 것 같아. 그러니까 최대한 조용히 대화해. 그럼 나도 순찰하고 올게"라는 말을 남기고 정문으로 나갔다. 그때, 노란 티셔츠를 입은 캇키의 가녀린 등이 어쩐지 부자연스러워 보였다. 이유는 잘 모르겠지만, 어쨌든 조금 이상했다. 이건 여자의 감인데, 캇키가 우리에게 뭔가를 숨기는 것 같다고, 나는 그렇게 생각했다.

달링과 단둘이 남은 가게 안은 몹시 조용했다. 벽에 걸린 뻐꾸기시계의 초침 소리가 째깍, 째깍, 째깍, 하며 조명 밝기를 반으로 낮춰 어슴푸레한 실내를 울렸다.

나는 옆에 선 달링을 올려다보았다.

"있잖아, 달링, 이건 여자의 감인데—."

"제발."

"응?"

"오늘 밤은…, 오늘 밤만은 내가 하라는 대로 해줘."

달링도 이상하다.

왠지 평소와 다르다.

뭔가가, 이상하다.

"으, 응…."

나는 평소보다 눈빛이 조금 무서운 달링을 바라보면서 고개를 움츠릴 수밖에 없었다.

✳

카미야마 료

나는 손목시계를 보았다.

밤 열한 시를 조금 넘긴 시간이었다.

"수고가 많아. 배고프지?"

캇키가 갑자기 가게에 돌아와서 새참으로 나와 키라라에게 차와 삼각김밥을 가져다줬다. 키라라는 늘 그랬듯 천진난만하게 기뻐하면서 삼각김밥을 뜯었다.

"료도 사양 말고 먹어."

"응."

"그럼 계속 잘 부탁해."

캇키는 나와 눈을 맞추지도 않고 말한 뒤 다시 밖으로 나갔다. 그모습에 나는 묘한 위화감을 느꼈다. 혹시 캇키가 눈치챈 것일까. 아니, 설마. 그럴 리가 없다. 눈치챘다면 내게 계단 밑 경호를 맡기지 않았을 것이다. 괜찮다. 내 착각이다. 그렇게 스스로 타이른 나는 키라라가 눈치채지 못하도록 조용히, 깊게, 탄식했다.

아무튼 새참 배달이 끝났으니 당분간 캇키는 돌아오지 않을 것이다. 다시 말해 기회는 지금이다.

"저기, 키라라."

"응? 왜?"

해맑게 웃으며 명란젓 삼각김밥을 베어 무는 키라라에게서는 뭐라 형용할 수 없는 사랑스러움이 묻어났다. 모던바에서 어른들의 지저분한 세상을 엿보면서도 키라라의 마음 중심에는 강아지처럼 순수한 부분이 확실히 있었다.

"난 매실장아찌를 싫어해."

"뭐, 진짜? 달링, 어린애 같아서 귀여워."

"미안하지만 그거 다 먹으면 맥도날드에 가서 빅맥 세트 좀 사다 줄래? 그리고 치킨버거도. 네 것까지 내가 낼 테니까 원하는 걸로 사와."

나는 몹시 미안한 표정으로 두 손을 모으고 "미안하지만 부탁해"라고 밀어붙였다. 맥도날드는 역 남쪽 출구 근처에 있으니 여기서 걸어서 몇 분은 걸린다. 내가 혼자 있을 시간은 그 정도면 충분하다.

"알았어. 오늘 밤은 달링이 하라는 건 뭐든 할 거야."

"든든하다. 정말 고마워."

머리를 쓰다듬어 주자, 강아지는 삼각김밥을 한 손에 들고 꼬리를 흔들며 밖으로 나갔다. 혼자가 되자, 갑자기 가게 안이 정적에 휩싸였다.

내 숨소리가 들릴 정도였다.

나는 숨을 한 번 들이마시고 "좋아"라고 중얼거려 나를 격려하고는 계단 아래쪽 신발 벗는 곳에서 조심스레 신발을 벗었다. 발소리를 죽이면서 키리코의 침실로 이어지는 계단을 올랐다.

긴장으로 몸이 경직된 것을 나 자신도 잘 알았다. 이미 이마에서 불쾌한 땀이 배어 나오고 있었다. 반쯤 올라가서 잠시 걸음을 멈추고 허리에 찬 힙색을 열었다. 이날을 위해 사 둔 군용 칼을 꺼냈다. 투박하고 검은 칼자루에서 두꺼운 날을 꺼내자, 한 번도 쓰지 않은 칼날이 둔하게 번쩍였다.

"후우…."

나는 짧은 숨을 뱉고, 이제 정말로 죽여야 해, 라고 스스로 다그쳤다.

죽여야지. 반드시.

그렇게 또 다른 내가 대답했다. 그 소리 없는 목소리에 등을 떠밀려 다시 계단을 올랐다.

2층에 도착하니 오른편에 침실 문이 있었다. 오래된 황동제 문손잡이를 천천히 돌렸다. 희미하게 찰칵 소리가 나며 손잡이가 돌아갔다. 성격이 무방비하고 대담한 키리코는 방문을 잠그지 않았다.

나는 살짝 열린 문틈으로 방 안을 조심스레 들여다보았다. 어두운 방이었다. 하지만 침대 아래 발밑등이 켜진 덕분에 방 전체가 어렴풋이 노랗게 보였다.

에어컨 소리.

벽시계가 째깍, 째깍, 째깍, 하는 소리.

기이할 정도로 조용한 밤이었다.

싱글 침대가 방 왼쪽에 보였다. 나는 문틈으로 미끄러지듯 몸을 밀어 넣고 그 침대 옆으로 다가갔다.

곤히 잠든 키리코를 내려다보았다.

잠든 얼굴까지 아름다운 여자였다.

하지만 이 여자가, 내….

나는 호흡을 거듭할 때마다 손에 쥔 칼자루에 힘이 들어가는 것을 느꼈다.

죽여야 한다. 당장.

또 다른 나의 목소리가 들려왔다.

시간이 없어. 키라라가 돌아오기 전에 얼른 끝을 내.

간다!

나는 과감히 침대로 뛰어들어 키리코의 배 위에 올라탔다.

눈을 뜬 키리코가 나를 올려다봤다. 이불 속에서 버둥거렸지만, 내가 위에서 억지로 내리눌렀다.

그러자 키리코의 몸에서 힘이 슥 빠졌다.

어…? 왜?

그 뒤로 몇 초간 우리는 서로의 눈을 가만히 바라보았다.

죽일 거야.

죽…인다고?

내가 이 여자를 죽일 수 있을까?

자문자답하면서 오른손에 쥔 칼을 천천히 어깨높이로 들어 올렸다. 이미 심장은 내 것이 아닌 듯 날뛰었다.

하지만 키리코는 기묘하리만치 차분한 눈으로 나를 올려다보았다. 그 눈이 내 마음속 균형을 무너뜨렸다.

나는 너를 죽일 거야—.

그렇게 말하려고 했는데, 위 안쪽에서 짜낸 듯 괴롭게 갈라진 목소리만 나왔다.

키리코는 차분한 표정으로 천천히 눈을 감았다.

뭐 하는 거지?

나는 순간 망설였다.

닫힌 키리코의 눈꺼풀에서는 허세가 느껴지지 않았다. 왠지 정말로 잠든 것처럼 보였다. 게다가 입가에는 작은 미소까지 띠고 있지 않은가.

내 마음을 확인하듯 재차 "너를 죽일 거야"라고 말하려는 찰나, 키리코의 입술이 먼저 열렸다.

"괜찮아. 죽여도."

"…."

"죽으면 그녀를 만날 수 있을 테니까."

그녀—.

어떻게 된 거지? 키리코가 다 알고 있었나?

아니, 그럴 리가. 하지만 지금 분명히, 죽으면 그녀를 만날 수 있을 거라고 말했다. 머릿속이 갑자기 혼란스러워졌다.

안 된다. 죽더라도 그 사람을 만나게 해주지는 않을 것이다.

죽인다.

죽여야 한다.

어서, 죽이라고!

나는 마른침을 삼키고 머리 위로 칼을 치켜들었다.

그 순간, 에어컨이 윙 소리를 내며 멈췄다.

방 안의 정적이 순식간에 깊고 무거워지더니, 벽시계 초침이 째깍, 째깍, 째깍, 하며 나를 재촉했다.

"그럼 죽어…."

이번에는 목소리가 제대로 나왔다. 간신히.

나는 죽여야 한다.

나 자신을 타이를수록 평소에 봐 온 키리코의 모습이 머릿속을 스친다. 지금껏 수많은 사람을 치유해주고 사랑받아 온 특이한 여자의 얼굴이 어른거려서 내 내면에 가득하던 살의를 지워 버리려고 한다.

하지만 나는 과거를 마무리 지어야 한다.

그러기 위해서 지금껏 살아오지 않았나.

죽여.

그래. 죽일 거야.

어서 원수를 갚아.

지금, 할 거라고.

나는 그 사람의 죽은 얼굴을 떠올렸다.

핏기를 잃고 차가워진, 그 고독에 찬 얼굴. 그 서늘한 뺨을 만졌을 때 느낀 구역질 나는 슬픔이 가슴속에서 되살아났다.

나는 크게 숨을 들이쉬었다가 멈췄다.

죽인다.

망설임의 끈이 툭 소리를 내며 끊어졌다.

한 번도 사용하지 않은 군용 칼을 머리 위에서 힘껏 내리찍었다.

푸우욱.

경험해 본 적 없는 촉감이 칼을 쥔 손바닥으로 전해졌다.

하아, 하아, 하아, 하아….

정신을 차려 보니 나는 숨을 헐떡이고 있었다.

어렴풋이 노란 방에, 소리를 지르고 싶어질 만큼 크고 차가운 상실감이 단숨에 차올라서 그 무게가 나를 짓눌렀다.

베란다로 이어지는 미닫이문 밖에서 귀에 거슬리는 소리가 들려왔다.

멀리서 다가오는 경찰차 사이렌이었다.

카키자키 테루미

어딘가 먼 곳에서 경찰차 사이렌 소리가 들려왔다.

순간 숨을 삼켰다. 하지만 아직 내 휴대전화에는 아무 연락도 오지 않았다. 괜찮다. 분명히 괜찮을 것이다. 키리코 씨니까. 하지만….

나는 밤거리를 걸으면서도 자꾸 쇼와당이 신경 쓰였다. 료가 행동에 나선다면 내가 새참을 전해주고 밖으로 나온 '지금'이 적기일 테니까.

지금쯤 료는 키라라를 적당히 떼어놓고 혼자 키리코 씨의 방에 숨어들어서—. 그 뒤에는 어떻게 되고 있을까.

키리코 씨는 정말 괜찮을까. 너무 불안해서 상념에 빠져 걷다가 처음 보는 취객과 부딪칠 뻔했다.

"죄, 죄송합니다."

"어이쿠, 응? 누나 귀엽다. 같이 한잔할까?"

똑바로 걷지도 못하는 아저씨에게 붙잡혀 있을 때가 아니었다. 나는 한 번 더 "죄송합니다" 하고 잰걸음으로 걸어갔다. 상점가 모퉁이를 돌아서 골목으로 들어갔다. 그때 건너편에서 폭주족 사람이 어슬렁어슬렁 걸어왔다. 이들에게 아무 의미도 없는 경호를 시키고 말았다. 정말 미안해진다.

"안녕하심까." 폭주족 사람이 턱을 앞으로 내밀듯 인사했다.

나도 "안녕하세요" 하며 살짝 고개를 숙이고 지나갔다.

무더운 한여름 밤이 서서히 깊어 간다. 오래된 집 방충망에 앉은 유지매미가 맴, 맴맴… 하며 외로운 소리를 냈다. 밤하늘에는 가느다란 초승달이 떴다. 그 초승달을 엷은 구름이 천천히 덮었다.

키리코 씨와 료, 두 사람 모두 무사했으면 좋겠다.

나는 종교가 없지만 이럴 때는 가게 안에 있는 감실이 떠오른다. 누군가가 그 신에게 소원을 빌면, 키리코 씨는 어김없이 소원을 이뤄주었다. 사실은 신이 아니라 키리코 씨에게 애원한 셈이었다. 그래도 나는 기도했다.

신이시여, 제발…. 엷은 구름 속에서 다시 고개를 내민 초승달을 올려다보며 나는 태어나 처음 진심으로 신에게 애원했다.

내 인생의 모험이 끝나고 자유로워진 그날 밤.

키리코 씨는 내게 상담사 시절의 비밀을 털어놓았다. 여느 때처럼 담담하게, 그러나 여느 때보다 조금 신중하게 단어를 고르면서.

그날 밤, 키리코 씨가 '죽였다'고 한 사람은 료의 엄마였다. 료의 엄마 유키 씨는 똑똑한 여자로, 대학생 때부터 키리코 씨와 둘도 없는 친구였다고 한다. 대학교를 졸업한 뒤, 키리코 씨는 꿈꾸던 심리 상담사가 되었다. 얼마 후 미모와 실력을 겸비한 상담사로 소문이 나면서 라디오와 잡지 같은 미디어에도 노출되었다.

한편 유키 씨는 이중 언어자라는 장점을 살려 상사 회사 종합직으로 경력을 쌓다가, 같은 회사에 다니는 남자친구의 아이를 임신해서 자연스레 퇴사했다. 이윽고 료를 낳았고, 곧장 현모양처의 길을 걸었다. 장래의 꿈은 료와 함께 세계 일주를 하는 것이었다고 한다.

하지만 만사가 순조롭던 키리코 씨와는 반대로 유키 씨는 언제부턴가 심각한 우울증에 시달렸다. 원인은 거듭되는 남편의 바람이었다.

오롯이 남편의 잘못이지만, 가정의 치부를 타인에게 드러낼 수 없었던 유키 씨는 홀로 고독의 암흑 속에서 괴로워했다. 그러다 끝내는 지푸라기라도 잡는 심정으로 절친한 친구인 키리코 씨에게 전화를 걸었다. 자신이 우울증인 것 같다고 고백하며 상담을 부탁했다. 사실 자신의 비참한 인생을 찬란히 빛나는 키리코 씨에게 알리고 싶지 않은 마음도 있었다. 하지만 상담사이자 친구인 키리코 씨의 존재는 유키 씨에게 마지막 보루였다.

키리코 씨와 유키 씨가 오랜만에 만난 장소는 시부야 고층 호텔 1층에 있는 카페였다. 생기를 잃고 초췌해진 유키 씨를 보고 키리코 씨는 숨을 삼켰다. 유키 씨의 증상은 예상보다 심각해 보였다. 하지만 키리코 씨는 그동안 훨씬 중증인 사람들도 정성껏 한 명 한 명 구해냈다는 자부심이 있었다.

"유키, 이제 안심해도 돼. 말할 수 있는 정도만 털어놔도 되니까 나한테 조금씩 얘기해봐." 키리코 씨가 격려하자, 유키 씨는 눈물을 글썽거리면서 더듬더듬 자신의 이야기를 늘어놓았다.

유키 씨는 며칠 전 면도칼로 손목을 그으려 했다고 말했다. 심지어 그 순간을 초등학교 1학년인 료가 보고 말았다. 료는 울면서 유키 씨의 손에서 면도칼을 빼앗으려고 했다. 몸싸움을 하다가 그만 료의 오른쪽 어깨에 상처를 내고 말았다. 피를 철철 흘리는 아들을 보자, 유키 씨는 자살이고 뭐고 제쳐 놓고 급히 병원에 갔다. 다행히 료의 어깨 상처는 몇 바늘 꿰매는 정도로 끝났지만, 아이의 몸과 마음에 상처를 입혔다는 죄책감이 유키 씨를 더 괴롭혔다.

간추린 고백을 들은 키리코 씨는 일단 교과서에 나오는 상담 기법대로 대응하면서 최선책을 찾기로 했다. 과거의 경험과 문헌을 대조해 보고 은사님에게도 상의하며 다양한 증례와 의견을 비교 검토해 본 결과 유키 씨는 심료내과 약물을 이용한 치료를 받는 것이 나을 듯했지만, 키리코 씨는 약물 사용을 그다지 바람직하게 여기지 않았고 내담자가 친구라는 이유도 있어서 자기만의 방식대로 최고라고 생각되는 상담을 진행했다. 유키 씨와 만나는 시간을 최대한 많이 만들고 어린 료도 만나서 세심하게 마음을 만져 주었다. 바람을 거듭하던 남편은 일이 바쁘다는 핑계로 키리코 씨를 만나주지 않았다. 게다가 유키 씨도 남편과 키리코 씨가 만나지 않기를 바랐다. 이유는 단순했다. 유키 씨는 의부증에 시달리고 있었다. 남편과 키리코 씨가 만나면 이번에는 둘이 바람을 피운다고 의심하게 될 것이 뻔했다.

키리코 씨는 심약해진 유키 씨의 마음을 헤아려서 남편을 제외한 모자만 데리고 일대일 상담을 이어갔다.

그 뒤로 한동안 주의 깊게 상담을 진행하다가 키리코 씨는 료의 마음속에 깃든 '깊은 어둠'을 발견했다. 어린 료는 자기 부모님이 불화하는 이유를 '자신이 이 세상에 태어났기 때문'이라고 굳게 믿고 있었다.

유키 씨는 소위 말하는 '속도위반'으로 결혼했는데, 마음의 병에 걸린 뒤로 그 사실을 매우 부정적으로 바라보았다. 그래서 만취했을 때 료에게 여러 번 말실수를 하고 말았다.

"너만 안 태어났으면, 이렇게는 안 됐을 텐데!"

엄마의 입으로 직접 들은 그 말이 어린 료에게 저주가 되었다. 자신의 존재 자체를 부모에게 부정당했으니까. 그 이후 료는 아빠와 엄마에게 강한 부채 의식을 느끼게 되었다. 그래서 매일매일 그저 '착한 아이'가 되려고 애썼다. 부모님에게 조금이라도 사랑받기 위해서.

나를 낳아서 엄마가 아빠한테 미움받는 거래. 아빠는 내가 있어서 엄마랑 사이가 안 좋은 거야.

그런데 어린 료는 대견하게도 "아빠랑 엄마 둘 다 좋아"라고 키리코 씨에게 울며 호소했다. 키리코 씨는 그런 료를 끌어안았다.

"걱정하지 마. 아빠랑 엄마는 너를 사랑하셔."

"엄마 마음의 병, 고쳐줄 거예요?"

"응. 방긋방긋 웃는 다정한 엄마로 내가 꼭 돌려놓을게."

"정말요?"

"그럼. 나만 믿어. 약속할게."

어린 료와 손가락을 걸고 약속한 키리코 씨는 새로운 방침을 내세웠다. 부부 문제보다 앞서 모자 관계부터 개선할 생각이었다.

그런데 늦가을의 어느 날, 유키 씨는 덧없이 가 버렸다.

예전처럼 욕실에서 손목을 그은 자살이었다.

키리코 씨는 패닉에 빠졌다. 굳이 약물 치료를 권하지 않은 사람은 자신이었고, 자신이 가진 모든 것을 쏟아부은 결과가 자살이었다. 게다가 그 상대는 둘도 없는 친구였다.

무력함과 후회에 짓눌려 만신창이가 된 키리코 씨는 원래 맡고 있던 다른 상담조차 이어갈 수 없을 정도로 무너졌다.

유키 씨의 장례식은 진눈깨비 속에서 치러졌다. 조금 헐거운 상복을 입은 여섯 살 료는 창백한 중년 여자와 장례식장 구석에 나란히 서 있었다. 아내가 자살한 것을 알고 겁을 먹은 유키 씨의 남편은 그때 이미 불륜 상대와 함께 자취를 감춘 뒤였다. 키리코 씨는 아빠와 엄마를 동시에 잃은 료 앞에 섰다. 적어도 남겨진 료에게 사죄하고 싶었다. 료는 상담으로 여러 번 만난 키리코 씨를 젖은 눈동자로 올려다 보았다. 어깨를 들썩이며 두 번 심호흡하고는 힘없이 끊어 말했다.

"엄마…, 죽었어요…."

"…."

키리코 씨는 료 앞에 천천히 쪼그려 앉아서 시선을 맞추었다.

"약속… 했으면서…."

"내가…. 손가락까지 걸었는데, 그치…."

"거짓말, 한 거예요?"

"아…."

울먹이는 료의 눈동자 속에 분명한 분노의 빛이 어렸다.

"내가 조금 더 잘했으면…. 정말…."

키리코 씨는 울음 섞인 목소리로 료에게 사과하려고 했다.

그러자 료는 입술을 꽉 깨물고 눈물을 뚝뚝 흘리다가 갑자기 장례식장 어딘가로 뛰쳐나갔다.

엄마의 장례식이 끝나고 얼마 후, 료는 보호시설에 들어가게 되었다. 친척은 있었지만 아무도 료를 맡아주지 않았다.

그 이야기를 듣고 키리코 씨는 훨씬 더 자기 자신을 책망했다. 전문 상담사였지만 자기 자신의 마음을 치유할 수는 없었다. 이윽고 죄책감을 견기지 못하고 심리 상담사를 관뒀다.

직업과 자신감과 친구를 한꺼번에 잃은 키리코 씨는 취직할 기력마저 완전히 잃어서 일단 본가에서 운영하는 쇼와당 일을 도왔다. 그런데 설상가상으로 비극은 또 다른 비극을 불러왔다. 사장 겸 운영자였던 키리코 씨의 아버지가 갑자기 병으로 세상을 떠났다.

고등학생 때 이미 어머니를 병으로 떠나보낸 키리코 씨는 료와 마찬가지로 천애고아가 되었다. '자업자득'이라는 사자성어가 키리코 씨의 뇌리에서 떠나지 않았다. 어린 료를 고아로 만들어서 벌을 받았다는 생각이 자꾸 들었다. 모든 것을 잃고 인생의 수렁에 빠진 키리코 씨는 아버지와 어머니가 살아 있었다는 증거만은 지키자고 결심하며 쇼와당을 이어받았다. 그러나 예전처럼 활기차게 살 기력은 없었기에 가게를 어중간하게 운영할 수밖에 없었다.

그런데 아버지가 운영하던 때부터 드나들던 단골들과 그 아이들이 키리코 씨의 상태를 살피기라도 하듯 이따금 가게를 찾아줬고, 거기에 미인인 키리코 씨를 보러 오는 새로운 손님도 조금씩 생겨났다.

키리코 씨는 그런 손님들과 시답잖은 대화를 주고받으면서 아주 조금씩이기는 하지만 자신의 마음이 치유되는 것을 깨달았다. 그리고 그런 그들에게 감사의 의미를 담아 소소한 고민거리에 조언해주게 되었고, 그 덕분에 치유되는 사람이 하나둘 늘어났다. 키리코 씨가 '치유사'로 불리게 된 데에는 그런 과정이 있었다.

키리코 씨 앞에 '카미야마 료'라는 쿨한 청년이 나타난 것은 그로부터 10년이라는 긴 세월이 지난 뒤였다. 료가 가게에 들어왔을 때, 키리코 씨는 단번에 알아봤다고 한다. 이 아이는 죽은 유키의 하나뿐인 아들 '시모카와 아츠시'가 분명하다고. 그 장례식 날 자신을 올려다보던 젖은 눈동자의 무시무시한 빛이 조금도 변하지 않았기 때문이었다.

게다가 결정적인 증거가 있었다.

카미야마 료(上山凉).

한자의 의미를 완전히 뒤집으면,

시모카와 아츠시(下川溫).

그렇게 된다는 사실을 키리코 씨는 순간적으로 알아차렸다.

게다가 어느 여름날, 료가 무심코 티셔츠 소매를 걷어 올렸을 때, 어깨에 남은 흉터를 보았다. 자살하려는 유키 씨와 몸싸움을 벌이다가 생긴 상처가 분명했다.

카미야마 료의 정체는 시모카와 아츠시였다.

세상을 떠난 둘도 없는 친구 유키 씨의 외아들.

그 사실을 알면서도 키리코 씨는 지금껏 시치미를 떼고 아무렇지 않게 료를 대했다. 물론 키리코 씨에게 협박성 메시지를 보낸 사람이 료라는 것도 알고 있었다. 유키 씨가 테디베어 수집가였던 것을 아는 사람은 료밖에 없었다. 다시 말해 그는 키리코 씨가 자신의 엄마를 떠올리도록 일부러 피 묻은 테디베어를 보낸 것이다.

그 피 묻은 면도칼과 '죽어'라고 적힌 편지를 "모르는 여자한테 받았다"며 가져온 사람도 료였고, 뮤지션을 꿈꾸는 아오이 부자의 길거리 공연 때 팁을 넣는 기타 케이스에 협박문을 넣을 수 있었던 사람도 나와 키리코 씨를 길거리 공연 현장으로 불러낸 료뿐이었다. 그리고 치카의 자살 소동 이후 쇼와당 창문에 '한 달 뒤'라고 빨간 글자를 적을 수 있었던 사람도 료였다. 그때 료는 혼자 치카의 집에 오지 않았고, 나는 료의 휴대전화에 부재중 메시지로 잠시 후 다 같이 치카의 집에 간다는 말을 남겼다. 료는 아무도 없는 시간을 틈타 가게 창문에 낙서를 했을 뿐이다.

다시 말해 키리코 씨는 처음부터 범인이 료인 것을 알면서도 그 앞에서는 늘 시치미를 떼며 절대 경찰에 신고하지 않겠다는 의연한 태도를 보인 것이다.

도쿄 타로는 내 친구야. 그저 장난이니까 만약 정체가 들통나더라도 나는 너를 받아들일 거야. 그러니까 괜찮아. 언제든 와.

키리코 씨는 태도로 료에게 그렇게 말한 것이다.

료는 아마 자신의 어머니가 키리코 씨 때문에 자살했다고 믿었을 것이다. 어쩌면 그렇게 믿지 않고서는 버틸 수 없었을지도 모른다. 어느 쪽이든 장례식 때 키리코 씨가 료에게 한 말은 기억할 테고, 어느 정도 나이가 찬 뒤에는 키리코 씨가 약물 치료를 하지 않았다는 사실을 알았을 가능성도 있다. 물론 그것이 키리코 씨의 잘못이라고 판단했을 수도 있다.

료는 어려서 모든 것을 잃고 천애고아가 된 원한을 풀기 위해, 보호 시설에서 나온 이 시점에 키리코 씨가 있는 쇼와당을 찾아왔다. 하지만 실제로 만난 키리코 씨는 료가 상상하던 것과 달랐을 것이다. 엄마를 죽음으로 내몰았을 것 같지도 않고, 오히려 사람들에게 사랑받고 기댈 곳이 되어주며 많은 사람을 치유해주고 구해주는 사람이었으니까. 이를 눈으로 확인하는 바람에 료는 지금껏 범행을 단행하지 못했다. 단행할 수 없어서 번거롭게 협박 편지나 보내며 상황을 지켜봤는지도 모른다.

료는 두 어깨를 파고들 정도로 감당하기 힘든 슬픔을 짊어지고 있었고, 키리코 씨도 분명 비슷한 비애를 가슴속에 묻고 살아왔을 것이다.

하지만 그날, 키리코 씨가 모든 것을 내게 털어놓은 그닐 밤, 키리코 씨는 마지막에 내게 단호히 이렇게 말했다.

"나는 운명을 바꿀 거야"라고.

아리무라 키리코

칼에 찔린다면 아마 목이나 가슴일 것이다.

아플까. 얼굴은 아니었으면 좋겠는데. 어차피 죽을 테니 상관없다.

극도의 긴장감 속에 있는데도 나는 그런 생각을 하며 눈을 감고 있었다.

나 자신도 놀랄 만큼 뇌와 몸을 잘 통제해서 평정심을 연기하는 데에는 성공했지만, 심장은 어쩔 수 없이 솔직해서 내 몸의 일부임을 믿기 어려울 정도로 빠르게 뛰었다.

배 위에 얹힌 무게에 갑자기 변화가 생겼다.

칼을 치켜든 료의 무게가 문득 사라졌다.

드디어 찔리는구나. 아니, 절대 찔리지 않을 것이다.

그리고 다음 순간—.

엄청난 진동과 함께 푸욱, 하는 소리가 났다.

내 왼쪽 귀 바로 옆에서.

내리꽂힌 칼이 베개를 관통한 모양이다.

나는… 살아 있다.

이루 말할 수 없는 안도감이 가슴속에서 복받쳐 올라왔다.

그렇구나. 죽음은 이렇게 무서운 거구나.

나는 천천히 눈꺼풀을 들었다.

숨이 닿을 만큼 가까운 거리에, 칼을 내리꽂은 료의 얼굴이 있었다. 료는 하아, 하아, 하며 어깨로 숨을 쉬었다. 에어컨을 틀었는데도 이마에 땀이 축축했다.

무서웠구나, 료도….

그런 생각이 들자, 내 팔이 자연스레 눈앞의 땀투성이인 얼굴을 끌어안았다.

료는 균형을 잃고 내 위에 엎어졌다.

그 무게에, 한 인간의 '살아 있는 몸'을 느낀 나는 어쩐지 갑자기 절절함이 복받쳐서 하마터면 울음을 터뜨릴 뻔했다.

땀투성이인 료의 머리를 다시 끌어안았다.

가슴에 묻듯 꼭 껴안았다.

료는 조금도 저항하지 않았다. 오히려 인형처럼 팔다리 힘을 쭉 빼고 베개에 꽂힌 칼도 손에서 놓았다. 나는 료의 온기에서 아기 같은 사랑스러움을 느꼈다.

나는 한 차례 심호흡하며 최대한 마음을 가다듬은 뒤, 천천히 단어를 고르듯 가슴 위에 있는 청년에게 말을 걸었다.

"료가 사실 시모카와 아츠시인 거, 나 처음부터 알고 있었어."

료는 그저 호흡을 거듭할 뿐, 아무 말도 하지 않았다.

나는 한 번 더 깊이 숨을 들이마셨다가 뱉었다.

윙 하는 소리가 나며 에어컨이 작동했다. 방 공기가 움직인다.

노란 발밑등에 비친 천장을 멍하니 응시했다. 그 천장에서 불안해하는 유키의 얼굴이 보이는 듯했다.

유키, 네 보물이 나를 찾아와줬어.

땀이 밴 료의 뒤통수를 가만히 쓰다듬었다.

그리고 말을 이었다.

"유키를…, 너희 엄마를 구하지 못해서…, 치유해주지 못해서…."

내 위에 힘없이 누운 료의 몸에 희미하게 긴장이 번지는 듯했다.

나는 다시금 료의 머리를 꼭 껴안았다.

그리고 간절한 마음을 입에 담았다.

"정말, 미안해…."

목소리가 갈라졌다. 그래도 말했다. 드디어.

가슴속에서 정체 모를 열기가 끓어올랐다.

나는 눈을 꼭 감았다.

뜨거운 눈물이 눈꼬리를 타고 흘러내려 내 두 귀를 적셨다.

눈을 감은 채 가슴 위에서 느껴지는 온기를 꽉 껴안았다.

잠시 후, 그 묵직함이 잘게 떨렸다.

그 떨림이 점차 커지더니, 이내 료는 오열을 터뜨렸다.

"왜, 왜…."

품 안에서 웅얼거리는 료의 목소리가 들려왔다.

"대체 왜!"

료는 울면서 그 말을 반복했다.

나는 대답하지 않았다. 대답할 수 없었다. 그저 친구가 이 세상에 남긴 '생명'이 아주 조금이라도 치유되기를 간절히 기도하면서 끌어 안을 뿐이었다.

그러면서 나는 내 마음도 오열하고 있음을 깨달았다. 입을 꽉 다물 어 소리를 눌렀다. 그런데도 마음이 온 힘을 다해 울었다. 어슴푸레한 침실에서 두 개의 순수한 슬픔이 얽혀 공명했다.

나는 가슴속이 마비된 것처럼 깊은 우수를 맛보았지만, 동시에 그 감각이 어딘가 편안하기도 했다. 오열과 함께 검디검은 정념이 온몸

의 모공에서 터져 나와서 마음속에는 그만큼 텅 비고 투명한 공간이
생겨나는 것 같았다.

잠시 후, 료의 오열이 잦아들었다.

나는 그의 머리를 껴안은 채 천천히 호흡했다.

"이제, 됐어…."

품 안에서 쉰 목소리가 중얼거렸다.

나는 서서히 팔 힘을 뺐다.

료의 몸에 힘이 들어가더니 료가 고개를 숙인 채 상반신을 휙 일
으켰다. 아직 내 배 위에 올라탄 상태였다.

칼을 쥐었던 오른손 손등으로 자신의 젖은 뺨을 닦았다. 그리고 나
를 내려다보았다.

눈과 눈이 마주쳤다.

료는 매우 피폐한 얼굴이었지만, 그래도 그 눈빛에서는 살기와 독기
가 빠진 듯 보였다.

"료, 사실은 말려줬으면 했지?"

내 목소리도 조금 쉬어 있었다.

"…."

료는 아무 말도 하지 않고 흔들리는 눈동자로 나를 내려다보았다.

"말려줬으면 해서 이렇게 애먼 짓을 한 거지?"

"왜…, 그렇게 생각해?"

"이래 봬도 전직 상담사거든."

나는 작게 웃으려고 했지만, 내 의도보다 훨씬 미미한 웃음만 지어
졌다.

"그럼 왜 나를 말리지 않았어?"

망설임 섞인 료의 목소리에 나는 "후우" 하며 작게 숨을 내쉬고 한 점 거짓 없는 말로 대답했다.

"1밀리도 남는 것 없이 후련해졌으면 했어."

"후련?"

"응. 료의 마음도 내 마음도."

료가 진심으로 나를 죽일 생각이었다면, 굳이 그렇게 귀찮은 짓을 벌이지 않았을 것이다.

한마디로 료는 망설인 것이다.

나를 죽일지 살릴지.

"사람은 말이야, 진지하게 망설여질 때 안일하게 다른 사람의 말을 따르기보다는 최선을 다해 고민하고 또 고민해서 직접 답을 찾고 그 답대로 움직이는 게 좋아. 결과적으로 성공하든 실패하든 후련해질 수 있는 유일한 방법이니까."

"…"

료는 잔잔한 호수처럼 고요한 눈으로 나를 똑바로 내려다보았다. 나도 그 투명한 눈동자를 지그시 바라보았다. 바로 조금 전까지 방 안을 메우던 긴장감과 정적이 어느새 부드럽고 따뜻한 분위기로 바뀌었다.

"그리고 나는 료의 손에 죽지 않을 자신이 있었거든."

"어떻게 그런 자신이 있었어?"

그때 나도 모르게 "후후후" 하며 작게 웃었다. 나 자신도 신기할 정 도로 내 마음에 솔직한 웃음이었다.

"누구보다 잘 알거든. 유키를."

"뭐…?"

"내가 존경하고 사랑하던 절친이 배 아파 낳아서 여섯 살 때까지 진심으로 사랑하며 키운 아이니까."

자연스레 미소 지으며 료를 올려다보았다.

"…"

"그런 아이가 사람을 죽일 리가 없잖아."

그 후 몇 초간 나와 료는 눈빛만으로 대화했다.

료의 입꼬리가 살짝 올라갔다.

"찢어진 베개 값…, 새전함에 헌납할게."

료는 작고 갈라진 목소리로 말하며 조금 쓸쓸하게 웃었다.

"괜찮아. 내 왼쪽에 구멍을 냈으니까 용서해 줄게."

"뭐…?"

"오른쪽이었으면 100만 엔은 받았을 거야."

의아한 얼굴로 고개를 갸웃한 료에게 나는 의미심장한 미소를 지어 보였다. 그리고 오른손을 베개 밑에 넣어 봉투 한 장을 꺼냈다.

"자, 이거. 칼에 잘리지 않아서 다행이야."

여전히 내 위에 올라타 있는 료에게 내밀었다.

료는 미심쩍은 표정으로 그것을 받아들고는 갑자기 "아!" 하며 떠올랐다는 듯 내 위에서 내려왔다. 그리고 침대 끄트머리에 앉았다.

"읽어 봐."

그렇게 말하며 나도 몸을 일으켜 료와 약간 떨어진 곳에 나란히 앉았다. 발밑등만으로는 어두워서 머리맡에 있는 독서등을 켜 보조광으로 삼았다.

천장 형광등은 일부러 켜지 않았다. 남자의 자존심 때문에 내게 눈물 자국을 보이고 싶지 않을 테니까.

료는 개봉된 흔적이 있는 낡은 봉투에서 한 장뿐인 편지지를 꺼냈다. 그리고 그것을 조심스레 펼쳐서 눈으로 훑었다.

끝까지 읽는 데 20초도 걸리지 않는 짧은 글이었다.

"이거…."

"죽고 나서 우리 집에 우편으로 왔어."

유키가 보낸 마지막 편지였다. 나의 절친한 친구는 자살하기 직전에 이 편지를 써서 우체통에 넣었다.

기품 있는 옥색 편지지에 짤막하게 몇 줄 적혀 있었다.

키리코에게—

나는 이제 못 버틸 것 같아.

살아갈 힘이 전혀 나지 않아.

아츠시가 걱정돼. 그 아이는 내 보물인데.

아츠시랑 같이 전 세계를 여행하고 싶었는데.

그런데 나는 이제 안 되겠어.

키리코, 너를 알게 돼서 좋았어.

고마워.

안녕.

―유키가

유키는 원래 달필이었지만, 편지 뒷부분에서는 손끝이 떨렸는지 글씨가 엉망이었다. 그 찌그러진 글자를 보면 아직도 내 마음에서 피가 철철 흐른다.

조용히 편지지를 바라보는 료의 옆얼굴은 어쩐지 뺨의 라인이 앳되어서 평소보다 어려 보였다.

그 뺨 위로 눈물이 흘러 편지지 위에 톡 떨어졌다. 눈물의 무게가 옥색 편지지 귀퉁이를 가볍게 흔들었다.

료는 코를 훌쩍이며 천장을 올려다보았다. "하아" 하며 큰 한숨을 내쉬고 머뭇머뭇 나를 쳐다보았다.

료의 얼굴에는 복잡한 감정이 얽혀 있었다. 소중한 무언가를 잃은 적막감과, 불필요한 짐을 스스로 내려놓은 후련함을 동시에 담은 얼굴이었다.

나는 료의 입가를 바라보았다. 그의 말을 기다렸다.

그러나 료는 무언가를 골똘히 생각할 뿐, 선뜻 말을 고르지 못하는 것 같았다. 그래서 내가 먼저 입을 열었다. "시모카와 아츠시—."

그의 본명을 불렀다.

"나를 만나러 와 줘서, 고마워."

료는 2초쯤 흔들리는 눈동자로 나를 응시하다가, 이내 손에 든 편지지를 조심스레 접어서 봉투에 넣은 뒤 침대 옆에 일어섰다. 그리고 봉투를 공손하게 두 손으로 잡고 내게 내밀었다.

"엄마를…, 생전의, 엄마를…, 도와주셔서 감사합니다."

료가 고개를 숙였다.

나도 양손으로 봉투를 받았다.

에어컨 바람이 내 뺨에 늘어진 검은 머리카락을 살며시 흔들었다.

그 순간, 나는 유키를 느꼈다.

그녀가 바람이 되어 스쳐 지나간 것 같았다.

유키―.

나는 심호흡하며 눈 안쪽에서 올라오는 눈물의 열기를 필사적으로 떨쳐내고는 평소 같은 목소리로 말했다.

"자, 슬슬 아래층으로 돌아가서 의미 없는 내 경호를…, 다른 사람들이랑… 같이…, 계속해."

역시 결국 울먹이고 말았구나 생각하며, 베개에 꽂힌 칼을 뽑아 칼자루를 료에게 내밀었다.

"네…."

고개를 든 료가 면목 없다는 듯 칼을 받아들었다.

다시 눈이 마주쳤다.

아아, 이 시원스럽고 다정한 눈―.

"유키랑 눈이 똑같다."

나는 그렇게 말하면서 반은 울고 반은 웃는 표정을 짓고 말았다.

그런 나를 보며 료도 쑥스러운 듯 반은 울고 반은 웃었다.

"자, 가."

료는 엄지로 뺨에 흐르는 눈물을 닦았다. "후우" 하고 깊은 한숨을 내쉬며 고개를 끄덕이고는 발길을 돌려 내 방에서 나갔다.

문이 살짝 닫히고 곧장 계단을 내려가는 발소리가 작게 들려왔다.

혼자가 되자, 갑자기 에어컨 소리가 커졌다.

벽시계 초침 소리도 수선스럽게 공중을 떠돌았다.

나는 무심결에 깊이 탄식했다.

료가 돌려준 봉투를 내려다보았다.

"끝났어…, 드디어. 유키…."

마지막 눈물 한 방울이 뺨을 타고 봉투 왼쪽 구석에 떨어져 하얀 백합이 그려진 우표를 적셨다.

나는 그 편지를 무릎 위에 두고 머리맡에 놓인 휴대전화를 들었다. 천천히 두 번 심호흡한 다음 지난 2년간 가장 자주 호출한 번호로 전화를 걸었다.

연결음이 한 번 울리자마자 그녀가 받았다.

"여보세요, 사장님, 괜찮으세요?!"

이 목소리를 듣고 싶었다―.

내게 왠지 모를 안도감을 주는 목소리다.

나는 또다시 울컥하며 대답했다.

"당연히 괜찮지."

"아…."

"내가 누구니?"

눈물을 꾹 참으며 농담처럼 말했다.

다정한 캇키는 내 코멘소리를 듣고 모든 것을 눈치챘을 것이다.

그래서 깊은 안도의 한숨을 내쉬고는 무척 인자한 목소리로 대답해주었다.

"당신은―, 치유사 키리고 씨예요."

카키자키 테루미

"당신은—, 치유사 키리코 씨예요."

그렇게 말하며 전화를 끊은 뒤, 나는 뒷골목에서 주저앉을 뻔했다.

다행이다. 키리코 씨는 무사하다.

하지만 주저앉아 있을 때가 아니다. 키리코 씨와 짠 작전에 따르면 앞으로 작업 하나가 더 남아 있다.

나는 주위를 둘러보며 골목에 아무도 없음을 확인했다. 지갑을 넣어 둔 숄더백 안에서 편지 한 통을 슬쩍 꺼냈다. 며칠 전, 내가 열심히 전단지 글자를 잘라 붙여 만든 가짜 편지였다. 보낸 이는 도쿄 타로, 받는 이는 쇼와당이었다. 그저께 내가 도쿄 어딘가에 있는 우체통에 넣은 뒤 오늘 아침 쇼와당 우편함으로 받은 편지였다. 그 편지를 들고 가게 뒷문으로 잽싸게 걸어갔다.

도중에 순찰하는 뉴도 씨의 뒷모습을 발견했다. 뉴도 씨는 뒷문에서 약 20미터 앞을 걷고 있었다.

지금이다.

나는 몰래 뒷문으로 다가가서 작은 문 옆에 설치된 우편함 안으로 직접 만든 편지를 넣었다. 그리고 "뉴도 씨!" 하며 커다란 등에 대고 말을 걸었다.

"오, 캇키. 별일 없어?"

돌아본 뉴도 씨에게 나는 당황한 척 말했다.

"별일 있어요!"

"응?"

"이거요. 이것 좀 보세요!"

방금 우편함에 넣은 편지를 직접 꺼내서 뉴도 씨에게 들어 보였다.

"펴, 편지!"

"맞아요. 일단 가게로 들어가서 다 같이 읽어봐요."

"그래."

나와 뉴도 씨는 서둘러 가게 정문으로 향했다.

거기에는 세이스케 씨가 있었다. 세이스케 씨는 은발 후배와 농담을 주고받으며 웃고 있었다.

"어, 캇키랑 뉴도 씨가 같이 어쩐 일이에요?"

"또 편지가 왔어요. 보세요!" 내가 말했다.

"뭐…?"

"어서 가게 안으로 들어가요."

내 연기에 단순한 두 사람은 아무 의문도 품지 않고 허둥지둥 정문을 통과해 가게로 들어갔다.

어슴푸레한 가게 안을 둘러보니, 상석 뒤편 계단 밑에 료가 혼자 멍하니 서 있었다.

"어라, 키라라는?"

뉴도 씨가 묻자, 세이스케 씨가 "아까 맥도날드에 간다면서 나갔어요"라고 대답했다. 그리고 거의 그와 동시에 딸랑 하고 카우벨이 울렸다.

"다녀왔습니다아."

키라라가 돌아왔다. 손에는 맥도날드 쇼핑백이 있었다. 맛있는 감자튀김 냄새가 순식간에 가게 안을 메웠다.

"캇키, 얼른 그 편지 보여줘."

뉴도 씨가 나를 내려다보았다.

"네."

나는 손에 든 봉투를 열어서 하얀 종이를 꺼냈다. 그 종이를 카운터 위에 펼쳤다. 전단지에서 열심히 잘라 붙인 활자가 나열되어 있었다.

"어? 이거…."

놀란 세이스케 씨가 할 말을 잃었다.

"범인이 보낸 거네."

키라라도 마스카라가 진하게 발린 눈을 동그랗게 떴다.

"방금 순찰하다가 별생각 없이 우편함을 들여다봤는데, 이 편지가 들어 있었어요."

내가 듣기에도 꽤 훌륭한 연기라고 생각하며 대사를 뱉었다.

편지에는 키리코 씨가 시킨 대로 이렇게 적었다.

'키리코, 생일 축하해! 협박문 재미있었지? 다음에 또 술 마시러 가자. 그때는 카나가와 지로랑도 건배하는 거다! 도쿄 타로가.'

"뭐야, 도쿄 타로가 진짜 있었다고?"

키라라가 웬일로 작게 중얼거렸다.

"이름이야 가명이겠지만…, 근데 키리코 씨 말이 사실이었단 말이야?"

그렇게 말하는 세이스케 씨도 넋이 나간 얼굴이었다.

"말도 안 돼…. 잠깐만. 그 봉투 좀 보여줘." 뉴도 씨가 눈썹을 필자로 만들며 봉투 겉과 안을 확인했다. "우표도 제대로 붙어 있고 소인도 찍혀 있어."

"그런 것 같네요…."

나는 장단을 맞췄다.

문득 료를 보았다. 마치 귀신이라도 본 것처럼 편지를 내려다보고 있었다. 그러다가 그 시선이 천천히 나를 향했다. 하지만 나는 료의 시선을 모른 체하며 키라라를 보았다.

"저기, 키라라."

"응?"

"나 마음이 놓이니까 갑자기 배고파. 그 맛있는 냄새 나는 감자튀김, 조금만 먹어도 돼?"

"이거 달링 거야."

키라라는 료를 쳐다보았다.

"료, 조금만 먹어도 돼?"

내가 선수를 치자, 료의 얼굴에서 힘이 쭉 빠졌다.

"그래. 다 같이 먹을까?"

"역시 달링이야. 자상해!"

"나는 일단 후배 녀석들부터 돌려보내고 올게."

세이스케 씨가 김빠진 얼굴로 머리를 긁적였다.

"그래, 그러는 게 좋겠다. 그나저나 이런 오해가 있었을 줄이야. 캇키, 사람들한테 맛있는 아이스커피 좀 타줘."

뉴도 씨의 주문에 나는 고개를 끄덕였다. "알겠습니다. 그런데 사장님한테 혼나니까 돈은 제대로 받을 거예요." 장난스럽게 말하며 익숙한 카운터 인쪽으로 들어갔다.

"너까지 극성맞게 그러지 마."

뉴도 씨가 웃으면서 카운터석에 털썩 앉았다.

료가 맥도날드 봉투에서 감자튀김 상자를 꺼내 내 앞으로 내밀었다.

"자, 캇키."

아직 김이 피어오르는 감자튀김에 내가 손을 뻗으려 하자, 료가 내게만 들리는 목소리로 말했다.

"고마워."

응?

료는 내 표정 변화를 놓치지 않겠다는 듯 나를 빤히 응시했다.

혹시 내가 관여한 걸 눈치챘나…. 뭐, 그렇다면 그것대로 어쩔 수 없지만, 오늘 밤 나는 여배우로 있고 싶어서 계속 시치미를 떼며 대답했다.

"감자튀김은 감사히 받겠지만, 커피값도 받을 거야."

✳

이튿날 아침, 평소처럼 오픈 준비를 하는데, 키리코 씨가 하품을 하며 태연한 얼굴로 계단을 내려왔다.

"캇키, 안녕~. 배고파아."

눈이 조금 부은 것 말고는 완전히 평소와 똑같은 키리코 씨였다.

"안녕하세요. 샌드위치라도 드실래요?"

"끄으, 먹을래. 햄 샌드위치로."

키리코 씨가 흐느적거리며 카운터석에 앉는다. 나는 햄 샌드위치와 아이스티를 척척 만들어서 키리코 씨 앞에 놓았다.

"땡큐."

키리코 씨는 아침 댓바람부터 색기가 흐르는 몸짓으로 검은 머리를 귀에 꽂고 햄 샌드위치를 먹었다.

"무사히 끝났네요."

나는 오픈 준비를 하면서 등 너머로 키리코 씨에게 말을 걸었다.

"응. 죽을 뻔했지만."

"네…?"

놀라서 뒤를 돌아보니, 키리코 씨가 의미심장하게 씩 웃었다.

"듣고 싶어?"

당연하다. 나는 크게 고개를 끄덕였다.

키리코 씨는 아이스티를 빨대로 쭉 빨고 "그게 말이지—"하더니 기분 좋게 하품을 했다.

그러고는 3분 요약 버전으로 지난밤에 일어난 일을 이야기해주었다.

요약하면, 료가 배 위에 올라타서 칼로 '베개'를 찔렀고, 키리코 씨는 그가 시모카와 아츠시임을 알고 있었다고 말했으며, 그러면서 유키 씨를 구하지 못한 것을 사죄했고, 유키 씨에게 받은 마지막 편지를 료에게 보여주면서 어찌어찌 화해했다는 이야기였다. 어젯밤 전화로 들은 키리코 씨의 목소리를 떠올려 보면 그게 다는 아니었을 것 같지만, 굳이 더 파고들지 않는 것이 어른스러운 배려라는 생각이 들어 "그랬군요. 다행이에요"로 마무리를 지었다.

그러자 키리코 씨는 한 입 남은 햄 샌드위치를 마저 먹어치우고 "아, 맞다" 하며 무언가가 떠오른 듯 고개를 들었다.

"내일부터 일주일 동안 이 가게는 여름휴가에 들어갈 거야."

응? 갑자기, 그게, 무슨 말이지?

"무슨…, 그런 얘기는 처음 듣는데요."

"그야 그렇겠지. 지금 정했으니까."

키리코 씨는 별것 아니라는 얼굴로 말했다.

"작년에도 여름휴가는 없었잖아요."

"응? 뭐야, 캇키. 쉬기 싫어?"

"아니, 그건 아니지만…."

"그럼 됐잖아. 너랑 내 인생의 모험이 끝난 전환점이니까 기념으로 장기 휴가를 주는 거야."

"…."

갑자기 일주일을 쉬라니…. 뭘 해야 할까?

나는 멍하니 생각했다. 치카와 놀까. 아니면 전남편 문제로 오랫동안 가지 못한 아이치 본가에 얼굴을 비춰볼까.

"사장님은 뭐 하실 거예요?"

"나는…, 우선 2층 청소. 그리고 돈 많은 남자를 찾으러 혼자 여행을 떠날 거야."

키리코 씨는 엄청나게 농염하면서도 천진난만함을 품은 얼굴로 말하고는 아이스티를 끝까지 들이켰다.

"그렇구나…. 그럼 저도 그 여행에 따라갈까 봐요."

"그건 안 돼~."

키리코 씨가 혀를 내밀었다.

"네? 왜요?"

"안 그래도 온종일 너랑 붙어 있는데 휴일까지 같이 있어서 어쩌자고?"

매정한 대답을 들은 나는 살짝 뾰로통한 얼굴로 물었다.

"방금 먹은 햄 샌드위치에 든 햄, 어땠어요?"

"응?"

키리코 씨가 무슨 말이냐는 표정을 지었다.

"꽤 오래전에 유통기한이 지난 햄이었는데, 맛이 괜찮았어요?"

그러자 키리코 씨가 키득거렸다.

"왜 웃으세요?"

"웃기니까 웃지. 네가 그런 짓을 잘도 했겠다."

역시 들켰나…. 하지만 들켜서 분하기도 하고 기쁘기도 했다.

"있잖아, 캇키."

턱을 괸 키리코 씨는 아이스티 잔에 남은 얼음을 빨대로 휘휘 저으면서 조금 진지한 목소리로 말했다.

"왜요?"

나는 일부러 뾰로통한 표정을 유지하며 대답했다.

"어제 고마웠어."

"아….'

"그냥 그렇다고."

"…."

키리코 씨는 "자아" 하며 카운터석에서 일어나 웬일로 직접 가게 문을 열었다. 문 바깥쪽에 'OPEN' 안내판을 걸고 여름 아침의 상쾌한 빛을 받으며 기지개를 켰다.

나는 그 모습을 카운터 안쪽에서 감개무량하게 바라보았다.

정말, 끝났다. 많은 것이….

그리고 이걸로 키리코 씨도 두 번째 인생을 시작할 것이다.

멀리서 매미 소리가 들려왔다.

여름휴가라—.

순간, 초등학생 때 맡은 적이 있는, 농밀하고 새콤달콤한 향을 품은 '여름 바람'이 내 안을 스쳐 지나간 듯했다. 그것은 어린 나에게 '자유의 바람'이었다.

나도 카운터에서 나가 가게 밖으로 가보았다.

키리코 씨와 나란히 긴난상점가 보도에 섰다. 올려다본 아침의 여름 하늘은 우주가 비쳐 보일 듯 파랗고 눈부셔서 눈을 가늘게 떴다.

우리는 자유다!

가슴속으로 외치면서 양손을 하늘 높이 치켜들고 "으으" 하며 힘껏 기지개를 켰다.

✳

여러모로 고민한 끝에 여름 휴가는 오랜만에 본가에서 보냈다.

줄곧 나를 걱정하던 부모님과 여동생에게 요즘 내가 어떻게 지내는지, 전남편과는 어떤 일이 있었는지 차근차근 이야기할 수 있어서 무척 의미 있었다. 게다가 아침 점심 저녁 엄마가 손수 만들어준 음식을 먹고, 대낮에 드라마를 보며 거실에서 빈둥거리고, 어느새 늙어 버린 닥스훈트 론을 산책에 데려갈 수도 있었다. 밤이 되면 싱글벙글 웃는 아버지와 한잔했다. 방충망 밖에서 뜰에 사는 방울벌레 노랫소리가 들려오는 것도 정말 진심으로 좋았다.

여름 휴가의 마지막 밤은 치카와 함께 이즈에 있는 온천 여관에서 묵었다. 평일이라 숙박비도 저렴했고 어부가 운영하는 숙소라 끝내주게 신선한 생선 요리를 배불리 즐긴 것도 특히 좋았다. 치카는 결혼 사기를 당한 아픔에서 제법 회복된 것 같았다. "그 사기꾼 덕분에 나는 빈털터리야"라고 농담을 던질 정도였다.

아무튼 그렇게 내 여름 휴가가 눈 깜짝할 사이에 끝나 버렸다.

그리고 나는 일주일 만에 쇼와당에 출근했다.

밖에서 문을 따고 가게에 들어가자, 오랫동안 닫혀 있던 탓인지 실내에는 불쾌한 공기가 가득했다. 나는 일단 환기를 하려고 출입문과 작은 안쪽 창문을 열어젖혔다. 상석에서 말석 방향으로 여름의 아침 바람이 훅 불어 나갔다.

자, 오늘부터 또다시 월급 점장의 나날이 시작된다.

그렇게 생각하며 문득 뒤에 걸린 벽시계를 보니, 시곗바늘이 세 시 이십 분을 가리키고 있었다. 건전지가 다 됐나 보다.

건전지가 어디 있더라. D형 건전지였지, 아마….

카운터 뒤쪽 서랍에서 건전지를 꺼내 카운터 테이블 위에 놓자, 건전지와 상판이 쨍 소리를 내며 가게 안을 공연히 크게 울렸다.

응? 뭘까, 이 텅 빈 느낌은.

나는 이유 모를 위화감을 느꼈다. 평소보다 건물 안이 휑한 것 같았다. 가게 안을 천천히 둘러보았다.

그러자 새전함 옆 테이블 위에 놓인 하얀 물건이 눈에 들어왔다.

편지다. 그것도 두 통이다.

묘한 불안을 느낀 나는 서둘러 카운터에서 나가 편지를 집어 들었다.

한 통은 내게 보내는 것이었고, 다른 한 통은 료에게 보내는 것이었다.

달필에 색기를 풍기는 키리코 씨의 글씨체였다.

나는 봉투에서 편지지를 꺼내 펼쳤다.

전단지에서 잘라 붙인 글자가 아니라 만년필로 정성껏 적은 키리코 씨의 글씨가 나열되어 있었다.

편지 첫 줄을 읽는 순간 나는 얼어붙었다.

당분간 여행을 떠나. 찾지 마.

그렇게 적혀 있었다. 료에게 다른 편지 한 통을 전해달라는 말과 그 봉투 안에 무엇이 들었는지도 적혀 있었다. 그리고 '쇼와당은 캇키에게 맡길게. 잘 부탁해'라는 말로 끝이 났다.

장난, 이겠지…?

나는 편지를 들고 잰걸음으로 상석에 가서 계단 아래에서 2층을 향해 키리코 씨의 이름을 불렀다. 하지만 대답이 없었다. 멋대로 쳐들어가는 것 같아 마음이 편치는 않았지만 얼른 신발을 벗고 계단을 올라갔다. 침실 문을 두드려 보니, 그 소리가 너무나 공허하게 울렸다. 인기척이 전혀 느껴지지 않았다. 문을 살짝 열어 안을 들여다보고 나도 모르게 "앗" 하며 목소리를 높였다.

실내는 소위 말하는 뱀의 허물처럼 텅 비어 있었다. 침대 매트가 세워진 탓인지, 아니면 물건이 극단적으로 줄어든 탓인지 침실에서 생활감이 완전히 사라진 상태였다. 며칠 동안 아무도 드나들지 않은 듯 공기도 탁했다.

나는 침실 말고 다른 방도 들여다보았다. 하지만 결과는 같았다.

여름 휴가가 시작되면 2층 청소를 하겠다던 것이 이런 의미였나 보다.

문득 깨닫고 휴대전화로 키리코 씨에게 전화를 걸었다. 하지만 스피커에서는 기계로 된 여자 목소리만 들려왔다.

지금 거신 전화는 전원이 꺼져 있거나 전파가 닿지 않은 곳에 있습니다—.

손에 든 휴대전화를 응시하며 잠시 멍하니 있던 나는 그대로 료에게 전화를 걸었다. 료는 통화 연결음이 네 번 울렸을 때 전화를 받았다. 나는 한번 심호흡한 뒤, 키리코 씨가 사라졌고 료 앞으로 편지를 남겼다고 간략하게 전했다.

"지금 갈게."

료는 재빨리 네 음절만 말하고 전화를 끊었다. 그리고 정말 얼마 안 되어 료의 오토바이 엔진 소리가 쇼와당으로 다가왔다.

료가 쇼와당에 들어올 때 카우벨 소리가 나지 않았다. 혼란에 빠진 내가 환기를 해 놓은 채 문 닫는 것을 잊어버렸기 때문이다.

"캇키."

료가 헬멧을 벗으며 다가왔다. 나는 새전함 옆 테이블석에 멍하니 앉아 있었다.

"이거."

료 앞으로 온 편지를 내밀었다.

"…"

말없이 고개를 끄덕이며 편지를 받은 료는 내 맞은편 의자에 앉으면서 봉투 안에 든 것을 한 번에 꺼냈다. 내가 받은 것과 똑같은 편지지가 나왔다.

료는 삼등분으로 접힌 편지지를 펼쳐서 글을 눈으로 훑었다.

순식간에 다 읽고 나를 쳐다보았다.

아무 말도 하지 않는 료에게 내가 물었다.

"사장님이 뭐래?"

"당분간 여행을 떠난대. 그리고 돈을 받아달래."

"…."

"지금까지 새전함에 모은 돈을 전부 레코드판 선반 위 다루마에
넣어놨으니까 그걸 가지래."

"다루마라면 저…."

"응. 괜찮으면 그 돈으로 세계 일주라도 하라고 적혀 있어."

"세계 일주?"

료는 작게 고개를 끄덕이고 숨을 크게 한 번 들이마신 뒤 신중하게
말을 고르며 덧붙였다.

"돌아가신 우리 엄마가 나랑 세계 여행을 하고 싶어 했대."

"그랬구나. 사장님은 그걸 아셨구나."

"응…."

잠시 말이 나오지 않았다. 료의 입술도 굳게 닫힌 채였다. 우리 사
이에 공허한 침묵만 켜켜이 쌓였다.

"캇키."

"응?"

"다 들었지? 내가 사실은 '시모카와 아츠시'라는 거."

키리코 씨의 편지를 양손으로 들어 올리면서 료는 다정하면서도
슬퍼 보이는, 뭐라 형용하기 힘든 눈빛으로 그렇게 말했다.

나는 아무 말도 하지 않고 그저 작게 고개를 끄덕여 보였다.

문을 열어 둔 가게 바깥쪽에서 아이들 몇 명이 지나갔다. 여름빛
속에서 울리는 그 시끌벅적한 목소리가 몹시 아득히 느껴졌다. 조금

전까지 불던 바람이 멎었는지, 가게 안 공기도 고요히 머물러 있었다. 뻐꾸기시계도 건전지가 다 닳은 채였다…. 어쩐지 우리 둘만 빼고 시간이 멈춰 버린 것 같았다.

문득 료가 천천히 일어섰다.

"저 다루마 가져올게."

료는 상석 쪽에 있는 레코드판 선반에서 커다란 다루마를 끌어안고 돌아와 테이블 위에 조심스레 내려놓았다.

그 다루마를 본 순간, 내 입에서 나도 모르게 목소리가 나왔다.

"어? 눈이 있어."

"정말이네…."

원래는 오른쪽에만 눈동자가 있는 다루마였는데, 어느새 왼쪽에도 눈동자가 그려져 있었다.

"왼쪽 눈은 윙크하고 있네."

"키리코 사장님답다."

료와 나는 피식하며 쓸쓸하게 웃었다.

료는 뺨에 쓸쓸함을 한 조각 남긴 채 다루마를 살짝 움직여서 바닥 부분 뚜껑을 열었다.

안에서 나온 것은 갈색 봉투 세 개였다.

모두 어느 정도 두께가 있었다.

"꽤 많이 모았구나…."

료는 혼잣말처럼 중얼거리며 그 봉투를 들고 일어섰다.

"그러게…."

"설마하니 나를 위해서 그렇게 악착같이 새전을 모았을 줄이야…."

나는 속으로 동의하면서 작게 탄식했다.

"캇키, 이 돈이 이렇게 쓰일지도 알고 있었어?"

"아주 최근에 알았어."

"그렇구나."

"응."

"하긴. 캇키는 표정에 다 드러나니까, 알았으면 그런 연기는 못 했겠지."

"뭐? 나는 내가 명배우라고 생각했는데."

조금 장난스럽게 말하자, 료는 피식 웃었다.

"8월 8일 밤에, 나는 보낸 적이 없는데 범인의 편지가 왔대서 깜짝 놀랐어."

나도 료를 따라 미소 지었다.

"다 사장님 아이디어야. 나는 그냥 조수였어."

"그랬구나." 료는 그렇게 말하면서 감실 쪽으로 몸을 돌렸다. "그 사람답다."

"실력 좋은 치유사니까."

"그렇지…. 범인인 나까지 치유할 줄은 몰랐어."

료는 진지하게 말하고 감실을 바라보며 자세를 고쳤다.

그리고 손에 든 봉투 세 개를 새전함에 조심스레 넣었다.

그대로 두 번 절, 두 번 박수, 한 번 절.

눈을 꼭 감고 어느 분야에나 용한 신을 잠시 마주했다.

이윽고 천천히 눈을 떴을 때, 내가 물었다.

"뭘 빌었어?"

"아무것도….."

"응?"

"그냥 감사 인사를 드렸어. 신께."

료는 온화한 눈으로 감실을 바라보면서 말했다.

"모처럼 생긴 돈인데, 괜찮아?"

"내 돈이 아니잖아."

료는 나를 돌아보며 작게, 하지만 산뜻하게 미소 지었다.

"그렇구나."

"응."

또다시 우리 사이에 침묵이 내려앉았다.

평소 같았으면 이런 타이밍에 뻐꾸기가 튀어나왔을 텐데.

"뻐꾸기시계가 멈췄어."

나는 카운터 뒤쪽 벽을 올려다보며 툭 말했다.

"그렇네. 갈아 끼울 건전지가 그거야?"

료는 카운터 위를 가리키며 말했다.

"아, 응."

"내가 갈아 줄게. 캇키는 작아서 손이 안 닿을 것 같네."

그렇다. 의자에 올라서지 않는 한 손이 닿지 않는다.

"그래. 그럼 부탁할게."

고개를 끄덕인 료는 조금 진지하게 나를 내려다보았다.

"있잖아, 캇키."

"응?"

"사장님이 없는 동안에도 이 가게는 계속하는 거지?"

흔들림 없는 료의 눈빛에 나는 곧장 그렇다고 할 수 없었다.

"문 닫는다는 말은 하지 마. 우리가 있잖아."

우리, 라는 단어에 내 뇌가 무조건 반사처럼 단골들과 가끔 찾아오는 손님들의 얼굴을 차례차례 그렸다가 지웠다.

나는 작게 두 번 고개를 끄덕였다.

"계속하는 거지?"

"응."

이번에는 목소리가 나왔다.

"다행이다" 하며 료는 안도의 한숨을 내쉬었다. 그러더니 갑자기 난데없는 제안을 했다. "그럼 나를 아르바이트로 써주지 않을래? 퀵서비스 일을 쉬는 날만이라도 좋아."

"어? 하지만…."

"캇키 혼자서는 여러모로 힘들잖아? 시계 건전지도 그렇고."

"건전지는 그렇게 자주 닳지 않아."

나는 어쩐지 갑자기 우스워서 하하하 웃어 버렸다.

임시 아르바이트생 정도는 뽑아도 되겠지. 키리코 씨의 편지에 가게는 캇키에게 맡긴다고 적혀 있었으니까. 게다가 이렇게 잘생긴 점원이 있으면 여자 손님이 대폭 늘어날 것 같다.

"미리 말하는데, 월급이 엄청 짜."

나는 장난스럽게 말했다.

"응. 기대 안 해."

료가 싱긋 웃으며 대답했다.

"게다가 컵을 깨면 월급에서 까든가 새전을 내야 돼."

료는 "풋" 하고 작게 웃음을 터뜨렸다.

"그건 잘 알아."

"그리고 키라라가 나를 질투하지 않게 조심하고."

농담 삼아 말했는데, 료는 갑자기 진지한 표정을 지었다.

"그건 괜찮아. 걔랑 정식으로 사귈 거니까."

"뭐? 정말?"

속으로 꺄아! 하며 탄성을 질렀지만, 나는 일단 어른이니까 놀리지는 않았다.

"걔, 꽤 괜찮은 애니까."

"맞아. 그렇게 생각해, 나도."

나도 모르게 히죽거리며 쳐다보자, 쑥스러운 표정을 지은 료는 얼른 화제를 바꿨다.

"나한테도 맛있는 커피랑 홍차 타는 법 알려줘."

"그래."

나는 사람이 살지 않는 아름다운 곳 끝에 선 찻집에서 초로의 여사장님에게 배운 '마법'을 료에게 전수해 주기로 했다. 키리코 씨는 습득하지 못했지만, 료라면 할 수 있을 것 같았다.

"그보다 캇키, 슬슬 오픈 시간 아니야?"

료가 손목시계를 보고 말했다.

"아, 그렇네. 그럼 첫 업무를 맡길게."

"어? 응."

"이 안내판을 'OPEN'으로 해서 문에 걸어 줄래?"

나는 카운터 위에 놓인 안내판을 료에게 내밀었다.

"알았어."

료는 여전히 열려 있는 문에 안내판을 걸고 문을 살짝 닫았다.

딸랑.

키리코 씨가 없는 가게에 카우벨 소리가 울렸다. 평소보다 조금 쓸쓸한 그 소리에 나도 모르게 한숨이 나올 것 같아서 가게 안쪽을 돌아보았다.

아무도 없는 흔들의자는 상석의 배경과 함께 퇴색되어 보였다.

맞다. 오늘부터 내가 해야지….

나는 상석으로 가서 턴테이블 뚜껑을 열었다. 거기에는 이미 레코드 한 장이 얹혀 있었다. 키리코 씨가 듣고 나서 깜빡하고 치우지 않은 모양이다.

나는 그 레코드판에 조심스레 바늘을 올렸다.

보스 스피커에서 흘러나온 것은 나카지마 미유키의 '시대'였다.

"아, 이 곡 나도 들어본 적 있어."

료가 스피커를 바라보며 중얼거렸다.

"미유키의 대표곡이야."

키리코 씨를 흉내 내며 내가 대답했다.

그리고 나는 키리코 씨가 무척이나 좋아하던 소절을 레코드에 맞춰 조용히 흥얼거렸다.

오늘은 쓰러진 여행자들도
다시 태어나서 걸어 나가♪

"가사가 좋다." 료가 말했다.

"그렇지?" 내가 대답했다.

나는 조금 쓸쓸하게 미소 지으면서 문득 가게 창문을 보았다.

창문 너머 아스팔트가 반짝일 정도로 맑디맑은 여름 아침이 펼쳐져 있었다. 이 강한 빛에 휩싸인 채 지금 일본 어딘가에서 다시 태어난 키리코 씨가 부신 눈을 가늘게 뜨고 있을지도 모른다.

그런데—.

뭘 하든 끈기 없는 키리코 씨니까 여행에도 금방 질려서 "캇키, 다녀왔어. 너무 피곤하다. 아이스커피 좀 만들어줘" 하며 돌아올 것 같다는 느낌도 든다.

그때까지 나는 이 가게를 듬직하게 지켜야지.

사람들을 치유하는 부업은 당분간 쉬겠지만.

뻐꾹~♪

갑자기 뻐꾸기가 울어서 나는 뒤를 돌아보았다.

"방금 건전지를 교환했더니 얘가 갑자기 우네."

"시간은 세 시 이십 분인데."

"이 대중없는 느낌, 키리코 사장님 같다."

"그러게."

우리는 지나간 하나의 시대를 그리워하듯, 다정하고 쓸쓸한 기분으로 함께 키득거렸다.

에필로그

아아 일본 어딘가에 나를 기다리는 사람이 있어.

좋은 날 여행 / 야마구치 모모에

에필로그

짙푸른 망망대해가 멀리 내다보이는 언덕 위의 묘지.

요염한 한 여자가 여름 끝자락 투명한 햇살에 눈을 가늘게 떴다.

바다에서 묘지까지 이어지는 긴 고갯길을 바닷바람이 천천히 불어
올라왔다. 머리 위에 솟은 소나무 잎이 그 바람을 맞고 흔들려 기분
좋은 나뭇잎 소리를 연주했다.

소나무보다 더 위에는 형광색 푸른 하늘이 펼쳐졌고 수많은 고추
잠자리가 실루엣이 되어 실처럼 둥둥 떠다녔다.

9월 초, 오전 열한 시경.

기온은 이미 30도에 육박했다.

여자는 면으로 된 하얀 모자를 눈까지 눌러쓰고 슬림한 흰 원피스
를 입었다. 품에 소중히 안은 것은 산뜻한 색감의 꽃다발이었다.

"오랜만이야."

여자는 묘비를 향해 쓸쓸히 미소 지으며 좌우 화병에 각각 생화를 공양했다.

양손을 맞대고 살며시 눈을 감았다.

부드러운 바닷바람이 여자의 가느다란 목덜미를 쓰다듬고 머리 위에 자란 소나무 잎을 흔들었다.

여자는 한동안 합장한 채 조용히 호흡을 반복했다.

이윽고 바닷바람이 멎었다.

감았던 눈을 천천히 떴다.

묘비 위에 고추잠자리 한 마리가 앉아 있었다.

잠자리가 여자를 똑바로 쳐다보았다.

네 아들, 아주 멋진 남자로 자랐어. 현명하고 어른스러워. 이제 아무 걱정 하지 마.

여자는 그 고추잠자리를 향해 속으로 중얼거렸다.

고추잠자리는 고개를 빙그르 돌리고는 하늘로 훌쩍 날아갔다. 그리고 서서히 고도를 높여 다른 잠자리들 틈에 섞였다.

"또 보자."

여자는 푸른 하늘을 향해 희미하게 미소 지었다.

문득 옆 묘지를 보니 묘비에 '시카이 가문의 묘'라고 적혀 있었다. 묘비 앞에는 투명한 비닐에 담긴 여자아이 인형이 놓여 있었다. 어린 여자아이가 죽은 모양이다. 화병에 싱싱한 생화가 꽂혀 있는 것을 보니 최근에 부모가 다녀갔나 보다.

유키, 옆자리 아이를 귀여워 해줘.

"가 볼까…."

여자는 마음을 다잡듯 발밑에 펼쳐진 대해를 내려다보았다. 그러다가 바퀴 달린 여행 가방을 들고 청색의 향연을 향해 걸어갔다. 이 고개를 내려가면 작은 지방 어항이 나온다. 그 항구 한쪽에는 맛있는 생선을 파는 가게가 있다.

탈탈탈…. 여자는 바퀴 달린 여행 가방을 끌면서 고개를 내려갔다. 강한 햇살이 여자의 발밑에 짙은 그림자를 드리웠다.

바다가 조금씩 가까워졌다.

✳

시골구석 항구에 위치한 작은 식당은 옛날 모습 그대로 영업·중이었다.

여자는 남색 바탕에 흰색 글씨가 들어간 포렴을 젖히고 알루미늄 새시 문을 밀었다.

"어서 오세요."

60대 남자가 기운찬 목소리로 말했다. 적당히 볕에 그을린 초콜릿색 얼굴에는 깊은 주름이 잔뜩 새겨져 있었다. 희끗희끗한 짧은 머리에는 수건을 꼬아 만든 띠를 맸다.

아마 이 사람이 어부를 겸한다는 가게 주인일 것이다.

여자는 그다지 넓지 않은 가게 안을 둘러보았다. 테이블 여섯 개 중 맨 앞 한 곳에 노부부 손님이 있을 뿐, 나머지는 비어 있었다. 주저 없이 벽에 감실이 있는 상석 쪽 테이블에 앉았다.

가게 구석을 보니, TV 대신 쇼와시대 분위기를 풍기는 라디오 카세

트가 놓여 있었다. 그 스피커에서 야마구치 모모에의 '좋은 날 여행'
이 흘러나왔다.

아아 일본 어딘가에
나를 기다리는 사람이 있어♪

"저 이 곡 좋아해요."
주문을 받으러 온 가게 주인을 올려다보며 여자는 만족스럽게 말
했다.
"뭐야, 아가씨. 어린데도 야마구치 모모에를 아네?"
"저 그렇게 어리진 않아요."
"어린데, 뭘."
"그래 보여요?"
"그래 보이고말고. 이 동네에서는 보기 힘든 미인인걸. 손님, 어디서
왔어?"
"저쪽요."
여자는 묘가 있는 고개 위쪽을 가리켰다.
"저쪽에서 왔다고?"
가게 주인은 호탕하게 껄껄 웃고는 주문을 받았다.

여자는 해산물 덮밥과 닭새우 된장국을 눈 깜짝할 사이에 먹어 치
웠다.
먹는 동안 가게 주인은 몇 번이나 여자에게 와서 이것저것 묻고 시
시껄렁한 우스갯소리로 이야기꽃을 피웠다. 수다스러운 가게 주인을

싫어하는 기색도 없이 오히려 재치 있는 농담을 던지는 요염한 여자
가 꽤 마음에 든 모양이었다.

"거참 재미있는 아가씨구만."

"그러는 아저씨야말로 나보다 서른일곱 배쯤 재미있어요."

여자가 태연히 말하자, 가게 주인은 손뼉을 치며 좋아했다.

"껄껄껄. 이야, 마음에 들어. 오늘 아침에 잡힌 달고기 회가 맛있으
니까 서비스로 줘야겠다."

"필요 없어요. 이미 배불러요."

"그럼 닭새우 된장국 한 그릇 더 드릴까?"

"아니, 배부르다니까요."

여자는 쓴웃음을 짓다가 문득 떠오른 듯 여행 가방에서 작은 나무
상자를 꺼냈다.

"난 떠돌이라서 이게 더 필요해요. 음식은 됐으니까 차라리 그만큼
여기에 새전을 넣어주지 그래요?"

"웅? 새전?"

여자의 손에는 어느 관광지 신사에서 산 것 같은 장난감 새전함이
있었다. 한마디로 저금통이었다.

"껄껄껄. 진짜 재미있다, 재미있어. 우리 집에는 말이야, 생선은 차고
넘치지만 아쉽게도 돈은 없어."

"뭐야아."

여자는 명백히 김빠진 표정이었다.

"에이, 그런 표정 짓지 마. 새전 대신 내가 커피 타 드릴게."

"아, 커피라면 마실래요."

여자가 장난감 새전함을 가방에 도로 넣으면서 말했다.

"내 커피는 정통파거든. 잠깐 있어 봐."

가게 주인은 그렇게 말하며 주방으로 사라졌다.

그러자 교대하듯 주방에서 나온 통통한 여사장이 손님 석에 앉은 여자를 보고 민망하다는 듯 웃었다.

"아이고, 시끄러운 양반이라 미안해요. 귀찮으면 무시해도 돼요."

눈가에 새겨진 주름이 여사장의 살가운 성격을 드러냈다.

"정말 괜찮아요."

여자도 웃음으로 답했다.

"어머, 곱기도 해라. 어디서 왔어요?"

"칸토요."

'저쪽'보다는 낫지만 여전히 두루뭉술한 대답이었다.

"이런 시골에 뭐 하러 왔어요?"

"성묘도 하고, 이것저것요."

"어머, 그랬구나. 이 근처에는 아가씨가 놀 만한 데도 없을 텐데."

"그래도 온천은 좋았어요. 바다가 보이는 노천탕이 있었거든요."

"혹시 명월장에서 묵었어요? 거기 좋죠."

남편에게 지지 않을 만큼 수다스러운 여사장과 시시껄렁하게 이야기꽃을 피우는데, 주방에서 향긋한 냄새가 풍겨 왔다.

"자, 다 됐다. 플란넬 드립 필터로 내린 스페셜티 커피야."

가게 주인은 자신만만한 얼굴로 커피잔을 여자 앞에 놓았다. 그의 아내는 옆에서 생글생글 웃고 있었다.

"그럼 잘 먹겠습니다."

여자는 한 모금 마시고는—.

"음, 나쁘지 않네요."

"껄껄껄. 그렇지?"

"캇키 게 훨씬 맛있지만."

"응? 캇키?"

가게 주인은 고개를 갸우뚱했고, 여사장은 옆에서 쓴웃음을 지었다.

"캇키가 뭔데? 원두 이름인가?"

여자는 피식 웃었다.

"아니에요."

"그럼 뭐야?"

"캇키는요, 내—."

거기서 여자는 잠깐 호흡을 멈추고 말을 골랐다.

"내, 뭔데?"

"절친, 이랄까요."

여자는 그렇게 말하고 혼자 고개를 끄덕이며 수긍하는 표정을 지었다.

"오호라, 그래서 그 사람이 나보다 커피를 잘 탄다는 말인가?"

"뭐, 그 친구는 프로니까요. 마법도 쓰고."

여자는 조금 아련한 표정으로 그렇게 말했다.

"마법이라! 그럼 당해낼 수가 없지."

사람 좋은 가게 주인이 호탕하게 웃자, 말석에 앉은 노부부가 "잘 먹었습니다. 계산해주세요" 했다.

"네, 매번 감사합니다."

가게 주인은 뒤를 돌아 계산대로 향했다.

남겨진 여사장은 앞치마 주머니에 손을 넣어 박하사탕을 꺼냈다. 싱긋 웃으며 그것을 여자에게 내밀었다.

"자, 괜찮으면 받아요."

"아주머니, 감사해요. 저 박하 엄청 좋아해요."

여자는 주름진 손에서 조심스레 사탕을 가져왔다.

여사장은 "아이코, 다행이네요" 하며 자신의 딸이라도 보듯 눈웃음 지었다.

"그런데 여행은 언제까지 해요?"

여사장이 물으면서 고개를 갸웃했다.

그러자 여자는 다시 아련한 눈빛을 했다.

아아 일본 어딘가에
나를 기다리는 사람이 있어♪

방금 들은 야마구치 모모에의 노래가 떠올라서였다.

"아, 이제 여행은 질렸어~."

여자는 무척 나른한 말투로 그렇게 말하고는 살며시 웃으며 천천히 자리를 떴다.

옮긴이 권하영

한국외국어대학교 일본어통번역학과를 졸업하고, 이화여자대학교 통역번역대학원에서 한일번역을 전공하였다. 번역작으로《전남친의 유언장》,《루팡의 딸2》,《루팡의 딸3》,《루팡의 딸4》,《루팡의 딸5》,《내가 나를 버린 날》,《9번째 18살을 맞이하는 너와》,《꽃길 상점가의 기적》 등이 있다.

초판 2024년 3월 1일 3쇄
저자 모리사와 아키오
옮긴이 권하영
일러스트 임듀이
디자인 전여원
ISBN 979-11-983859-6-3   03830

출판사 북플라자
주소 서울시 강남구 논현동 118-13 5층
홈페이지 www.bookplaza.co.kr